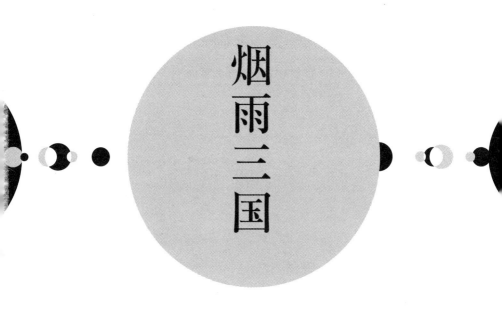

烟雨三国

一梭烟雨 著

四川文艺出版社

图书在版编目（CIP）数据

烟雨三国/一梭烟雨著. —成都：四川文艺出版社，
2021.1
ISBN 978-7-5411-5892-6

Ⅰ.①烟… Ⅱ.①一… Ⅲ.①散文集－中国－当代
Ⅳ.①I267

中国版本图书馆 CIP 数据核字（2021）第 007082 号

YANYU SANGUO

烟雨三国

一梭烟雨　著

出 品 人　张庆宁
责任编辑　程 川　周 轶
特约编辑　游天杰
封面设计　刘 亮
内文设计　史小燕
责任校对　段 敏
责任印制　桑 蓉

出版发行　四川文艺出版社（成都市槐树街 2 号）
网　　址　www.scwys.com
电　　话　028-86259287（发行部）　　028-86259303（编辑部）
传　　真　028-86259306

邮购地址　成都市槐树街 2 号四川文艺出版社邮购部　610031
排　　版　四川胜翔数码印务设计有限公司
印　　刷　成都蜀通印务有限责任公司
成品尺寸　145 mm×210 mm　　开　本　32 开
印　　张　10.5　　　　　　　　字　数　240 千
版　　次　2021 年 1 月第一版　印　次　2021 年 1 月第一次印刷
书　　号　ISBN 978-7-5411-5892-6
定　　价　52.00 元

目录

第01章

黄巾起义

◇ 导读：西汉毁于女人当家，东汉确定了女人当家与宦官当家的"两党制"新格局。东汉的"两党制"被谁毁坏了呢？

公元前 202 年，亭长出身的汉王刘邦在山东定陶泛水（今山东省曹县北）之阳举行登基大典，把汉王国升级为汉帝国，因为首都在西边的长安，因此史称西汉。司马迁称刘邦为汉高祖，这一称呼被历代沿用下来。

西汉建立后，就形成了女人当家新特色，毕竟无论是汉王国还是汉帝国，刘邦的妻子吕雉都有"股份"。吕雉的娘家兄弟吕泽、吕释之也是刘邦起家的"创始股东"，甚至猛将樊哙也是吕雉的妹夫。

吕雉作为刘邦的皇后，担心刘邦百年后，自己孤儿寡母镇不住韩信、彭越、英布等开国名将，就亲自出马或者借助刘邦之手，将汉初三大名将逐一消灭。

公元前 195 年刘邦死后，吕雉就以女主人身份执掌国家大权十五年之久，直到公元前 180 年吕后病逝。吕雉死后，汉文帝刘恒的母亲薄太后，汉景帝刘启的母亲窦太后，都陆续当家。即使是雄才大略的汉武帝刘彻，也在祖母窦太后面前老老实实当了十五年乖孙子，直到公元前 135 年祖母病逝才能亲政。

女人当家，当然要依靠自己的娘家人，这就是外戚专权。汉武帝晚年逼死皇后卫子夫，甚至赐死汉昭帝刘弗陵的生母钩弋夫人，也是为了避免女人当家的外戚专权再次出现。汉武帝以为设置辅政大臣就可以避免外戚专权，却不料汉元帝刘奭死后，西汉再次出现外戚专权。公元 8 年篡位建立新朝的王莽，就是汉元帝皇后王政君的侄子。

建武元年（25），自称汉高祖刘邦九世孙的萧王刘秀，在鄗（今河北省柏乡县）南千秋亭五成陌（今河北省十五里铺）即位称帝，重建汉朝，因为首都在东边的雒阳，史称东汉。刘秀就是汉世祖光武帝。

刘秀光武中兴，本就是河北豪强与南阳豪强共同支持的结果。刘秀为了笼络河北豪强地主，甚至不惜把梦中情人兼结发妻子阴丽华送回家，改娶河北豪强真定王刘扬的外甥女郭圣通，并在称帝后以郭圣通为皇后。

建武十七年（41），刘秀废黜皇后郭圣通，改立阴丽华为皇后。这固然是刘秀追求真爱珍惜初恋，更是猜忌郭圣通背后强大的外戚势力。汉明帝刘庄、汉章帝刘炟继续沿用抑制外戚的基本政策，但章和二年（88）汉和帝刘肇继位时不满十岁，汉章帝又不曾留下辅政大臣，这就使得汉朝再次出现外戚专权的局面——汉和帝的养母窦太后依靠娘家人掌权。

永元四年（92）汉和帝在宦官郑众等人支持下，诛杀舅舅大将军窦宪等人收回权力。汉和帝因为宦官支持自己夺权有功加以尊崇，这就导致了宦官专权的局面。小皇帝继位需要母后听政，这就出现女人当家的外戚专权；小皇帝在身边宦官的支持下从外戚手中夺回权力，这就又导致宦官专权。外戚与宦官轮番为治，这就是汉和帝以来东汉王朝的"两党制"。

汉和帝皇后邓绥、汉安帝皇后阎姬、汉顺帝皇后梁妠、汉桓帝皇后窦妙，先后临朝听政。建宁元年（168），汉灵帝在宦官曹节（与曹操曾祖父同名）等人支持下，从外戚窦氏手中夺回权力。因为文官集团支持外戚窦武等人，宦官集团也就剥夺那些反对宦官的文人士大夫做官的资格，甚至将其抓捕下狱，史称"党锢之祸"。被剥夺做官资格的文人士大夫，被称为"党人"。

如果东汉政治就这样继续两党之间相互残杀，如同英国的红白玫瑰战争，那么即使朝政腐败也不会政治崩溃。但这时出现了一个人，他直接动摇了东汉的政治稳定性，堪称东汉王朝的搅局者。

此人就是冀州巨鹿人张角，最早的宗教政治领袖。

张角与两个兄弟张宝、张梁，都信奉道教。张氏三兄弟一边用传统医学与符水、咒语替人治病，一边宣传《太平经》中要求人们扬善除恶的思想，并把矛头指向日益腐朽的东汉王朝。

张氏三兄弟还创立了宗教组织太平道，以治病救人与扶助良善为要义吸引了数十万信徒加入，实力扩展到东汉十三州中的八个州。张角提出"苍天已死，黄天当立，岁在甲子，天下大吉"的政治口号，宣传汉王朝（苍天）气数已尽，太平道（黄天）应当取而代之。这就把太平道从宗教组织变成了反对东汉王朝的政治组织。后来的红巾军起义、白莲教起义、太平天国运动，都是披着宗教外衣的政治运动，这也导致中国历代王朝都警惕宗教结社。

张角原定甲子年甲子日即汉灵帝光和七年（184）三月五日举行大起义，却因为这年一月底张角的一名信徒唐周做了"犹大"，而不得不提前发动。唐周向东汉政府告密，供出京师的内应马元义。东汉政府立即下令捕杀太平道信徒，张氏三兄弟被迫提前在二月初发动起义。因为起义者头绑黄巾，因此这次起义史称"黄巾起义"。

张角、张宝、张梁"张氏三兄弟"分别自称天公将军、地公将军、人公将军，在东汉十三州之首的冀州起事。旬月之间雒阳周边的二十八郡都受到黄巾军的袭击。他们一路烧毁官署，处死官吏。

这是东汉建立以来最大的一次武装起义，黄巾军短期内势如破竹，京师震动。汉灵帝慌忙以大舅哥何进为大将军，率领中央禁军屯营雒阳郊外的都亭，拱卫京师。

汉灵帝还在雒阳周边八个关隘设置都尉驻防，严防死守黄巾军对首都雒阳的侵扰。为了避免被禁锢的党人勾结张角等人共同反对东汉王朝，汉灵帝听从北地太守皇甫嵩与中常侍吕强的建议，下令赦免党人。

宦官专权引发的党锢之祸，因黄巾起义而告结束。党人与宦官之争属于"政府内部矛盾"，黄巾起义则是要取代东汉政府，因此为了反对共同敌人，党人与宦官并肩作战。

汉灵帝还委任卢植为北中郎将、皇甫嵩为左中郎将、朱儁为右中郎将，各持节调发全国精兵，分路进攻各地的黄巾军。

张角的黄巾军虽然缺乏军事经验，却凭借宗教式狂热，多次"小宇宙爆发"击溃汉朝的军队。汉灵帝担心黄巾起义在国内出现燎原之势，就病急乱投医，鼓励地方官员和文人士大夫自行招募义军镇压起义，这就打开了地方割据的潘多拉魔盒。

鼓励地方官员和文人士大夫招募义军勤王，这当然能够短期内增强镇压起义的军事力量。问题是请神容易送神难，那些手握重兵的军功集团一旦不听中央号令，谁能约束他们？

后来影响着东汉局势走向的董卓、孙坚、曹操、公孙瓒、刘备等人，都在这场镇压黄巾之乱的运动中闪亮登场。他们是否听命于中央，听命到何种地步，会不会取而代之，都成为未知之数。

汉灵帝也许会感到委屈，朝廷的军队战斗力不足，难以阻止黄巾军在中原腹地咄咄逼人的攻势，他除了求助于地方势力还能如何？卢植、皇甫嵩、朱儁虽然是当朝名将，但谁能保证他们能够顺利恢复国家秩序？

这年八月，太平道的精神领袖张角病逝，这就导致黄巾军失去凝聚力而战斗力涣散。皇甫嵩趁机斩杀张梁，还将张角"剖棺戮尸，传首京师"。

这年十一月，张氏三兄弟最后一位领导者张宝，也被皇甫嵩斩杀。皇甫嵩还俘杀十余万黄巾军，把平定冀州黄巾起义的功劳推给被贬官的卢植。颍川、汝南、陈国的黄巾起义，也被朱儁平定。皇甫嵩、卢植、朱儁等人镇压了黄巾军主力，一时间成了中兴汉室的三大名将。

黄巾起义"其兴也勃焉"，因为精神领袖张角而气势如虹；黄巾起义"其亡也忽焉"，因为精神领袖张角的病逝而迅速崩溃。

参加黄巾起义的信徒，本就是饱受东汉政府欺压之苦的普通老百姓。东汉朝廷不懂得安抚只知道镇压，这就导致黄巾起义此后再度兴起。

如果张角的黄巾起义被镇压后，朝廷立即"战后秩序重建"，如果此后不再有大规模战争，那么在镇压黄巾起义中崛起的董卓等人还来不及有效掌握军队，也就不足以危及东汉政府的稳定性。

这时东汉发生了一件大事，直接导致汉灵帝不仅不能以一纸诏令从领军将领手中收回兵权，而且还不得不让这些能征惯战的将领继续指挥军队。如果说黄巾起义只是动摇了东汉王朝的统治基础，那么这件"突发事件"则直接导致东汉王朝大厦的坍塌，使得董卓等人有实力向东汉王朝发起挑战。

这次突发性事件，究竟是什么？请看下回，"凉州羌叛"。

第 02 章

凉州羌叛

◇导读：张角的黄巾起义只持续了八九个月，不足以让镇压黄巾起义的领军将领把朝廷军队变成自己的军队。究竟是什么事件，让领军将领能够长期指挥军队，甚至把朝廷军队变成私人军队？

光和七年（184）十一月，东汉政府还来不及享受镇压黄巾军主力的胜利果实，又传来了西北紧急军情。

趁着朝廷军队云集中原地区，忙着镇压张氏三兄弟的黄巾起义，来自北地郡（今宁夏回族自治区吴忠一带）、安定郡（今甘肃省镇原一带）、金城郡（今甘肃省兰州一带）、陇西郡（今甘肃省临夏、天水一带）的羌人乘虚而入举事叛乱，这就是最终导致东汉王朝崩溃的凉州羌叛。

凉州羌人叛乱由来已久，长期困扰着东汉王朝的安宁，也导致朝廷把天下精兵投入到西北战场。控制西北精兵的那些将领一旦不服朝廷，就是比凉州羌叛更可怕的政治崩盘。

汉安帝时期（107—118）、汉顺帝时期（139—145）、汉桓帝时期（159—169）爆发过三次羌人叛乱，因此凉州羌叛属于历史遗留问题。

湟中义从胡反叛，立羌胡首领北宫伯玉为将军。凉州督军从事边允（后改名边章）与凉州从事韩约（后改名韩遂）都是西北名士，也就被北宫伯玉等人劫为人质甚至强迫其入伙叛乱。

叛军攻杀护羌校尉泠徵、金城太守陈懿，这已经属于灭族大祸。边章、韩遂一看无法回头，也就从誓死不从到被迫服从，最后到了主动跟从。

辛亥革命时，湖北新军也曾强迫黎元洪入伙。誓死不从的新军将领黎元洪，一不小心还成了湖北军政府都督、民国副总统，甚至两次担任民国大总统。看来名人效应对于造反或者革命都很重要，影响力就是号召力。

延熹九年（166），鲜卑人曾大举入塞，与第三次叛乱的羌人联合对抗东汉政府。护匈奴中郎将张奂，受命负责平定幽、并、凉三州叛乱。张奂的军司马，就是后来大名鼎鼎的董卓。

永康元年（167）冬，叛乱的羌人进犯三辅（即西京长安附近的京兆、左冯翊、右扶风三郡之地）。张奂再次受命抵抗，派出大破叛军的急先锋，依旧是军司马董卓。

董卓字仲颖，原籍凉州陇西临洮（今甘肃省岷县），父亲董君雅担任豫州颍川郡轮氏县尉时，生下了董卓和董旻。不要小看董卓父亲董君雅只担任轮氏县尉，要知道刘备就是从安喜县尉起步，曹操也曾是雒阳北部尉。这可是刘备流血牺牲才换来的职务，也是曹操靠着前辈功勋才有的职务。

董君雅离开颍川返回陇西后，董卓跟着回到陇西。作为当地的豪强子弟，董卓放低姿态与羌胡部落首领交好，殊为难得。

董卓年少时喜欢游侠，这一点与袁绍、袁术、曹操很相似。董卓回乡耕种，一些羌人首领来看望他，董卓和他们一起回家，把耕牛杀掉款待众人。羌人首领们非常感动，他们回去后凑了上千头各种牲畜赠送给董卓。董卓与羌人首领关系密切，这也使得董卓获得了羌人强有力的军事支持。

董卓成年后，立即成了"绩优股"。凉州刺史成就、并州刺史段颎，甚至袁绍的叔父司徒袁隗，先后征辟董卓担任幕府职务。董卓还因为是"六郡良家子"，在汉桓帝末年选入羽林军。

与羌胡关系密切，又得到世家大族赏识，甚至与"四世三公"的汝南袁氏建立起门生故吏关系，还积累了丰富的军事经验，董卓在西北也是"一时之俊杰"。

光和七年（184）黄巾起义时，董卓曾被拜为东中郎将，接替北中郎将卢植接管冀州战区事务。后来因为作战不力下狱，军事指挥权被左中郎将皇甫嵩取代。

这年十二月，汉灵帝因为黄巾起义被镇压而大赦天下，董卓也顺利出狱。凉州叛乱爆发后，朝廷需要军事能人为朝廷出力。董卓出身西北，有丰富的军事经验，也在等待召唤。

中平二年（185）三月，北宫伯玉等率领数万骑兵，打着诛杀宦官的旗号，入寇三辅侵逼西汉皇家园陵。三月，朝廷命令左车骑将军皇甫嵩领军出征，拜董卓为中郎将，担任皇甫嵩的副手。七月，皇甫嵩作战不力被罢免，八月，司空张温担任车骑将军，接替皇甫嵩负责关中战事。

皇甫嵩的副手董卓因祸得福，从中郎将升为破虏将军。破虏将军属于杂号将军（少将），高于中郎将（准将），后来孙坚等人也担任过该职务。

此时张温的司马，就是后来号称"江东猛虎"的孙坚。

孙坚，字文台，吴郡富春（今浙江省杭州市富阳区）人。孙坚也出身寒微，父亲以种瓜为生。孙坚年少年时为县吏，性情宽广豁达，曾孤身追杀海盗而名声大噪。建宁五年（172）以来，孙坚历任盐渎县丞、盱眙县丞和下邳县丞，获得老百姓爱戴甚至少年侠士的追随。

光和七年（184）黄巾起义爆发时，孙坚担任中郎将朱儁的佐军司马，率领千余淮泗之间招募的精兵，跟着朱儁镇压了汝颍黄巾军。孙坚军事才华得到迅速展现，朝廷任命他为别部司马。

中平二年（185），张温奉命镇压凉州羌胡叛乱，奏请孙坚做他的"参谋长"（参军事）。董卓、孙坚两位"军事牛人"在凉州战场不经意相遇。他们之间没有后来曹操对刘备的惺惺相惜，反而是一开始就互掐。

张温驻军在长安，用皇帝的诏令"约谈"董卓。结果董卓不仅迟到，而且面对新领导张温的责备出言不逊。孙坚本就看董卓不顺眼，建议张温借机诛杀董卓，被张温拒绝。张温心慈手软，这才有四年后董卓劫持天子、杀戮公卿，连张温也死于非命。孙坚后来感叹说，如果当时张温听从自己的建议，哪有董卓之祸？

十一月，董卓与右扶风鲍鸿联手击败叛军，斩首数千级。叛军逃回金城郡榆中县（今甘肃省榆中县）。张温被胜利冲昏了头脑，派周慎、董卓等六路大军进攻羌胡，忽视了西北地形复杂补给困难。六路大军五路败绩，只有董卓被围后用疑兵之计全身而退，驻军在右扶风（今陕西省咸阳、西安一带）。

董卓虽然没能取胜，却能够带着主力撤出重围，足以说明董卓的军事才华在西北战场"杠杠滴"。董卓有他不服张温的底气，毕竟张温在军事上没有拿得出手的战绩。

这时边章、韩遂等叛军已经发展到十万之众，天下为之骚动。

中平四年（187）初，韩遂杀边章及北宫伯玉、李文侯等人，拥兵十余万，进军包围陇西。四月，凉州刺史耿鄙率六郡兵讨伐韩遂。陇西太守李相如、酒泉太守黄衍反叛，与韩遂共同反抗朝廷。耿鄙被别驾所杀，凉州局势更加危急。

汉阳郡（治所冀县在今甘肃省甘谷县）人王国，自称合众将军，与韩遂一起率军包围汉阳。汉阳太守傅燮战死，耿鄙的军司马马腾也拥兵反叛。韩遂、马腾等人共推王国为首领，攻掠三辅地区。

中平五年（188）初，凉州叛军再次攻入右扶风，围攻陈仓（今陕西省宝鸡市金台区陈仓镇）县城。十一月，朝廷再度启用皇甫嵩，拜其为左将军，董卓为前将军。董卓再次作为皇甫嵩的副手，与皇甫嵩各率两万人救援陈仓。这是董卓第三次与皇甫嵩配合作战，此时距离汉灵帝驾崩只有半年之遥。

中平六年（189）二月，王国围陈仓已八十余日，但因城池坚固，屡攻不克。皇甫嵩趁机率军追击，大获全胜，斩首一万多人。

陈仓之败后，王国被韩遂、马腾废黜。原信都（今河北省衡水市冀州区）县令阎忠，被推为凉州叛军的新头领。阎忠不肯听从又不敢拒绝，不久忧愤而死。

叛军内斗也是优胜劣汰，最终金城韩遂集团、渭谷马腾集团，枹罕（今甘肃省临夏回族自治州）宋建集团形成"小三国"局面。叛军的话事权也从起事初期的羌胡叛军手中，最终转移到本土汉人叛军手中。看来中央王朝最大的敌人，还是汉人本身。

韩遂、马腾最后被朝廷招安，也陆续被朝廷剪除。宋建则远离中原纷争，自称河首平汉王，割据枹罕和河关地区。宋建割据凉州西部约三十年之久，直到建安十九年（214）才被曹操派出的夏侯渊征西大军讨灭。

中平六年（189），就在凉州叛乱即将被皇甫嵩、董卓等人一举剿灭时，这年五月却发生了一件大事。

这件大事导致东汉政府停止了镇压凉州叛乱的军事行动，也导致面临灭顶之灾的凉州叛乱死灰复燃。这件大事还导致平定凉州叛乱的大军竟然攻入自己国家的首都，甚至劫持天子把持朝政。

究竟什么大事能够如此逆天改命？请看下回，"雒阳惊变"。

第 03 章

雒阳惊变

◇ 导读：西汉亡于外戚王莽，东汉则是亡于外戚何进。何进诛杀宦官集团却被反杀，一夜之间外戚、宦官两大集团同归于尽。以袁绍为首的文官集团以为可以重建秩序，却不料被军官集团"摘桃子"。

永康元年（167）汉桓帝刘志逝世，因为没有子嗣继承皇位，于是解渎亭侯刘宏因为与汉桓帝血缘关系较近而被迎立为皇帝，这就是汉灵帝。

皇帝生育问题也是政治问题，不能生儿子就出现接班人危机。中国传统是父系政治，女儿没有政治继承权。从亭侯到皇帝，这是刘宏的有幸，也是东汉王朝的不幸。

汉灵帝刚即位时，理所当然是太后窦妙与其父窦武把持朝政。但问题是汉灵帝刘宏与太后窦妙、大将军窦武没有血缘关系，只是拟制血亲。这种女人当家模式很不稳固，毕竟皇帝不是自家孩子，容易被外人挑拨。

建宁元年（168）正月，汉灵帝继位，九月宦官王甫、曹节等人就以小皇帝的名义诛杀总揽朝政的大将军窦武、太傅陈蕃等人，还把窦太后迁到南宫云台居住。宦官清除外戚势力与文官集团的做法，其实都是汉灵帝想做而不方便做的，毕竟过河拆桥有损帝王光辉形象。

"一朝权在手，便把令来行"，汉灵帝很快就追尊生父刘苌为孝仁皇，尊生母董氏为孝仁皇后，人称董太后。董太后的娘家人迅速乌鸦变凤凰，董太后的哥哥董宠拜为执金吾，侄子董重拜为五官中郎将。执金吾曾是汉光武帝刘秀年轻时羡慕的职务，曹操后曾任命世子曹丕为五官中郎将。

董太后才是真太后，血浓于水的亲情是窦太后比不了的。难怪当年吕后抱养别人的孩子给外孙女做养子时，要杀掉孩子生母。养子毕竟不如亲生子，一旦得势必然站在亲妈一边。

董太后曾是亭侯夫人，小户人家出身。穷怕了的人一旦掌握了权力，就暴露出贪财性格。董太后指使汉灵帝卖官求货，自己收纳金钱堆满堂室。明明帝王富有四海，却愣是被母亲逼成守财奴，汉灵帝也是可怜。

光和二年（179）十月，司徒刘郃、永乐少府陈球、卫尉阳球、步兵校尉刘纳密谋诛杀宦官，结果因为消息泄露，被宦官集团抓捕，下狱处死，宦官势力进一步扩大。

光和三年（180），汉灵帝立皇子刘辩的生母何贵人为皇后。另一位著名人物也就登上了历史舞台，这就是何皇后的哥哥何进。

何进，字遂高，南阳郡宛县（今河南省南阳市宛城区）人，出身屠户。何进早先丧母，父亲再娶生育何皇后不久死去。何进养育一家五口人，承担起抚养弟弟妹妹的职责，所谓长兄为父。

不要小看屠户，汉初猛将樊哙就是屠户出身，所谓"仗义每多屠狗辈，负心多是读书人"。因为同父异母的妹妹受到汉灵帝宠爱，甚至生育了皇子刘辩，何进也就逐渐被重用，历任颍川太守，甚至河南尹。河南尹是东汉首都雒阳地区郡级长官，如同西汉时期的京兆尹，也是京师重地的行政长官。

光和七年（184）二月，黄巾起义爆发，汉灵帝就任命大舅哥何进为大将军。何进也不负众望，捕杀了黄巾首领张角的部下马元义。

中平四年（187），何进的弟弟何苗镇压了荥阳黄巾起义，因功拜为车骑将军。何进兄弟分别担任大将军与车骑将军，堪比汉武帝时期的卫青、霍去病舅甥与魏帝曹芳时期的司马师、司马昭兄弟。加上妹妹是皇后，何进兄弟也是权倾朝野。

同年，凉州沦陷，凉州刺史耿鄙、汉阳太守傅燮先后战死。渔阳郡人张纯、张举联合乌桓在幽州发动叛乱，斩杀护乌桓校尉箕稠、右北平太守刘政、辽东太守阳终。

汉朝政局更加混乱，地方刺史、太守镇压地方叛乱有些力不从心。

中平五年（188）三月，汉灵帝听从宗正刘焉的馊主意，选派重臣到地方担任集军政大权于一身的州牧。这一方面扩大了地方权力，便于镇压地方叛乱，另一方面则导致地方割据合法化。

州牧取代州刺史，从监察官变成军政长官，这几乎是后来节度使的滥觞。

汉灵帝在两个儿子中，喜欢小儿子刘协，而不是嫡长子刘辩，这也导致汉灵帝迟迟没有立太子。

看来喜欢小儿子也是汉朝传统。刘邦就一直喜欢小儿子赵王如意，而不是嫡长子刘盈。袁绍、刘表，甚至曹操，也都喜欢小儿子。

汉灵帝担心何进兄弟权势太大，就在中平五年（188）八月设置了西园八校尉，组建西园禁军。西园禁军以宦官蹇硕为首领，即使是大将军何进都要听从命令。

西园八校尉中有两位"牛人"登场了，这就是后来割据河北的汉末头号军事强人袁绍，与"挟天子以令诸侯"的二号军事强人曹操。此时两人分别担任中军校尉、典军校尉，曹操还是袁绍的"马仔"。

中平六年（189）春，汉灵帝病重，担心董卓等人手握重兵尾大不掉，于是下诏拜前将军董卓为并州牧，并命令董卓将所属的军队转交给左将军皇甫嵩。董卓接受了并州牧的任命，却不肯交出军队。

皇甫嵩的侄子皇甫郦认为，当时天下纷争，兵权就在皇甫嵩、董卓两人之手。董卓拥兵自重，拒不听从皇帝命令，就应该趁机铲除，可惜皇甫嵩不听。

董卓违抗圣旨不交出兵权，这已经是谋反。皇甫嵩作为"汉末三大名将"之首，用兵才华远在董卓之上。如果皇甫嵩敢于为皇帝分忧，以武力强迫董卓交出军队，哪里会有后来董卓劫持天子、焚烧京师、杀戮名臣的浩劫？汉灵帝没有下诏给皇甫嵩，让他在董卓抗命时强制执行收回兵权，也是因为此时还没有人臣敢于公然抗命。汉灵帝对董卓的抗命不遵，竟然只是下诏斥责，而不是派皇甫嵩收捕，也助长了董卓的嚣张气焰。

董卓在朝廷的催促下，带着五千兵马去并州，但到了雒阳北面的河东郡时就按兵不动。董卓知道汉灵帝已经病入膏肓，他在寻找机会进入京师雒阳。

中平六年（189）四月，汉灵帝驾崩，大将军何进立即拥立外甥刘辩为皇帝。何太后临朝听政，何进与太傅袁隗辅政，录尚书事。

东汉王朝再次进入外戚专权年代。小皇帝刘辩毕竟是自家孩子，大将军何进兄妹开始掌权，也开始了秋后算账。

董太后曾多次建议汉灵帝立小孙子刘协为太子，这就导致何太后怀恨在心。何太后处处欺压董太后，甚至逼死董太后的侄子骠骑将军董重，董太后最后忧惧病死。皇帝的生母比起皇帝的祖母，更能通过皇帝把持权力中枢。董太后因皇权而荣，又因皇权而衰。

宦官蹇硕曾试图拥立汉灵帝的小儿子刘协为皇帝，何进掌权后迅速诛杀蹇硕。如果何进到此为止，不再政治斗争扩大化，那么何进兄妹也能继续掌握朝政，继续保持外戚集团、文官集团、宦官集团的三足鼎立局面。问题是何进被人当枪使，有人想要借何进的"枪"，来清除宦官势力。

这个人就是太傅袁隗的侄子袁绍，他试图把宦官排除在权力之外，这样文官集团才能全面专政。

何进诛杀蹇硕有其道理，毕竟蹇硕等人动了何进的"奶酪"。宦官集团当时对何进兄妹采取合作态度。何进兄妹从屠户家庭的贫寒，到后来位极人臣的显贵，都离不开宦官集团的帮助。

何进诛杀了宦官集团，谁来帮他们外戚制衡文官集团？诛杀宦官集团只会损人不利己，何进的妹妹何太后与弟弟何苗，都不赞同诛杀宦官集团。何进有些孤掌难鸣，一时间也就犹豫不决。

如果何进就此罢手，重用亲近自己的宦官郭胜、赵忠等人，东汉的局势还不会一发而不可收拾。袁绍等人不断恐吓何进，用大将军窦武被宦官诛杀为例，说宦官一旦得势，就会联合皇帝剪除何进等人。袁绍甚至劝说何进召集董卓等猛将进京，逼迫何太后诛杀宦官。

何进毕竟是寒门出身，敬重袁绍这样世家大族出身的青年才俊，也就听从袁绍的馊主意，密令在河东郡拥兵观望的董卓率军进京。

自古外兵入京，都是政变前兆。一手酿成董卓之祸的，并非屠户出身的大将军何进，而是"四世三公"的袁绍。后来董卓进京后大肆诛杀袁绍等世家大族，谁能说这不是报应？

何进以袁绍为司隶校尉，以王允为河南尹，召集董卓率军入京，逼迫何太后诛杀宦官集团。

何进明明可以与自己的妹妹有事好商量，提醒妹妹避免宦官教坏了小皇帝。何进也可以听从典军校尉曹操的建议，诛杀几名领头的太监，例如张让等人，从而避免局势失控。不料何进竟然在袁绍的蛊惑下，执意诛杀整个宦官集团。宦官集团无路可退，也就铤而走险。

八月，宦官张让等人以何太后的名义宣召何进入宫，然后在宫中伏杀何进。袁绍等人得知何进被杀，趁机率军入宫，将宦官全部杀光。

如果说张让等人矫诏杀大将军何进是谋反，那么袁绍等人不是奏请皇帝与太后，将诛杀何进的宦官"移送司法机关"惩处，而是擅自调动军队闯入宫禁，这更是谋反。袁绍等人还因为何进的弟弟何苗对宦官态度温和，指责何苗是宦官一党，不奏明皇帝与太后，私设公堂将其诛杀。

一夜之间，影响东汉百年政局的外戚、宦官两党都灰飞烟灭。雒阳陷入血雨腥风之中，甚至小皇帝刘辩与皇弟刘协都踪迹不见。何进、何苗两兄弟都被杀，他们的部下变得群龙无首。

正当满朝文武急着找小皇帝两兄弟，整个雒阳乱成一锅粥时，来了一位领军将军。他没有早一步也没有晚一步，正好在外戚、宦官两大集团同归于尽时赶到。

袁绍本以为他可以借宦官之手诛杀大将军何进的外戚集团，再打着为大将军何进报仇的旗帜诛杀宦官集团，那么自己的叔父就能以太傅之尊总揽大权，却不料螳螂捕蝉，黄雀在后。

那么究竟是谁做了"黄雀"呢？请看下回，"董卓专权"。

第04章

董卓专权

◇导读：外戚、宦官同归于尽，袁绍以为文官集团可以"摘桃子"，却不料文官集团成了"螳螂"，董卓的军官集团才是"黄雀"。董卓一开始也想做个中兴能臣，只是董卓心里苦：我想做好人，结果你们刺杀我，我也就只好做恶人了。

中平六年（189）四月，汉灵帝驾崩。大将军何进听从司隶校尉袁绍的馊主意，密召董卓率军进京。董卓立即率军开赴雒阳，并上书弹劾中常侍张让等人。

何进很快意识到，外兵入京会导致政局失控，于是派谏议大夫种劭劝阻董卓进京。种劭在黾池（今河南省渑池县）见到董卓，要求董卓返回河东郡（今山西省西南部），去讨伐流亡的匈奴单于于夫罗。

董卓对种劭的劝阻当然是置之不理，强行把军队开入雒阳郊外。这已经说明董卓不是何进等人可以驾驭的，董卓率军进京有自己的政治野心。袁绍等人也是"不懂政治"：谁能保证董卓进京，会听从袁绍叔侄的"号令"？

何进此时唯一可行的方案，只能是命令手握重兵的皇甫嵩接管董卓兵权并返回凉州。但何进除了派种劭出城劳军要求董卓撤军外，没有采取任何强有力的手段。董卓这时还不敢公然反抗朝廷，也就在种劭强烈要求下，率军西撤至雒阳城二十里外的夕阳亭，坐观雒阳生变。

中平六年（189）八月，坐等已久的雒阳出事终于等来了。

先是张让等宦官矫诏诛杀大将军何进，接着是何进的部下司隶校尉袁绍等人率军攻入皇宫诛杀宦官，然后是小皇帝刘辩与弟弟陈留王刘协踪迹不见。

董卓望见雒阳上空浓烟滚滚，得知朝廷发生重大变故，趁机下令进京。董卓率军攻入自己国家的首都，没有遇到任何抵抗。

董卓运气好，在北邙山遇到惊魂未定的小皇帝刘辩与陈留王刘协，把他们迎回皇宫。在救驾并伴驾的路上，董卓发现小皇帝刘辩没有陈留王刘协机灵，而刘协从小又是汉灵帝的母亲董太后抚养，自己又与董太后同族，就想改立刘协为皇帝。

此时的董卓还想做个中兴名臣，一个小糊涂虫做皇帝，岂不更便于权臣秉政？

董卓进京的部队，当时不足三千人。董卓一面急调后续部队进京，一面把进京的部队晚上秘密调出城外，白天再大张旗鼓开进雒阳。董卓不愧为高明的表演艺术家，此举造成董卓大军源源不断开赴雒阳的架势，对董卓不满的袁绍等人也被吓破了胆。

大将军何进征辟的骑都尉鲍信，正好带着招募的一千多人回到雒阳。他劝说袁绍趁着董卓刚到雒阳士卒疲惫，偷袭董卓。董卓的虚张声势已经吓坏了袁绍，他不敢采纳鲍信的建议，鲍信也就只好带兵返回老家兖州泰山郡。

董卓在京师站稳了脚跟，立即收编大将军何进、车骑将军何苗的部队，还诱使执金吾、并州刺史丁原的主簿吕布杀死丁原，从而吞并了丁原的军队。短期内，整个雒阳的军事力量，基本都处于董卓控制之下。

张飞说吕布是"三姓家奴"，其实吕布比窦娥还冤。一则历史上吕布并非丁原的义子；二则吕布只是董卓的义子而不是养子，不需要像刘备的养子刘封、曹操的养子曹真那样改姓。

吕布与丁原并没有拟制血亲关系，丁原也不重视吕布，因此吕布杀死丁原并没有心理障碍。董卓赏识吕布的骁勇，把吕布从丁原的主簿这种不入流的佐吏，提拔为骑都尉，并同他发誓结为父子。

董卓不久提拔吕布为中郎将，封都亭侯。此时的中郎将还很珍贵，董卓的嫡系牛辅、董越、段煨、胡轸、徐荣等人，在董卓时期最高职务，也只是中郎将。李傕、郭汜、张济等人，还是更低一级的校尉。

大将军何进被杀后，太傅袁隗控制着朝廷，罢免司空刘弘，派使者拜董卓为三公之一的司空。董卓并不满足位列三公的地位，公然提出废黜小皇帝刘辩，改立刘协为皇帝。

董卓曾经被袁隗征辟为掾吏，属于袁隗的门生故吏，袁绍以为董卓会尊重老袁家。何进死后，太傅袁隗独揽大权。有了董卓的支持，则袁绍叔侄可以总揽全局。

不料董卓兵权在握，根本不把袁绍放在眼里，袁绍只好逃出京城。董卓将废立皇帝之事汇报给太傅袁隗，袁隗也不敢反对。

满朝文武重臣，竟然只有尚书卢植、虎贲中郎将孔融站出来抗辩，大汉王朝气数已尽。

九月，董卓胁迫何太后和朝臣废少帝，立陈留王刘协为帝，史称汉献帝。董卓还罗织何太后害死董太皇太后的罪责，将其废黜并迁入永安宫，不久将其毒杀。随后董卓控制的朝廷，遥拜远在河北的幽州牧兼太尉刘虞为大司马，董卓由司空改任太尉，兼领前将军，加节，赐斧钺、虎贲，更封郿侯。董卓权倾天下，开始了为期两年的挟天子号令天下。

董卓掌权后，一开始还是想做个中兴名臣。

他不仅联合司徒黄琬、司空杨彪上书汉献帝，为建宁元年（168）九月政变时被政治定性（诬陷）为叛贼的陈蕃、窦武以及次年（169）在第二次党锢之祸中被捕遇害的众多党人平反，而且亲近周毖、伍琼、何颙、郑泰等贤才，甚至征辟荀爽、韩融、陈纪、蔡邕等名士入朝为官。董卓还选拔了韩馥、刘岱、孔伷、张咨、孔融、应劭、张邈等名士担任地方要职，对袁绍、王匡、鲍信等忤逆自己的人授以太守职位以示安抚。

如果董卓这种安抚政策能够继续下去，董卓也是名垂千古的中兴能臣，但这时发生了一件大事，激起了董卓的流氓性格。董卓想做好人，结果遭遇刺杀，他也就做起了恶人。

历史上没有"孟德献刀"的曹操刺杀董卓事件。

不要说曹操与董卓还没有友好到可以肆意出入太尉府的地步，就是献刀这种小把戏也不可能骗过身经百战的董卓。侍御史扰龙宗，此前就因为拜见董卓时忘了解除佩剑，被董卓以密谋行刺诛杀。董卓对携带利器的外人，向来高度警惕。

伍孚是汝南吴房（今河南省遂平县）人，与袁绍家族属于汝南老乡。伍孚曾被大将军何进辟为东曹属，后担任越骑校尉。在董卓擅自废立皇帝，满朝文武沉默不敢动后，他在朝服里挟佩刀见董卓。

董卓误以为伍孚尊重自己，就主动与他亲近，不料伍孚突然抽刀行刺。董卓早年在西北军中就以骁勇力大闻名，伍孚一刺不中，当场被董卓下令诛杀。

这次刺杀事件表明，无论董卓对文官集团，特别是士人集团如何以礼相待，甚至平反党锢之祸以来一系列冤假错案，都得不到文士集团的认可。在文士集团眼中，董卓就是谋朝篡权的奸贼。无论是袁绍还是卢植，甚至伍孚，都不肯接受董卓。

文士集团可以对袁绍等人率军攻入皇宫的谋反行为视而不见，可以对袁绍等人不奏闻皇帝与太后，肆意杀戮宦官的擅专行为表示理解，但对董卓控制朝政绝不能接受。

董卓遇到的难题，后来李傕、曹操也都遇到了。曹操站在董卓、李傕等人的肩膀上，知道如何去威逼利诱化解。董卓只知道威逼，不懂得利诱，不懂得笼络，也就最终遇刺身亡。

董卓终于被文士集团的这种不信任甚至鄙视，激起了流氓习性。他开始显露出压抑已久的暴虐，大开杀戒。

十一月，董卓自称相国，赞拜不名，入朝不趋，剑履上殿。董卓自称是效仿西汉开国宰相萧何，其实是从礼仪上凌驾在众臣之上。

董卓在京师纵兵剽掠财物，欺凌妇女，残害百姓，制造政治恐慌。董卓擅行废立的种种暴行引起了官僚士大夫的愤恨，他所任命的关东州郡州牧、刺史、太守，也都反对他。各地讨伐董卓的呼声日益高涨。

"首倡义兵"的不是曹操，而是东郡太守桥瑁。

桥瑁假托朝廷三公的名义，号召各州郡起兵讨伐董卓，陈述董卓罪恶，呼吁各地起兵反董，恢复刘辩的帝位。桥瑁此举其实害了被董卓废黜的小皇帝刘辩。

董卓干脆一不做二不休，在初平元年（190）正月十二指使弘农王郎中令李儒毒杀废帝刘辩，以断绝桥瑁等反董联军的政治企图。一场大规模内战终于拉开了序幕，它将决定东汉王朝此后究竟能否存续。

这场内战究竟能不能恢复秩序呢？请看下回，"袁绍主盟"。

第05章

袁绍主盟

◇导读：袁绍一手制造了雒阳惊变，一手策动了董卓进京，是东汉末年乱局的"总导演"。面对董卓把持朝政的局面，袁绍有没有能力澄清天下呢？

初平元年（190）正月，后将军袁术、冀州牧韩馥、豫州刺史孔伷、兖州刺史刘岱、河内太守王匡、渤海太守袁绍、陈留太守张邈、东郡太守桥瑁、山阳太守袁遗、济北相鲍信、广陵太守张超起兵齐聚酸枣（今河南省延津县）讨伐董卓，推袁绍为盟主。

这里没有十八路诸侯，只有十一路诸侯。

孔融此时是北海国相而不是北海太守，公孙瓒是奋武将军。张杨这时带着几千人没有地盘，只是投靠袁绍。孙坚还在从长沙郡赶来的路上。曹操没有地盘，只是被袁绍推荐为代理奋武将军，而且从属于陈留太守张邈。马腾更是凉州叛军首领，他不仅远在西北，不可能越过董卓控制区来参加酸枣会盟，而且他是凉州三大叛军领袖之一，他的目标是反叛，而不是勤王。徐州刺史陶谦更是满足于治理好徐州，没兴趣掺和袁绍组织的会盟。公孙瓒都没兴趣参加这次会盟，公孙瓒的小弟刘备当然没机会参加这次聚会，公孙瓒小弟的小弟关羽、张飞，更没有表现的机会。

二月，董卓看到关东联军气势正盛，提出迁都长安。

太尉黄琬、司徒杨彪表示反对，立即被董卓免职。董卓还杀死当初劝他善待袁绍等名士的周珌、伍琼等人泄愤。

董卓大权独揽之际，突然发现自己的老领导左将军皇甫嵩还指挥着三万精兵驻扎在长安附近。一旦皇甫嵩与袁绍联手夹击自己，自己这点军队都不是皇甫嵩的对手。董卓不担心袁绍联军那些乌合之众，担心的反而是皇甫嵩那些经历过战火淬炼的百战精兵。

董卓果然是高手，他以小皇帝的名义征召皇甫嵩与他的拍档京兆尹盖勋入京。皇甫嵩的长史梁衍劝皇甫嵩趁机起兵救驾，不料皇甫嵩以服从皇帝的命令为由，放下军队孤身进京。盖勋本想与皇甫嵩一起反抗董卓，却因为皇甫嵩放弃抵抗也只好跟着进京。

反抗董卓擅自废立皇帝的最后机会，被皇甫嵩这样愚忠的重臣白白浪费了。

董卓强制迁都长安，动用军队驱赶雒阳居民，导致大批百姓丧命，兰台（东汉政府的图书馆）的藏书也在途中损失大半。他还在雒阳实行"焦土政策"，放火焚烧宫殿、官府、民宅，趁机搜刮财物，又指使吕布挖掘帝王、公卿大臣的陵墓获取珍宝。董卓还派军队袭击颍川郡阳城县，将正在举办二月社的百姓屠杀，对外宣称是剿灭叛贼得胜归来，把劫掠来的女人分给士兵。

董卓这一切暴虐行径，直接把他变成人神共愤的屠夫。

如果说十一路诸侯最初起兵反抗董卓，还有些底气不足，更多是靠着一腔热血，那么董卓劫持天子、毁灭雒阳，则直接宣告董卓败亡的结局。此时袁绍早已丧失了西进的勇气，只有曹操、孙坚等人要求趁机进攻董卓。

三月，一直对董卓采取合作态度的太傅袁隗、太仆袁基等人，终于被董卓灭族，罪名就是私通袁绍等朝廷叛逆。袁绍、袁术兄弟对叔父袁隗与亲哥哥袁基满门被杀，竟然只是号啕大哭，不肯率领复仇大军勤王西征。

这些世家子弟的表现令人大感意外，此后他们还给董卓带来了更多惊喜。

六月，长安朝廷派出大鸿胪韩融为首的使者团，分为两路东来，试图劝袁绍、袁术罢兵，袁绍、袁术不听。袁绍指派王匡杀掉了使团成员执金吾胡母班与王瓌、吴循等人，袁术也捕杀了使团成员阴循。韩融因为德高望重，免于一死。

袁绍、袁术两兄弟不是积极进军，而是杀使团大臣泄愤，其无能可见一斑。

酸枣联军在曹操、鲍信等人带领下，试图占领成皋县（今河南省荥阳市）。董卓派中郎将徐荣率军迎战，在荥阳汴水旁大败联军。联军损失过半，曹操也受了箭伤，被堂弟曹洪拼死救回。

回至酸枣，曹操建议诸军各据要地，再分兵西入武关（今陕西省丹凤县东南），围困董卓。关东诸将不肯听从。曹操一气之下，干脆与部将夏侯惇扬州（今安徽省寿县）募兵，后得千余人再度北上，屯于河内郡（今河南省武陟县西南）。

十一月，董卓率军渡过孟津，击败河内太守王匡。

这时孙坚领荆州、豫州军北上南阳郡鲁阳县（今河南省鲁山县），与袁术会合。袁术表孙坚为破虏将军、豫州刺史，北上讨伐董卓，自己则趁势南下夺取南阳郡，为孙坚提供粮草支持。

南阳是东汉仅次于雒阳的第二大城市，户口百万。荆州牧刘表看到袁术占据了南阳郡，也就顺水推舟表袁术为南阳太守。

初平二年（191）二月，孙坚率豫州军向梁县（今河南省汝州市东）进发，被徐荣包围。孙坚和十几个骑兵突围逃出，一路收集散兵据守阳人（今河南汝州市西）。

董卓听说孙坚进占阳人，立即派胡轸为大都护、吕布为骑督，带五千人马前往迎击。吕布与胡轸不合，造成胡轸全军溃败，部下督华雄也被斩杀。

孙坚在阳人一战名声大噪，袁术却听信谗言不给孙坚军粮。经孙坚劝说，袁术才继续支持孙坚进军。这也反映出袁术政治短见。焉不知一则董卓与袁术有杀叔屠兄之仇，二则袁术麾下只有孙坚能征惯战需要笼络？

董卓惧怕孙坚的勇武威猛，派部将李傕前往劝说，想与孙坚联姻。孙坚严词拒绝董卓，董卓反而对孙坚大为叹服。董卓认为关东诸将，只有孙坚是自己的对手，只是孙坚跟着袁术必然失败。

孙坚大军直逼雒阳近郊，董卓亲自引兵与孙坚交战，结果遭到孙坚重创。董卓留下吕布掩护，自己转守渑池和陕城（今河南省三门峡市西）。孙坚挥兵进攻雒阳，击败吕布后进入雒阳。

当时雒阳惨遭董卓纵兵破坏，数百里无人烟。孙坚入城命令部队清扫汉室宗庙，用太牢之礼祭祀。

孙坚这次攻入雒阳，最大的礼物，竟然是无意中得到了汉王朝的传国玉玺。后来袁术得知孙坚手上有传国玉玺，竟然拘禁孙坚的妻子向孙坚夺取玉玺，其卑劣无耻可见一斑。如此待人如何能够赢得一流人才追随？

孙坚整饬部队，分兵出新安、渑池进击董卓。

为防孙坚再来进击，董卓便留董越屯兵渑池、段煨屯兵华阴、牛辅屯兵安邑，其他将领留守各县，制衡山东群雄，自己则退往长安。孙坚修复被董卓挖掘的汉室陵墓，准备继续西征。

趁着孙坚率军远在函谷关一带与董卓大军浴血奋战，盟主袁绍竟然表周昂为豫州刺史，指使其率兵袭取孙坚的豫州大本营阳城。明明董卓杀了袁绍的亲叔叔与亲哥哥，明明孙坚在前线为讨伐袁绍的仇人董卓流血牺牲，但袁绍竟然背后偷袭孙坚，难道袁绍是董卓的卧底？

孙坚随即撤军东归，挥师攻打周昂。周昂大军当然不是孙坚百战精兵的对手，很快溃败遁逃。

随着孙坚从函谷关附近撤军，十一路诸侯讨伐董卓的勤王运动宣告结束。关东诸侯作鸟兽散，开始了紧张的争夺地盘内讧。至于董卓劫持天子、焚烧雒阳、杀戮公卿，至于太傅袁隗、太仆袁基留在长安的亲属满门被斩杀，袁绍、袁术兄弟已经无暇顾及了。

虎头蛇尾的勤王运动结束后，关东诸将进入了争抢地盘的内讧之中。袁绍、袁术兄弟对于抢地盘更有兴趣，历史进入"关东纷战"时代。

第06章

关东纷战

> ◇导读："长江后浪推前浪"，关东纷战也是"前浪拍在沙滩上"。作为"前浪"的袁绍、袁术兄弟，面临着"后浪"曹操、孙坚、刘备的追赶。

初平元年（190）正月的会盟讨伐，只有曹操、孙坚比较积极，其他诸侯更多是借着会盟刷存在感。

这一则是因为关东诸侯临时招募的军队本就是乌合之众，远不是董卓那些经历过镇压黄巾起义、平定凉州叛乱虎狼之师的对手。二则是因为大家对董卓劫持天子、焚毁雒阳、迁都长安、杀戮公卿，只是道义上的气愤，他们更关心的是自己的切身利益。

关东诸将更是把双重标准进行到底，例如对董卓借小皇帝之手授予的官职纷纷笑纳，甚至上表董卓控制的朝廷推荐一系列官员。即使是讨伐董卓最积极的曹操与孙坚，也接受了朝廷任命的奋武将军与破虏将军、豫州刺史等职务。

031 | 第06章 关东纷战

这一年，孙坚在北上讨伐董卓的途中，杀死了荆州刺史王睿，董卓委任大将军何进的幕僚刘表为荆州刺史。刘表不仅欣然接受董卓的任命，还在延中庐县人蒯良、蒯越及襄阳人蔡瑁等辅佐下，控制了荆州八郡中的七郡，并把户口百万的南阳郡推给袁术向其示好。

刘表割据荆州十八年之久，直到建安十三年（208）病死。

这一年，董卓还听从中郎将徐荣的建议，委任徐荣的老乡公孙度为辽东太守。

公孙度以辽东郡为基础，迅速建立起半独立的政权。中原地区天下大乱，公孙度趁机自立为辽东侯、平州牧，东伐高句丽，西击乌桓，南取辽东半岛，越海取胶东半岛北部东莱诸县，开疆扩土；又招贤纳士，设馆开学，广招流民，威行海外，俨然以辽东王自居。公孙度的子孙一直担任辽东太守职务，直到曹魏景初二年（238）公孙度的孙子公孙渊自立为燕王，被魏国太尉司马懿率军讨灭，公孙氏割据辽东近半个世纪。

这一年，徐州刺史陶谦没有派兵参加袁绍组织的会盟勤王运动，倒是启用亡命东海的泰山人臧霸及其同乡孙观等为将，基本消灭境内的黄巾起义军。徐州在乱世中保持着稳定与繁荣。

初平二年（191），汉末三大名将之一的朱儁屯驻在中牟县，传信给各个州郡，召请部队讨伐董卓。这次陶谦倒是积极派出三千精锐，只是其他州郡继续作壁上观，朱儁组织讨伐董卓的会盟运动也草草收场。

这一年，益州牧刘焉把南阳、三辅一带逃往益州的数万户流民收编为东州兵，成为刘焉稳定西川局势的武力基础。天下诸侯讨伐权臣董卓之时，刘焉像刘表一样拒不出兵，保州自守。

控制着一州之地的汉室宗亲刘表、刘焉等人都如此冷漠，"人心思汉"成了笑话。当年刘焉来益州就是听说益州有天子气，初平二年（191），刘焉更是制作天子乘坐的车架千余辆，俨然土皇帝。只是刘焉不知道所谓益州的天子气，是指此时远在青州平原郡的刘备，刘焉父子两代人的努力为刘备称帝做了嫁衣裳。

讨伐董卓的十一路诸侯没有几个积极的，倒是自相残杀很积极。首倡义兵的东郡太守桥瑁与兖州刺史刘岱不和，刘刺史干脆起兵消灭桥太守，改派王肱为东郡太守。

初平二年（191），冀州牧韩馥的部将麴义反叛，韩馥连战皆败。袁绍此时是韩馥下属的渤海郡太守，他不是积极帮助上司韩馥平定麴义叛乱，而是在谋士逢纪等人的鼓动下密谋夺取冀州。

袁绍又是与麴义结交，又是鼓动控制幽州的奋武将军公孙瓒南下进攻冀州，造成冀州难保的局势。紧接着他再派外甥陈留人高干以及颍川人荀谌等人，前去劝韩馥把冀州交给自己。

韩馥的长史耿武、别驾闵纯、骑都尉沮授都劝阻韩馥，认为冀州能够披甲上阵的青壮年百万之众，粮食可以支撑十年，袁绍只有一郡之地当然很快可以被消灭。但韩馥认为自己德行不如袁绍，就把冀州让给了袁绍。

袁绍接管冀州后，只给了韩馥奋武将军的虚衔，甚至借河内人朱汉逼迫韩馥，韩馥只好逃亡到陈留太守张邈处，最后被逼自杀。

多年以后，也有人如此取得益州，只是韩馥换成了刘璋，袁绍换成了刘备，奋武将军换成了振威将军，当然这是后话。

孙坚率军西征董卓时，袁绍委任部下周昂为豫州刺史，偷袭孙坚豫州刺史治所的阳城。正好公孙瓒派弟弟公孙越带着千余骑兵支援袁术作战，以向袁术示好。袁术就派公孙越支援孙坚攻打周昂夺回阳城，结果公孙越被流矢射中而死。

公孙瓒认为公孙越之死，根源是袁绍指使周昂窃取阳城，就起兵南下进攻袁绍。从此公孙瓒与袁绍便展开了旷日持久的大搏斗，直到建安四年（199）公孙瓒兵败自焚而死。

初平二年（191）秋，于毒、白绕、眭固等黑山黄巾军进攻魏郡（今河北省临漳县西南）、东郡（今河南省濮阳市西南）等地，东郡太守王肱势单力薄无法抵挡。此时曹操已经从张邈的小弟变成了袁绍的小弟，袁绍派曹操领兵进攻东郡的黄巾军，还表曹操为东郡太守。

曹操没有像公孙瓒、袁绍、刘表、刘璋那样占据一州之地，也没有像袁术那样占据着人口百万的大郡，但能有东郡作为根据地，已经迈出了"打怪升级"关键第一步——有了自己的地盘。

这时的刘备借着镇压黄巾军起义开始了起步。

中平五年（188）刘备担任安喜县尉，初平元年（190）投奔老同学公孙瓒担任别部司马，初平二年（191）参加公孙瓒与袁绍的战争，担任平原国相。

平原国也是郡级单位，刘备此时已经追平了东郡太守曹操。要知道曹操熹平三年（174）就是雒阳北部尉，中平元年（184）就是骑都尉，甚至济南国相，到了初平二年（191）还只是济南国相级别的东郡太守。

这时的关东地区以袁绍、袁术两兄弟为首，形成相互斗争的两大军事集团。袁绍与刘表、刘岱为一派，袁术与公孙瓒、陶谦为一派。袁绍、袁术两兄弟如果联手，整个汉家天下都是袁家天下，问题是袁绍和袁术此时势同水火。

董卓劫持天子，袁绍想立汉宗室刘虞为帝，派人通知袁术，希望得到袁术支持。但是袁术想自己称帝，托词公义不赞同袁绍的提议，兄弟两人因此积怨翻脸。

后来奠基三家分汉基础的曹操、刘备与孙坚三人，此时还是"后浪"。曹操是依附冀州袁绍的东郡太守，刘备是依附幽州公孙瓒的平原国相，孙坚则是依附南阳袁术的豫州刺史。

本来孙坚起步比曹操、刘备有利得多，如果孙坚初平三年（192）就能够以豫州为基地开始征战天下，那么奉迎天子定都许县的就可能是孙坚，要知道许县等地正属于孙坚的地盘豫州。有孙坚在豫州，曹操如何能够越过豫州去雒阳勤王？然而正当孙坚踌躇满志时，却在荆州意外遇袭身亡。

初平三年（192）四月，孙坚奉袁术之命讨伐荆州刘表，被刘表大将黄祖率军伏击遇害。"江东猛虎"没有死于讨伐董卓的战场上，反而死于关东诸将内讧中，殊为可惜。

而关东诸将内讧不断时，西凉集团也没闲着。此时西凉集团掌控的朝廷如何？请看下回，"长安喋血"。

第07章

长安喋血

> ◇导读：董卓败回关中，逐渐失去统一天下的进取心，也就把主要精力用在巩固统治上。既然文官集团不与自己合作，那么就杀戮重臣立威。文官集团"统战"吕布，制造了刺杀董卓事件，结果董卓死后形势更是一发不可收拾，汉献帝君臣处境更加凄凉。

　　董卓与孙坚是一对冤家。

　　他俩不仅在光和七年（184）一起参与镇压了黄巾起义，还在中平二年（185）一起参与镇压了凉州叛乱。中平六年（189）董卓擅自废立皇帝激起关东州郡讨伐，孙坚也是最积极的大前锋，甚至讨伐董卓以孙坚撤军为标志而结束。

　　更为神奇的是，两人竟然都在初平三年（192）四月身死。孙坚被汉室宗亲刘表的部下伏击射杀，董卓则被誓为父子的义子吕布刺杀。

永汉元年（189）九月，董卓废黜小皇帝刘辩，改立陈留王刘协为皇帝。满朝文武除了袁绍、卢植、孔融等极少数人公开反对外，基本保持沉默。但保持沉默并不意味着真心服从，越骑校尉伍孚就曾刺杀董卓。这些密谋反对董卓的大臣中，最深藏不露的是王允。

王允出身太原王氏世家大族，曾被朝廷三公（司徒、司空、太尉）同时征召，以司徒高第征为侍御史。

光和七年（184）黄巾起义爆发后，王允被拜为豫州刺史，初次领兵竟然大获全胜，还与左中郎将皇甫嵩、右中郎将朱儁共同受降数十万黄巾起义军。看来世家大族子弟有他们的过人之处，家学传统，本就是文武兼备。王允是这样，司马懿、陆逊、钟会也是这样，世家子弟并非都是纨绔子弟。

中平六年（189）八月，大将军何进被杀后，王允担任河南尹。董卓控制朝政后，对出身世家大族的王允表示尊重。王允被拜为太仆，不久迁任尚书令。董卓的嫡系不乏军事人才，但毕竟治理国家需要文臣，需要蔡邕、王允等人帮忙。

初平元年（190）二月，司徒杨彪因为反对董卓迁都长安被罢免，王允接任司徒，并继续兼任尚书令。

王允也是深藏不露，表面上敷衍董卓摆出与董卓合作的架势，赢得董卓的信任，暗中则组织刺董小帮派。司隶校尉黄琬、尚书郑公业、尚书杨瓒、尚书仆射士孙瑞等大臣，都秘密加入王允的组织。董卓身经百战且戒备心强，伍孚刺杀董卓失败后，董卓更是不信任外人。因此，要想成功刺杀董卓，就必须用董卓身边的人。

董卓身边的人基本都是他从凉州一手带出来的心腹爱将，这些人显然不会背叛他。吕布则是后来才被董卓"收编"的，并且两人之间存在很深的矛盾，于是王允决定借助这层关系说服吕布入伙。

吕布这时正处于郁闷中。

初平二年（191）二月，骑督吕布与大督护胡轸不合，导致西北骁将华雄被孙坚斩杀，引起董卓不满。董卓兵败退回关中，一方面不断给自己加官晋爵封自己为太师，另一方面则放弃征战天下的雄心壮志想着过安稳日子。

吕布不在前线冲锋陷阵，也就留在董卓身边帮董卓"看家护院"。既然是董卓的义子，又是董卓的"大保镖"，吕布当然经常出入董卓太师府，甚至进入内廷。董卓后宫佳丽如云，当然不能做到雨露均沾，必然有忙不过来的时候。一来二去，吕布就跟董卓的侍妾私通，给董卓戴了不少"绿帽子"。

吕布与义父董卓的侍妾私通，法律上属于私通庶母，这在古代是属于浸猪笼的死罪。正好董卓曾在气头上向吕布掷出手戟，差点儿刺伤吕布，引起了吕布的惊恐。

王允与吕布多次"谈心"，获悉了吕布这些"私房话"后就开始大做文章。王允先是挑拨董卓和吕布的关系，鼓动吕布刺杀董卓，还给吕布冠上"高大上"的帽子，说是为了拯救天下苍生，挽救汉室危亡。吕布经不起王允的又拉又捧开始心动，但吕布还是有自己的道德底线，毕竟他与董卓誓为父子。王允便借董卓向吕布掷出手戟差点刺伤吕布之事，说董卓掷出手戟要杀你时，何曾把你看成儿子？吕布也就在王允的鼓动下成了诛杀董卓的内应。

董卓也是不懂人心，把吕布当成心腹，就要对他以礼相待，就像曹操对典韦、许褚，孙权对周泰；不喜欢吕布，就应该把他调离身边。焉不知心腹到心腹之患，只有一步之遥。后来的张飞、邓艾也是不懂人心，从而分别被身边的范强、张达与田续害死。

董卓其实对吕布还是不错的。当时董卓部下最高级别就是中郎将，吕布不仅被提拔为中郎将，甚至被封为都亭侯，而董卓老部下五大中郎将牛辅、董越、段煨、胡轸、徐荣都没有封侯。董卓气头上向吕布掷出手戟，并不是不再喜欢吕布，只是一时冲动。没想到这次冲动最终要了他的命。

董卓开始英雄气短，在长安城东修筑堡垒居住，又在郿县（董卓封地）修筑坞堡，里面存放着搜刮来的大量财物，以及可供食用三十年的粮食。董卓不再去想如何治国平天下，而是想着如何自保。太傅袁隗、太仆袁基被董卓族灭后，董卓又诛灭了老领导张温，通过大肆杀戮制造政治恐慌，以震慑潜在的反对者。

"上帝要他灭亡，必先让他疯狂"，董卓的杀戮政策让满朝文武百官人人自危，也促使王允的刺董小帮派提前行动。王允与吕布等人商量，以小皇帝大病初愈、众臣入宫恭祝天子龙体安康为由，把董卓骗入皇宫，并派出十多名刺客换上宫廷侍卫的服装准备伏杀董卓。

初平三年（192）四月二十三日清晨，董卓乘车前往皇宫，遭遇刺客伏击。危急关头，董卓喊吕布救驾，却被吕布当场斩杀。

董卓被刺事件，提醒了后来的权臣曹操等人。曹操就吸取教训，轻易不去皇宫朝见天子，还把宫廷侍卫换成自己的人。权臣都是相互学习的，控制朝政的手段也越来越精细。

蔡邕听说董卓被刺杀，有些感伤，毕竟蔡邕饱受宦官迫害，董卓对其有知遇之恩。王允却污蔑蔡邕是董卓党徒，将其下狱，甚至太尉马日磾求情也不被允许。不久蔡邕死于狱中，引起众人对王允的不满。

王允对董卓长期隐忍，也导致性情一直被压抑。这次终于刺杀了董卓，王允掌握了朝廷权力，却不知如何谨慎行使权力。王允刺杀董卓只是一次"斩首行动"，董卓留下的十几万军队并没有损耗，如何安抚董卓旧部成为大问题。

董卓麾下六位中郎将中，吕布被王允收买，徐荣、段煨、胡轸投降朝廷，只有董卓的女婿牛辅与董卓的宗族董越拒不投降。后来董越在酒席上被牛辅杀死，牛辅成了董卓那些拒不投降朝廷的旧部的"新老大"。吕布派参与刺杀董卓的老乡李肃率军攻打牛辅，很快被牛辅击败。这说明仅凭王允手上的兵力，根本不是董卓旧部的对手。

牛辅对西凉军的前途感到悲观，但并非武力迫使朝廷承认自己的独立地位，而是抛弃队伍带着大量财宝潜逃，结果被贪财的随从杀害。牛辅一死，西凉军一时之间群龙无首。

王允此时既不知己，也不知彼。他不清楚朝廷的军事力量极为有限，不知道董卓虽死而西凉军实力犹存，又不放心在西北享有崇高威望的皇甫嵩等老将，更不懂如何安抚人心，甚至拒绝赦免西凉军，这就导致好不容易稳定的政治局面再次被破坏。

牛辅麾下的校尉李傕、郭汜、张济等人向朝廷请求赦免被拒后，最初也想逃走。牛辅的部下讨虏校尉贾诩认为，如果舍弃大军逃亡，一个亭长都可以捉拿他们，不如收集董卓旧部进军长安。一旦成功了当然更好，如果失败了，再逃也不迟。

李傕、郭汜等人一听有道理，看到蔡邕也被王允杀害，就宣扬王允要屠灭凉州。他们举着为董卓报仇的旗号"一路向西"，沿途收编董卓旧部。王允派董卓老部下胡轸、徐荣在新丰迎击李傕等人，结果徐荣战死，胡轸率部投降。叛军很快从数千人发展到数万人。

五月，李傕、郭汜、张济大军与董卓的旧部樊稠、李蒙、王方等部会合，一起围攻长安。吕布虽然骁勇善战却势单力薄，而且吕布性情粗野，动辄杀戮败军之将，很快失去人心。不久吕布败走，李傕、郭汜等人攻入长安。司隶校尉黄琬、左冯翊宋翼、右扶风王宏和司徒王允夫妇被杀，李傕等人纵兵劫掠，百姓、官员死伤不计其数。

九月，小皇帝刘协封李傕为车骑将军，封郭汜为后将军，封张济为镇东将军。三人共同把持朝政，东汉进入"后董卓时代"。

董卓死后，王允本有机会重建秩序，却因为偏执葬送了东汉王朝最后一次自救机会。建立在世家大族基础上的东汉王朝，生生被世家大族出身的袁绍、王允等人"坑死"。只是大家没有注意到，世家大族坑害中国王朝，一直要从公元2世纪黄巾起义延续到公元6世纪隋朝统一，直到科举制横空出世。

董卓已死，被董卓扶上皇位的汉献帝又在哪里呢？请看下回，"献帝蒙难"。

第08章

献帝蒙难

◇导读：汉献帝被董卓立为皇帝，后来一直成为权臣控制朝政的"政治吉祥物"。董卓充分认识到汉献帝的价值，李傕、郭汜竟然不懂珍惜，最终汉献帝落入曹操之手。

汉灵帝有两个儿子，嫡子刘辩是何皇后所生，即后来的少帝；庶子刘协则是王美人所生，即本章主人公汉献帝。

何皇后出身屠户家庭，王美人出身名门世家，其实王美人更适合做皇后。或许汉灵帝也被女人当家吓怕了，于是便立小户人家出身的何氏为皇后。

刘协出生后，生母王美人就被何皇后毒杀。汉灵帝很喜欢小儿子刘协，却不懂得如何保护他。在何皇后毒杀王美人后，汉灵帝没有褫夺何氏的皇后封号，更没有将其赐死，只是把小儿子刘协交给母亲董太后抚养。

如果汉灵帝懂政治，借着何皇后毒杀王美人，直接将何皇后贬为美人，甚至追尊王美人为皇后，再将何皇后的两位哥哥贬到边鄙地区为太守，哪里会有后来的幺蛾子？

刘协生母已死，当然不存在女人当家。若汉灵帝再选择忠于职守的皇甫嵩、卢植等人为托孤大臣，汉王朝必然稳如泰山。

汉灵帝不懂得如何保护小儿子刘协，中平六年（189）四月汉灵帝驾崩后，嫡长子刘辩也就在舅父大将军何进的支持下顺利登基为皇帝。

何进在诛除宦官的过程中被宦官所杀，宦官又被何进的部下袁绍、袁术等人进宫斩杀。"螳螂捕蝉，黄雀在后"，董卓最终控制了朝政。

董卓看到刘协机灵可爱，并且是董太后一手抚养成长的，而自己又是董太后的同宗，于是便改立刘协为皇帝。

汉献帝是标准的傀儡皇帝，从中平六年（189）九月被司空董卓扶上皇位，到延康元年（220）十月被迫将皇帝位禅让给魏王曹丕，汉献帝当了三十一年的"政治吉祥物"。

无论是董卓从司空改封为太尉，还是从相国拜为太师，至少在董卓眼中，汉献帝还是"人畜无害"的，但在其他人眼中就并非都如此。

汉献帝登基不久，东郡太守桥瑁就假托朝廷三公给各州、郡的文书，陈述董卓的罪恶，要求废黜刘协，恢复刘辩的皇位。桥瑁好心办坏事，直接导致董卓毒死废帝刘辩。关东诸侯讨伐董卓，也是在否定汉献帝的合法性，此时董卓更是汉献帝的保护人。

初平二年（191）正月，袁绍、韩馥等以献帝年幼，且被控制在董卓手里为由，要求废掉献帝，推举幽州牧刘虞为帝。刘虞是汉光武帝刘秀之子东海恭王刘强之后，与汉灵帝甚至汉桓帝血缘疏远。袁绍这种想法，当然得不到支持，甚至连袁绍的小弟曹操与弟弟袁术都不同意，刘虞也觉得荒唐坚决推辞，这才作罢。当然，这也导致袁绍与袁术关系紧张，形成了以两兄弟为首相互敌对的两大军事联盟。

刘虞的儿子刘和，在长安朝廷担任侍中。汉献帝想凭借关东军的力量还都雒阳，就偷偷派刘和带着密诏出关求助。刘和抵达袁术地盘时被扣押，后来好不容易逃离袁术辖区，又被袁绍扣押。汉献帝求救关东诸将的计划也就在袁氏兄弟的阻挠下不了了之。

初平三年（192）四月，司徒王允联合吕布刺杀董卓。五月，王允又被董卓的旧部李傕、郭汜等人逼死，吕布战败逃往关东。汉献帝再次成了傀儡，只是当家人换成了董卓的部下李傕、郭汜等人。

李傕、郭汜当时只是中郎将（准将）牛辅麾下的校尉（上校），很快两人升为扬武将军、扬烈将军等"杂号将军"（少将），接着又升为车骑将军、后将军等"重号将军"（中将）。

这时曾担任右车骑将军的朱儁屯军中牟。徐州刺史陶谦联合前扬州刺史周干、琅琊相阴德、东海相刘馗、彭城相汲廉、北海相孔融、沛相袁忠、泰山太守应劭、汝南太守徐璆、前九江太守服虔、博士郑玄等人，共朱儁为太师。陶谦发出讨伐李傕等人的檄文，要求奉迎天子。

董卓曾经用小皇帝的一纸诏书，把手握重兵的老将军皇甫嵩召进京师雒阳，从而瓦解皇甫嵩等人的勤王行动。李傕如法炮制，以小皇帝的名义，宣召朱儁进京师长安，这次勤王行动也迅速瓦解。

汉献帝虽然只是"政治吉祥物",但对于谨守人臣之道的皇甫嵩、朱儁等名宿而言,却属于超级武器。曹操也是看准了汉献帝的价值,后来才有样学样。

这时凉州叛军首领韩遂、马腾也来到了长安。控制长安朝廷的李傕、郭汜为了拉拢两人,封韩遂、马腾为"重号将军"的镇西将军与征西将军,让他们回到凉州。

兴平元年(194),马腾有私事求于李傕,没有得到应允,于是率兵相攻。汉献帝派使者劝解,没有成功。

马腾联合韩遂一起进攻长安,却高估了凉州叛军战斗力,远不是朝廷正规军西凉军的对手。李傕使樊稠、郭汜以及侄子李利出击,马腾、韩遂败回凉州。李傕等人又与马腾、韩遂讲和,把马腾、韩遂降为"杂号将军"的安狄将军与安降将军。

兴平二年(195),李傕、郭汜、樊稠、张济等人终于出现了内讧。他们曾是中郎将牛辅麾下的四校尉,曾一起为董卓征战四方,曾在董卓死后一起拒不投降朝廷,曾在牛辅死后一起冒险进军长安,还一起击败吕布逼死王允,一起执掌朝政挫败凉州叛军,可随着西凉集团连战皆胜,四校尉却逐渐失和。许多人可以共患难却不可以共富贵,四校尉也不例外。

四校尉中樊稠最擅长用兵。这年二月他想出兵关东,就向主持朝政的李傕要求增派部队。李傕猜忌樊稠深得人心,又记恨樊稠当初私自放走韩遂,就借口给樊稠、李蒙饯行,在酒席间将两人刺杀,吞并了两人的军队。

郭汜的妻子害怕李傕送婢妾给郭汜会夺己之爱,就挑拨郭汜与李傕之间的关系。结果李傕、郭汜因为妇人之言而内讧,交战连月,死者万计。汉献帝派人劝解,但没有成功。

三月，李傕派侄子李暹劫持汉献帝到自己营中，郭汜则劫持了前来劝和的公卿，二人继续交战。

李傕逼汉献帝封自己为大司马，位于三公之上。这时四校尉之一的张济率军从陕县赶到长安劝解，李傕和郭汜答应和解并易子为质，同意汉献帝东归雒阳。

七月，汉献帝出长安东归。李傕引兵池阳（今陕西省泾阳县和三原县一带），张济、郭汜以及原董卓部下杨定、杨奉、董承皆随天子车驾东归。

李傕、郭汜等人放走了汉献帝这个"名分天子"，也就从中央军变成了地方军，甚至沦为了普通军阀。西凉集团逐渐式微，失去了问鼎中原的实力。

汉献帝在杨奉、董承等人的保护下逃往弘农（今河南省三门峡市、南阳市西部以及陕西省东南部的商洛市一带），进驻安邑（今山西省夏县一带）。汉献帝接着又辗转东行，终于在建安元年（196）七月回到阔别六年之久的雒阳。

此时的雒阳已经是一片废墟，文武百官没有粮食给养，尚书郎以下的官员都要自己去采集野菜充饥。

汉献帝离开长安时，下诏让各路诸侯勤王，结果关东诸将忙于争地盘，无人响应。汉献帝君臣到了前所未有的困难时期，不是在雒阳饿死就是被乱兵杀死。

汉献帝君臣在雒阳走投无路时，当年组织会盟讨伐董卓的袁绍等人又在哪里？请看下回，"争雄河北"。

第09章

争雄河北

◇导读：光武帝刘秀曾经在河北豪强支持下复兴汉室。"得河北者得天下"成为关中衰败后的真理。冀州袁绍最终击败了幽州公孙瓒，成为"天下第一诸侯"。

袁绍大家很熟悉，出身超级豪门汝南袁氏。自袁绍曾祖父起，袁氏四代有五人位居三公，他自己也居三公之上，其家族也因此有"四世三公"之称。袁绍的父亲袁逢历任太仆卿、司空、执金吾，成为朝廷"三老"。

袁绍早年与董卓、袁术、曹操小时候一样，都是飞鹰走狗，不务正业，这也说明他不是普通的世家子弟。

袁逢共有三个儿子，即嫡长子袁基，嫡次子袁术，与庶长子袁绍。嫡长子袁基官拜太仆，是朝廷九卿之一，在袁绍、袁术组织会盟讨伐董卓时与叔父太傅袁隗一起被董卓族灭。嫡次子袁术举孝廉出身，拜为河南尹、虎贲中郎将，董卓进京后拜为后将军，讨伐董卓时占据户口百万的南阳郡，后来与幽州公孙瓒、荆州刘表结成联盟，与庶兄袁绍对抗。

庶长子袁绍，此时也是"开挂人生"，过继给伯父左中郎将袁成，不仅摆脱了丫鬟生的庶出尴尬，而且在宗法上变成袁术伯父的嗣子，比袁术更尊贵。

就像后来的司马炎弟弟司马攸，过继给伯父司马师，迅速变成大房嗣子。只是因为司马师没有多活几年，否则司马攸继承权位毫无障碍。

袁绍不到二十岁已出任濮阳长，为父母分别服丧三年获得孝子名声。袁绍与反对宦官的名士张邈、何颙、许攸等人交往过密，曹操也成为袁绍的"粉丝"。

光和七年（184），黄巾起义爆发，给了袁绍千载难逢的机会，大将军何进征辟袁绍为侍御史、虎贲中郎将。中平五年（188），汉灵帝组建西园禁军，以袁绍为西园八校尉之一的中军校尉。中平六年（189），何进拥立外甥刘辩为皇帝，委任袁绍为司隶校尉。袁绍在何进遇害后，率军诛灭宦官名扬天下。即使是董卓专权，也不得不拜袁绍为渤海太守、邟乡侯，以示安抚。

初平元年（190）正月，关东州郡起兵讨伐董卓，推举袁绍为盟主，袁绍名望达到巅峰。虽然袁绍对讨伐董卓不甚积极，但对借着盟主地位扩张权势挺有兴趣。

董卓劫持天子迁都长安，袁绍竟然准备抛弃汉献帝刘协，与冀州牧韩馥密谋另立幽州牧刘虞为皇帝。袁绍不仅由此与弟弟袁术反目成仇，而且让小弟曹操开始离心。

袁绍是玩套路的高手。

初平二年（191），冀州牧韩馥的部将麹义反叛，袁绍作为韩馥属下的渤海太守，竟然不是帮助韩馥平定麴义叛乱，反而是趁机与麴义结交，这明摆着是挖韩馥的墙角。袁绍甚至煽动公孙瓒出兵冀州逼迫韩馥，然后哄骗韩馥说帮助韩馥抗击公孙瓒，从而空手套白狼，自己取代韩馥成了冀州牧。

袁绍夺取冀州后立即"变脸就翻脸"，不仅逼死韩馥，而且对公孙瓒翻脸无情。袁绍与荆州牧刘表、兖州刺史刘岱结盟，袁术则与徐州牧陶谦、幽州公孙瓒结盟，形成两大军事集团。

当时曹操依附袁绍，刘备依附公孙瓒，孙坚依附袁术，都只能跟着"打酱油"。袁绍如果与袁术联手，基本上汉家天下就是袁家天下。可惜二袁不合，给了曹操、刘备这些"后浪"开基建业的机会。袁绍也是小气，支持袁术取而代之建立新王朝又如何？难道不知道袁术的儿子质量太差吗？先支持袁术建立基业称帝，然后"摘桃子"岂不更好？

夺取冀州后，袁绍明知弟弟袁术委任讨伐董卓的急先锋孙坚为豫州刺史，竟然在孙坚远征董卓胜利在望时，派部下周昂为豫州刺史，还袭取孙坚大本营阳城。这不仅迫使孙坚放弃讨伐董卓回救豫州，而且导致袁绍和袁术两兄弟刀兵相见，甚至因为公孙瓒的弟弟公孙越在支援孙坚收复阳城的战斗中阵亡，让公孙瓒迁怒袁绍，从而为袁绍树立了公孙瓒这样的超级强敌。

公孙瓒何许人？那可是东汉末年"战神"级的牛人。如果说孙坚是"江东猛虎"，那么公孙瓒则是"河北雄狮"。

公孙瓒，辽西令支（今河北省迁安市）人，贵族子弟。因母亲出身低微，只能任书佐。再因美貌、声音洪亮与才智超群，受涿郡刘太守赏识，被招为女婿，由此开始结交上层人士。看来"好看的皮囊"与"有趣的灵魂"都很重要，尤其是出身不好的草根。

公孙瓒靠着岳父大人提携快速起步，甚至拜大儒卢植为老师，与刘备等人成为同学。公孙瓒的上司辽西太守刘其被发配交州日南郡（今越南中部地区），公孙瓒不远万里追随左右，赢得了忠诚的好名声，还被举孝廉，任为辽东属国长史。

袁绍的孝亲与公孙瓒的忠诚，让两人声名鹊起，所谓"求忠臣于孝子之门"。

公孙瓒从小吏升任辽东属国长史，也就开启了他的河北雄狮人生。公孙瓒有一次带着数十名骑兵外出巡逻，偶遇数百名鲜卑骑兵，公孙瓒没有任何退缩，竟然持矛策马直奔敌阵。

"傻的怕愣的，愣的怕不要命的"，鲜卑骑兵一看遇到了不要命的只好撤退。一代"战神"横空出世，公孙瓒此战名声大噪，升迁为涿县县令。

中平元年（184），边章、韩遂趁着东汉政府忙着镇压黄巾起义发动凉州叛乱。朝廷从幽州征发三千精骑，由都督行事公孙瓒率领赶赴西北平叛。行军途中，公孙瓒偶遇渔阳郡人张纯引诱的辽西乌桓叛军。当时叛军势大，攻占了右北平郡、辽西郡属国等地。敌情就是命令，公孙瓒立即停下来率军平叛，因功升为骑都尉。

中平五年（188），公孙瓒率军在辽东属国石门大败张纯、丘力居等叛军，朝廷拜公孙瓒为降虏校尉，封都亭侯，又兼领属国长史。要知道此时即使是袁绍也没有封侯，更遑论曹操等人。

公孙瓒不仅作战勇猛，而且把乌桓、鲜卑等胡骑视为仇人，每次作战都声色俱厉，吓得胡骑不敢进犯。公孙瓒还选出几十名擅长骑射的勇士骑着白马纵横塞上，人称"白马义从"。

朝廷派宗正刘虞任幽州牧，刘虞在公孙瓒无情剿灭的基础上提出友情安抚。刘虞派遣使臣到游牧民族中晓以利害，责令他们献上张纯的首级。

中平六年（189）三月，张纯被其门客王政杀掉，王政将其首级送给刘虞。本来辛辛苦苦平定叛乱的是公孙瓒，却不料"摘桃子"的却是刘虞。刘虞因安抚有功，被拜为太尉、襄贲侯，"施肥浇水"的公孙瓒被拜为奋武将军、蓟侯。朝廷此举，也导致公孙瓒与刘虞不合。

初平二年（191），袁绍忙着占据冀州抢夺地盘时，公孙瓒则率军忙着镇压青州黄巾军起义。当时青州黄巾军聚众三十万，攻打渤海（今河北省南皮县东北）。牛人就是牛人，公孙瓒两战将其击溃，斩杀数万，俘虏七万，由此名震天下。

袁绍这时派周昂抢夺孙坚的豫州，不仅帮了董卓大忙，使得孙坚放弃西征回援豫州，而且无意中造成公孙瓒的弟弟公孙越阵亡，得罪了"战神"公孙瓒。这是袁绍一生中，仅次于官渡之战得罪许攸又任其逃奔曹操的大错。

公孙瓒立即从青州一路向西，进攻袁绍新得的冀州。袁绍慌忙把渤海郡太守让给公孙瓒堂弟公孙范，想与公孙瓒和解。公孙瓒当然不肯善罢甘休，与公孙范联手进攻冀州，还任命严纲为冀州牧，田楷为青州牧，单经为兖州牧，夹击袁绍。

初平三年（192），袁绍与公孙瓒在广川县（今河北省枣强县东北）决战。袁绍部将麴义领精兵八百步兵，在弓弩手支援下利用有利地形击败公孙瓒万余骑兵。"战神"公孙瓒遭遇前所未有的败仗，逃回幽州。

初平四年（193），幽州牧刘虞起兵十万进攻被袁绍驱逐的公孙瓒，却被公孙瓒数百精兵偷袭击败。看来对军事"废材"刘虞等人而言，军队越多越容易吃败仗，指挥混乱是大忌。公孙瓒污蔑刘虞图谋自立为帝，将其斩杀，完全控制幽州。

刘虞的从事渔阳鲜于辅、齐周、骑督尉鲜于银等，推举阎柔为乌桓司马，调集数万胡汉联军进攻公孙瓒为刘虞报仇。袁绍趁机派麹义北上进攻公孙瓒。公孙瓒虽然击败了麹义，但也元气大伤。看来"战神"不懂政治，陷入群殴也吃不消。

公孙瓒丧失了进取心，在易京（今河北省雄县西北）修筑堡垒囤积粮草，做困兽之斗。袁绍则逐渐缩紧包围圈，终于在建安四年（199）三月攻破易京，消灭了当时的"二号诸侯"。袁绍消灭了公孙瓒，统一了河北，控制着河北四州之地，甚至接收了公孙瓒为他准备的三百万斛军粮，实力达到顶峰。

从初平二年（191）冬公孙瓒起兵为堂弟公孙越报仇进攻冀州，到建安四年（199）三月袁绍最终击败公孙瓒夺取幽州，袁绍与公孙瓒之间的河北大战持续了八年。

这八年间，曹操完成了从东郡太守、兖州牧到"挟天子以令诸侯"的华丽转身，继而完成了诛杀吕布、消灭袁术、招降张绣的任务，控制着河南四州之地。曹操与袁绍之间的差距，不再是八年前一郡之地与一州之地的差距，而是控制着朝廷及河南四州之地，与控制着河北四州之地的差距。

在袁绍这八年忙着与公孙瓒生死大搏斗时，他的"好基友"曹操又如何从"小马仔"发展到有能力与袁绍决战的强军集团的呢？请看下回，"逐鹿中原"。

第 10 章

逐鹿中原

◇ 导读：曹操长期都是袁绍的"马仔"，却从东郡太守起家，逐渐控制着兖州，甚至把兖州变成自己的大后方，为奉迎天子做好了前期准备，最终获得逐鹿中原的资本。曹操是黄巾起义的受益者，不仅从骑都尉步步高升到典军校尉，而且从占据东郡到占据兖州，甚至青州黄巾军投降曹操后变身为青州兵继续支持曹操的霸业。

终于等到曹操带着主角光环登场了。

曹操，本名吉利，字孟德，小名阿瞒，沛国谯县（今安徽省亳州市）人。曹操出身于宦官世家，父亲曹嵩是宦官曹腾的养子。曹腾在汉桓帝时被封为费亭侯，曹嵩在汉灵帝时位列三公，官至太尉。

有人说曹操是夏侯氏之子，考虑到曹操的女儿嫁给夏侯惇的儿子夏侯楙，而中国传统有同姓不婚的习俗，曹操父亲应该不是夏侯氏之后，而是曹腾的族内养子。

熹平三年（174），曹操被举为孝廉，入京都雒阳为郎。时任京兆尹的司马防成了曹操的伯乐，推荐曹操为雒阳北部尉。司马防名声不显，但有个超级牛的儿子司马懿。

曹操出仕后一直不温不火，黄巾起义给了他施展才华的机会，让他不再是想着"秋夏读书，冬春射猎"的普通官吏，而是成为跨州连郡的强大诸侯。

光和七年（184），曹操被拜为骑都尉，受命与皇甫嵩等人合军进攻颍川的黄巾军。

中平五年（188），曹操被拜为典军校尉，与中军校尉袁绍一起成为"西园八校尉"之一。

中平六年（189），汉灵帝驾崩后董卓进京专权，曹操逃出京师，到陈留组织兵马准备讨伐董卓。

初平元年（190）正月，袁术等人共推渤海太守袁绍为盟主讨伐董卓。曹操被袁绍表为代理奋武将军，隶属于陈留太守张邈。曹操与鲍信、鲍韬以及张邈部将卫兹率军追击董卓，在荥阳汴水（今河南省荥阳市西南）遭遇董卓部将徐荣伏击，损失过半，曹操、鲍信负伤，鲍韬、卫兹等人战死。

曹操此时还是一腔热血的文人士大夫，严重缺乏军事经验，被当时的天下最强兵西凉兵击败也是理所当然。但曹操的过人之处就是永不放弃，不断在失败中学习成长，最终取得胜利。

初平二年（191），黄巾军进攻东郡。兖州刺史刘岱杀东郡太守桥瑁后，新委任的太守王肱无法抵挡黄巾军袭击。刘岱只好向袁绍求助，袁绍派曹操领兵救援，随即委任曹操为东郡太守。

初平三年（192），青州黄巾军斩杀兖州刺史刘岱。曹操的老朋友陈宫说服济北相鲍信等人，迎曹操出任兖州牧。曹操这年彻底击败青州黄巾军，获降卒三十余万，人口百余万。曹操收其精锐，组成军队，号称青州兵，这也成为曹操逐鹿中原的兵力基础。

黄巾军完全是曹操的"幸运星"，不仅把曹操推上了骑都尉、典军校尉的重要职务，而且把东郡、兖州这些地盘交到曹操手里，甚至组成了青州兵追随曹操南北征战。

初平四年（193）春，曹操击败了袁术，还挫败了陶谦。虽然袁绍集团中的刘岱阵亡，曹操却逐渐成长起来，成为袁绍的得力干将。

初平四年（193）秋，曹操的父亲在陶谦辖区被害，曹操遂进军徐州。兴平元年（194）夏，曹操再征徐州，所过之处大肆杀戮，有记载说几十万人被驱逐到泗水淹死，导致河水堵塞。

此时的曹操还没有干戈济世的计划，只是一位恃勇斗狠的屠夫。曹操不清楚民为邦本，不懂得这些杀戮会损害自己征讨天下的元气。曹操一面写诗作赋哀叹"白骨露于野，千里无鸡鸣"，一面却制造着大屠杀。

曹操的杀戮政策最终得罪了一位徐州少年。这位少年就是后来与曹操势不两立的诸葛亮，刘备的"首席谋臣"。

陶谦不敌曹操大军，只好向公孙瓒的部下青州刺史田楷与平原相刘备求救。刘备此前曾因为救援名扬天下的北海相孔融而名声大噪，这次陶谦则在孔融的推荐下向刘备求援。田楷与刘备毫不停留，一起率军南下。

刘备是这次救援陶谦的大赢家，不仅得到陶谦补充的四千丹阳兵，而且被陶谦表为豫州刺史，有了根据地小沛。但刘备援军也不是曹操的对手，陶谦眼见日暮途穷正打算逃回老家丹阳时，突然传来曹操退兵的消息。

原来东郡守备陈宫对曹操诛杀边让等兖州名士不满，鼓动陈留太守张邈、广陵太守张超、从事中郎许汜及王楷等迎吕布入兖州。曹操留守兖州的兵力严重不足，整个兖州八十个县，只剩下三个县还在曹操手里，形势异常危急。

曹操立即卖给刘备一个顺水人情，从徐州撤军回援兖州。曹操同吕布交战百余日不分胜负，外无救兵内无粮草，又丧失了兖州，袁绍派人劝曹操去冀州投奔自己。

也是天不灭曹。

陶谦与刘备在曹操撤军时，竟然没有衔尾追击，新据淮南的袁术也没有落井下石。曹操终于熬过了一生中最困难的时期。曹操在程昱的劝阻下，回绝了袁绍的好意，依靠三座城池和万余残兵整军再战。

这年底徐州牧陶谦病逝，临终时让徐州别驾从事糜竺把徐州托付给刘备。当时徐州士民殷富，户口百万，虽然遭受曹操破坏，依旧不失为人口大州。这也使得刘备从公孙瓒的小弟，一跃成为大镇诸侯。

兴平二年（195），曹操终于咬着牙击败了吕布，收复兖州全境。吕布只好逃往徐州投靠刘备，刘备让他驻军在小沛。

陈留太守张邈曾是曹操的好朋友，初平元年（190）十一路诸侯讨伐董卓时，曹操就是依附的张邈。初平四年（193）曹操在征讨陶谦前，将家人托付给张邈，不料张邈竟然在陈宫的鼓动下，与弟弟广陵太守张超背叛曹操，迎接相识不久的吕布占据兖州。

曹操对张邈、张超兄弟的背叛当然不能容忍，也是为了震慑部下，曹操攻破张超据守的雍丘后立即下令屠城，张超满门被杀。张邈在逃奔袁术的途中，也被部下杀死。

倒是始作俑者陈宫跟着吕布逃往徐州投靠了刘备。不久陈宫又鼓动吕布袭夺刘备的徐州，最终坑死了吕布，也坑死了自己。

建安元年（196）二月，曹操在兖州稳定局势后开始进军豫州。豫州刺史刘备新据徐州无暇西顾，曹操也就趁着黄巾军何仪、刘辟、黄邵、何曼等部在汝南郡、颍川郡攻打郡县率军出击，逐渐控制了豫州大部分地区，实力发展到许县，距离雒阳不足两百里地。

早在兴平二年（195）汉献帝离开长安时，就曾下诏关东诸将勤王。但天下诸侯都忙于争夺地盘，对勤王没有兴趣。

袁绍的部下郭图、淳于琼反对迎接天子，他们认为皇帝在身边，服从命令就失去了权力，不听从命令就有抗旨不遵的罪名。袁绍这样实力强大的诸侯，当然可以按部就班发展。但曹操实力太弱，要想获得跨越式发展，就必须"借力"。

皇帝虽然有些"烫手"，但还是能够调动不少忠于汉室的遗老遗少的社会资源，这也是正统地位。

曹操的首席谋臣荀彧极力主张奉迎天子，并以晋文公迎天子为例。曹操派大将曹洪至雒阳迎接汉献帝，却被董承等拒险阻挡。

此时汉献帝身边的大臣杨奉、韩暹、董承等人，互相猜忌不和。议郎董昭认为曹操是天下英雄，就以曹操的名义写信给杨奉，说愿意做杨奉的外援。杨奉得信后大喜，表曹操为镇东将军，袭父爵费亭侯。董承因韩暹、张杨等居功自傲飞扬跋扈，也暗通曹操，密召曹操来雒阳救驾。

八月，曹操率军进入雒阳觐见汉献帝，站到了七年前董卓率军进雒阳的历史位置。曹操曾逃离雒阳七年，这七年他终于从一个没有立锥之地的骁骑校尉，变成了控制着兖州甚至大半个豫州的强大诸侯。

这次奉迎天子，曹操能否避免当年董卓的尴尬，又能否避免袁绍的担忧，把皇帝从"烫手山芋"变成"无敌幸运星"呢？请看下回，"君臣蜜月"。

第 11 章

君臣蜜月

◇ 导读：建安元年，饱受颠沛流离之苦的汉献帝终于遇到了曹操，开始有稳定的生活，不再有饥寒交迫，不再有被追杀与逃亡，两人也进入了"君臣蜜月期"。

建安元年（196）八月，镇东将军、兖州牧曹操率军进雒阳面见天子，这给经受颠沛流离之苦一年有余的汉献帝君臣带来了温饱与安宁，也使得两人开始了为期四年之久的"蜜月期"。

当时保护汉献帝从长安一路逃往雒阳的，是杨奉、韩暹、董承、张杨四位手握兵权的大臣。

四大臣中，杨奉、韩暹出身黄巾军。杨奉先是投奔李傕，后来脱离李傕追随汉献帝，并说服韩暹一起护驾东归。董承原是董卓女婿牛辅的部曲，女儿被董卓许配给汉献帝为贵人后，董承也就成了汉献帝的国丈。

张杨是并州刺史丁原的旧部，后来奉命隶属于宦官蹇硕的禁军。大将军何进诛杀蹇硕后，派张杨回并州召集兵马。张杨在平定上党黄巾起义时，接到何进遇害的消息，也就留在上党。董卓专权后，委任张杨为河内太守。吕布逃往关东时，张杨也多次收留吕布，毕竟都是并州老乡。汉献帝离开长安前往雒阳时，张杨两次接济汉献帝君臣，并一路护送。

四大臣也内部不和。

韩暹、张杨擅权弄国，引起董承不满，董承就密召外将曹操进京。这几乎是何进密召董卓进京的翻版，只是曹操有董卓的前车之鉴，比董卓懂礼数，也比董卓会哄人。

曹操到了雒阳，立即按照董承的意见弹劾韩暹与张杨，还按照董昭的建议遣使拜谢杨奉，感谢其表自己为镇东将军。曹操此举，搞定了四大臣中的董承与杨奉，获得广泛支持。

汉献帝加封曹操领司隶校尉、录尚书事、假节钺。按照东汉体制，录尚书事就是实际领导尚书台的真宰相。司隶校尉不仅是司州行政长官，更是监察百官甚至弹劾三公的监察官。曹操的职务没有董卓进京时显赫，但权势毫不逊色。

曹操采纳董昭的计策，以雒阳缺粮需要去鲁阳运粮为由，说服杨奉同意汉献帝离开雒阳。鲁阳县距离杨奉占据的梁县不远，等到杨奉发现曹操把汉献帝接往曹操控制的许县（今河南省许昌市）时，已经来不及阻止。

曹操把大本营从兖州治所昌邑县（今山东省巨野县）迁到豫州颍川郡许县，既占据了中原地带便于四方用兵，又避免了夹在徐州吕布与刘备、扬州袁术之间腹背受敌，一旦袁绍南下时，北面还有兖州的东郡、陈留郡等地作为屏障。

汉献帝迁都许县，改名许都，以曹操为大将军、武平侯。

曹操一改此前的低调，以天子名义指责袁绍地广兵多却不来救驾，袁绍也不得不上表朝廷为自己辩解。

袁绍终于发现没有控制天子的失策，要求汉献帝迁都靠近冀州的甄城（今山东省鄄城县），被曹操以汉献帝的名义拒绝。

曹操以汉献帝的名义，拜袁绍为太尉、邺侯。袁绍因为太尉地位低于大将军，不愿意曹操凌驾于自己之上而拒绝。曹操不敢得罪袁绍，赶忙把大将军让给袁绍，自己担任司空，代行车骑将军事之职。

定都许都后，曹操不仅与汉献帝进入了"蜜月期"，与荀彧、荀攸、郭嘉、钟繇以及后来的陈群等颍川士族也进入了"蜜月期"。

荀彧担任侍中、尚书令，帮曹操处理政务，成为曹操的萧何。荀攸、郭嘉帮曹操处理军务，成了曹操的张良、陈平。钟繇帮曹操巡牧一方，甚至安抚关中，陈群帮曹操推荐人才管理人事。

曹操五大军师中有三人来自颍川，加上早在兖州就追随曹操的程昱，五大军师此时已经到齐了四位，只缺贾诩一人。

曹操稳定了朝堂局势，就开始征讨四方。

杨奉与韩暹引军到颍川郡的定陵县劫掠骚扰，曹操趁势出兵击败杨奉、韩暹联军，还夺取了杨奉占据的梁县。两人只好向东逃亡，投奔割据淮南的袁术。

这时吕布在陈宫的鼓动下夺取了刘备的徐州，刘备只好带着残部投奔曹操。这是两大巨头首次会晤，曹操委任刘备为豫州牧，让刘备收拾旧部东击吕布。曹操此时还不能腾出手来对付吕布，需要刘备帮他牵制吕布。

定都许都后，对曹操最具威胁的，就是驻扎在南阳的张绣。

张绣是张济侄子，张济则是董卓女婿牛辅麾下四大校尉之一。初平三年（192），张济曾随李傕、郭汜、樊稠攻入长安逼死王允。兴平二年（195），张济劝解李傕、郭汜内讧后保护汉献帝东归，被封为骠骑将军。建安元年（196），张济因军中缺粮到荆州掠夺，被刘表部下射杀。

张绣在张济死后接管了他的军队，向刘表求和。刘表让张绣驻扎南阳宛城，帮自己看守荆州北大门。

建安二年（197），曹操南征张绣，张绣在贾诩劝说下投降。

曹操一时得意忘形，不仅强娶张济的遗孀邹氏，让张绣感到屈辱，还想收买张绣的部下胡车儿，让张绣认为曹操想杀他。贾诩再次使出毒计，张绣依计发动叛乱偷袭曹操。

曹操遭受了自吕布偷袭兖州以来最大的一次失败，不仅长子曹昂、侄子曹安民遇害，而且首席猛将典韦阵亡。

张绣的追兵最后被曹操麾下大将于禁杀退，于禁受到曹操夸奖，拜为益寿亭侯。三年以后关羽斩颜良解白马之围，才被拜为亭侯（汉寿亭侯），可见军功之难得。

建安三年（198），曹操再次南征张绣，听说袁绍要偷袭许都而撤军。曹操遭遇张绣追击与刘表拦截，通过伪装骗过两军才反败为胜。在曹操退兵途中，张绣按照贾诩的计策击溃曹军后卫部队，这让曹操对贾诩大为叹服，贾诩向曹操证明了"我有价值，你值得拥有"。

建安四年（199），张绣听从贾诩的建议，再次向曹操投降。曹操这次不敢怠慢，为自己的儿子曹均娶了张绣的女儿，封张绣为扬武将军。并拜贾诩为执金吾，封都亭侯，迁冀州牧。至此曹操的五大军师，终于在官渡之战前夕聚齐。

在汉献帝与曹操的"君臣蜜月期"里，"江东猛虎"孙坚的儿子孙策终于长大成人。孙策不仅被袁术羡慕"使术有子如孙郎，死复何恨"，也被曹操感叹"猘儿难与争锋也"。

此时的孙策，正在创造奇迹。孙策如何被袁术羡慕、曹操感叹呢？请看下回，"英雄少年"。

第 12 章

英雄少年

◇导读：孙坚名义上是东吴帝业的开创者，其实只留下几员战将和数千兵马，没有一郡一县之地留给子孙。孙策白手起家，不仅给孙权留下了江东六郡之地，而且留下了张昭、周瑜等牛人，孙策才是东吴帝业的奠基人。

三国时期少年英雄不少，最抢眼的则是孙策，弱冠开创江东基业。

孙策，字伯符，吴郡富春人，孙坚长子，孙权长兄。

光和七年（184），孙策之父孙坚被右中郎将朱儁推荐为佐军司马，跟随朱儁攻打黄巾军，孙策与家人留在寿春（今安徽省淮南市寿县）居住。

年仅十岁的孙策就显得异于常人，在寿春广交名士，引起另一位少年，即舒县（今安徽省庐江县西南）人周瑜的钦慕，两人一见如故。

中平六年（189），孙坚前去讨伐董卓，周瑜便劝孙策携母亲和弟弟移居舒县，孙策应允。在舒县时，孙策结交了很多社会上流人物，江淮一带的名士都来投奔他。

初平三年（192），孙坚奉袁术之命攻打荆州，被荆州牧刘表部将黄祖所杀，此时孙策年仅十七岁。孙策将父亲孙坚葬在曲阿（今江苏省丹阳市），举家迁到江都（今江苏省扬州市）。

初平四年（193），孙策到寿春找扬州牧袁术，准备讨回父亲孙坚旧部，以此讨伐黄祖为父报仇，被袁术回绝。袁术让孙策去找舅父丹阳太守吴景与堂兄丹阳都尉孙贲。

当年吴景跟随孙坚，被袁术授予丹阳太守。孙坚遇害后，孙贲接替了他的豫州刺史职务。孙策就带着母亲迁居曲阿，与吕范、孙河一起投靠吴景。

孙策虽然没有跟随父亲孙坚征战积累军事经验，但他似乎生来就是刘秀、朱元璋那样无师自通的帅才。孙策招募了几百人，初次领兵就击败了山贼，牛刀小试积累了初步军事经验。

兴平元年（194），孙策带着数百人投奔袁术，袁术这才从孙坚旧部中选出一千多人交还给孙策统领。

太傅马日磾持节安抚关东，看到孙策是孙坚遗孤，在寿春以礼征召孙策，并表奏朝廷任命孙策为怀义校尉。袁术麾下的大将桥蕤、张勋等都倾心敬重孙策，袁术也羡慕孙坚有孙策这样的好儿子。

袁术许诺孙策说，攻下了九江郡，就任命孙策为九江太守。结果孙策攻下了九江郡，袁术却任命亲信丹阳人陈纪为九江太守。后来袁术又说，攻下了庐江郡，就委任孙策为庐江太守。结果孙策攻下了庐江郡，袁术却让自己的老部下刘勋担任庐江太守。

袁术麾下本就严重缺乏猛将，无论是孙坚还是孙策，对袁术既忠诚又勇猛。如果袁术对孙坚、孙策倾心接纳，放手孙坚、孙策征讨四方，自己有着"四世三公"的社会地位，给他们提供后勤补给与政治支持，谁能说袁术不可以占据扬州攻占徐州，甚至夺取豫州开创帝业？袁术多次亏欠孙策，自己手下又没有能战之将，这不是自取灭亡？

　　汉献帝委任的扬州刺史刘繇，因为袁术自封为扬州牧占据着扬州治所寿春，只好在曲阿设立了治所。刘繇赶走了丹阳太守吴景，吴景只好退往历阳（今安徽省和县）。刘繇还与袁术委任的扬州刺史惠衢多次交战不分胜负。孙策在孙坚老部下吴郡都尉朱治的鼓励下，向袁术请战渡江讨伐刘繇，说是帮袁术成就大业。

　　袁术一则对孙策有亏欠，二则认为孙策面对刘繇占据曲阿、王朗占据会稽，难以有所作为，也就同意了孙策的请求。袁术表孙策为折冲校尉，代理殄寇将军，给了他千余军队和几十匹战马，孙策开始了生命中大放异彩的传奇五年。

　　孙策此时早就名满江淮。听说孙策带兵渡江去进攻刘繇，一路上不断有"粉丝"投奔他。等孙策从寿春来到吴景驻扎的历阳，兵众已发展到五六千人。孙策的好朋友周瑜也率军赶到历阳与孙策会合，孙策大喜说，有你大事可成。

　　兴平二年（195），孙策从历阳渡江，迅速打败刘繇，刘繇放弃丹徒西逃。孙策命令朱治攻取吴郡，吴郡太守许贡逃走依附山贼严白虎，朱治代理吴郡太守。袁术听说孙策收复丹阳，表奏孙策为殄寇将军，还派其堂弟袁胤担任丹阳太守，第三次从孙策手上"摘桃子"。

　　建安元年（196），孙策进攻会稽，会稽太守王朗败溃后投降，孙策对其以礼相待。彭城人张昭，广陵人张纮、秦松、陈端，成为孙策的主要谋士。孙策甚至把日常政务都交给张昭，把他看成自己的管仲。

这时孙策名义上还隶属于扬州牧袁术，实际上已经自成系统独立发展。

建安二年（197），袁术僭越称帝，孙策给袁术写信劝阻无果，趁机脱离了袁术。曹操任命孙策为骑都尉，袭父爵乌程侯，兼任会稽太守，命他与徐州牧吕布、吴郡太守陈瑀等一起讨伐袁术。

陈瑀却想趁着孙策主力北上时偷袭孙策后方，孙策识破后迅速派吕范、徐逸统兵直扑陈瑀老巢海西（今江苏省东海县），大破陈瑀，俘获他的将士、妻儿等共四千多人，陈瑀往北逃奔袁绍。

建安三年（198），孙策派徐琨赶走袁术所派的丹阳太守袁胤，迎接刚从袁术处回来的吴景担任丹阳太守，并赢得名将太史慈归顺。孙策拜太史慈为折冲中郎将，拜周瑜为建威中郎将，这年周瑜二十四岁，人称"周郎"。年底孙策向朝廷进贡礼品是建安元年的两倍，曹操以天子的名义拜孙策为讨逆将军、吴侯。

建安四年（199），孙策拜周瑜为中护军，兼任江夏（今湖北省武汉市一带）太守，随军征讨。十二月，孙策率周瑜等人攻破皖城，虏获袁术手下刘勋家人及他们部下的男女亲族。桥公两个女儿国色天香，孙策自纳大乔，周瑜纳小乔，两人也就从朋友关系变成连襟关系。

孙策随后率军进攻黄祖驻守的沙羡（今湖北省嘉鱼县北），刘表派侄儿刘虎和南阳人韩晞带领长矛队五千人赶来支援黄祖。

结果黄祖只身逃走，刘虎、韩晞两万余部悉数被杀，孙策缴获战船六千余艘。

建安五年（200）初，孙策大败黄祖后东进豫章（今江西省南昌市），派功曹虞翻劝降豫章太守华歆，并将其奉为上宾。因刘繇病故于豫章，孙策顺便将刘繇的灵柩带回归葬，并且带回其遗孤刘基等诸子，得到王朗等人称赞。

曹操当时忙于官渡之战无力南顾，只好把侄女嫁给孙策四弟孙匡，还为儿子曹彰迎娶孙贲女儿，以示笼络。曹操一向眼高于顶，对孙策也只能感叹说"猘儿难与争锋也"。

孙策一直筹划北上偷袭许都，这让曹操很担心。孙策咄咄逼人的攻势和敢于冒险的精神，远不是坐拥荆州"带甲十万"的刘表可比。刘表虽然兵多将广，军事实力比孙策雄厚得多，但他安于现状。陈登虽然坐镇广陵可以牵制孙策，但陈登一郡之地，不能长期与孙策江东六郡之地抗衡。

郭嘉则劝慰曹操，孙策生性轻佻，喜欢冒险，必然会死于刺客之手，不如全神贯注投入与袁绍的官渡决战之中。

这年四月，孙策狩猎时被原吴郡太守许贡的门客伏击，神奇地被郭嘉这张"乌鸦嘴"说中。孙策伤重病逝时年仅二十六岁，令人感到惋惜。孙策临终时把印绶交予孙权，并托孤张昭等人。

从兴平二年（195）历阳渡江，到建安五年（200）夺取豫章郡，短短五年时间，孙策从白手起家到坐拥江东六郡，奠定了后来吴国的基础。

可惜孙策不懂得"千金之子，坐不垂堂"。如果把太史慈留在身边做"大保镖"，如同曹操带着典韦、许褚，如同刘备带着陈到，哪有遇刺之祸？

第 13 章

吕布搅局

◇导读：董卓对吕布有知遇之恩，吕布却私通董卓侍妾，甚至被王允挑唆刺杀董卓。吕布逃亡关东才发现自己不被关东诸侯接纳，竟然偷袭当初勤王最积极的曹操，随后又偷袭收留他的刘备。吕布此举同时得罪了曹操、刘备两大牛人，最终被两人联手擒杀。

少年英雄孙策忙着建立江东基业时，曹操正忙着与吕布进行最后决战。如果说官渡之战前袁绍最强劲的敌人是公孙瓒，那么曹操最强劲的敌人则是吕布。

中平六年（189），吕布担任并州刺史、骑都尉、执金吾丁原的主簿，后来被董卓引诱，杀死丁原投奔董卓，被任命为骑都尉，还与董卓"誓为父子"。

吕布擅长骑射，膂力过人，逐渐成为董卓的首席保镖，被其提拔为中郎将，封都亭侯。董卓的部将最高职务就是中郎将，可见董卓对吕布的重视。董卓虽然凶狠残忍，动辄族灭朝廷重臣，但对自己的部下包括吕布还是不错。

董卓曾因吕布小过失而向他掷出手戟，一则董卓也是一时情绪激动所致，二则董卓并没有因此冷落吕布，这也说明董卓并不猜忌吕布。此外，吕布与董卓侍妾私通，担心被董卓发现而不自安，这就更显得吕布的卑劣。至于吕布协助王允刺杀了董卓，问题是王允也不是什么治国能臣，刺杀了董卓反而引起长安浩劫，究竟是对是错还很有争议。

吕布本就只是将才而不是帅才，跟着董卓还能成为冲锋陷阵的猛将。董卓被吕布刺杀，也就宣告了吕布政治生命的死亡。吕布跟着王允，很快就被董卓旧部四大校尉李傕、郭汜、樊稠、张济等人击败，只好带着百余骑兵杀出武关。

吕布到了关东，才发现自己成了"孤儿"。

无论是袁术还是袁绍，都只愿意利用吕布的骁勇帮自己破敌，却不愿意给吕布一郡一县之地。河内太守张杨、陈留太守张邈，虽然能够接待吕布，但他们都是"小庙"，难以接纳吕布这样的"大神"。

初平四年（193），曹操向东攻打徐州牧陶谦，把家属托付给老朋友也是老上司陈留太守张邈照顾。张邈竟然在曹操部下陈宫的鼓动下，与弟弟广陵太守张超一起迎接吕布入主兖州。

吕布第一次搅局袭夺曹操的兖州，直接导致曹操从徐州撤军回救。刘备也从名不见经传的平原相，一跃为陶谦的救命恩人，还被陶谦表为豫州刺史，甚至在陶谦死后接管徐州。

刘备后来能够在三家分汉中建立蜀汉王朝，与吕布这次搅局密不可分。值得一提的是，袁绍辛辛苦苦从孙坚手里袭夺的豫州，最终却落入刘备之手。豫州先后被孙坚、刘备、曹操控制，可见河南自古帝王州，成就帝业不可不重视。

吕布毕竟不是曹操的对手，刘备新得徐州也没有跟踪追击曹操，这就给了曹操喘息的机会。

兴平二年（195），曹操终于彻底击败吕布收复兖州，吕布只好带着陈宫等人投奔刘备。吕布偷袭兖州也是帮了刘备大忙，刘备就把自己曾经驻军的小沛让给吕布，自己驻扎在徐州治所下邳。刘备认为两军互为犄角，可以相互照应，却不料为吕布偷袭下邳创造了条件。

建安元年（196），袁术率军攻打徐州，与刘备相持于盱眙、淮阴等地一个多月。吕布不仅没有及时支援刘备报答收留之恩，反而被袁术二十万斛大米诱惑偷袭下邳，俘虏刘备的妻妾儿女及其部曲家眷。

这是吕布第二次搅局，刘备被袁术和吕布夹击所败。

刘备走投无路，只好回头向吕布求和。袁术言而无信，竟然不愿意向吕布交付许诺的二十万斛大米。这让吕布对袁术也很不满，就迎回刘备让他驻扎小沛，自己驻扎在下邳。

这年十月，袁术派大将纪灵带领三万步骑征讨刘备。刘备寡不敌众，只好向吕布求援。吕布也担心袁术夺去了小沛会威胁自己，以"辕门射戟"的方式支持刘备，劝解纪灵罢兵。

建安二年（197），袁术想通过让儿子娶吕布的女儿为妻的方式笼络吕布，然后出兵攻打刘备。结果被心向朝廷的沛相陈珪识破，劝说吕布悔婚并联合曹操。

袁术得知吕布悔婚，还把自己的使臣韩胤械送许都被曹操斩首，就派手下大将张勋、桥蕤等人与投奔自己的韩暹、杨奉等人合兵，几万步兵骑兵分七路进攻吕布。吕布听从陈珪的建议写信给韩暹、杨奉等人，许诺大败袁术后，将军中钱粮全部给他们。结果韩暹、杨奉转而和吕布联手，偷袭张勋、桥蕤等人。

袁术这次进攻吕布，几乎全军覆没。陈珪提出的几点破敌建议，被吕布采纳后迅速击败称霸淮南一方的袁术，这也说明谋士一旦与猛将相结合，那就是一流战斗力。

刘备在小沛招纳旧部，重新集结了万人。吕布担心刘备强大后威胁自己，就出兵打败刘备，刘备只好前往许都投奔曹操。

曹操当时忙着对付张绣，需要刘备帮他牵制吕布。曹操以汉献帝的名义拜刘备为豫州牧，给他补充军队与粮草，让他回到小沛收集旧部。

吕布同时得罪了曹操、刘备、袁术，在后来将面临四面受敌的困境。

建安三年（198），吕布再次反叛朝廷，与袁术结盟，派中郎将高顺、北地太守张辽击败刘备。曹操派部将夏侯惇援救刘备，也被高顺等人打败。刘备再次丢弃妻儿，带着关羽、张飞逃往许都，投奔曹操。

荀彧认为曹操刚打败刘表与张绣，两人短期内不会威胁许都。吕布一旦与袁术联手，则难以攻破。荀彧建议曹操趁着吕布刚刚背叛朝廷，立即东征吕布。

曹操攻下彭城，还是改不了喜欢屠城的坏毛病，然后进攻徐州治所下邳。曹操给吕布写信劝降，吕布想投降却被陈宫劝阻。陈宫建议自己守城，吕布率军驻在城外，相互照应对付曹操。陈宫曾背叛过老上司曹操，因此吕布的妻子严氏不信任陈宫，也就劝阻了吕布。

看来吕布也是炽耳朵。两次被人轻易劝阻，如何能够当机立断成就大业？

曹操见识过吕布骑兵的冲击力，知道并州铁骑的威力，最担心吕布率骑兵留在城外，这样自己的粮道都受到威胁。但吕布竟然把军队收缩在下邳城里，正好便于曹操发挥步兵优势将吕布困在城里。

袁术也是"近视眼"，居然坐视吕布被围而不积极救援。焉不知曹操消灭了吕布，必然会进攻袁术。河内太守张杨出兵救援吕布，半路上被部将杨丑杀死。杨丑率军投奔曹操，结果却又被部下眭固所杀。眭固带领张杨部下屯军射犬（今河南省武陟县西北），想要投奔袁绍。

曹操当机立断，派遣史涣、曹仁远程奔袭，斩杀眭固吞并河内郡。曹操的势力发展到黄河以北，直接威胁到冀州袁绍，也就引发了后来的官渡之战。奇怪的是，袁绍此时竟然按兵不动，坐视投奔自己的眭固被曹操追杀。如此麻木不仁，如何吸引他人投奔自己？

曹操围下邳日久，军队疲惫不堪，想要撤军，被荀攸、郭嘉劝阻。两人认为吕布已经丧失了锐气，陈宫有智谋但反应慢，一鼓作气可以消灭吕布。此时如果撤军，就给了吕布战胜的信心，以后再想消灭吕布就难了。

曹操引沂河、泗水淹下邳，吕布坚持月余后被部将侯成、宋宪、魏续等人擒获。曹操诛杀了吕布、高顺、陈宫，收降了张辽、陈群父子，赢得了官渡之战前最重要的一仗。

吕布临死前向刘备求救。殊不知他两次搅局，夺取过曹操的兖州，也夺取过刘备的徐州，这两位牛人联手好不容易擒获他，岂能放他生路？

曹操询问刘备是否杀吕布，其实是早有杀心的明知故问，也是借用刘备之口理直气壮杀吕布。吕布说刘备忘了辕门射戟之恩，自己却忘了袭夺徐州之恨。

曹操东征吕布时，骑都尉臧霸曾率军救援吕布。下邳失守后，臧霸藏匿起来，结果被曹操发现。此时正值用人之际，曹操对臧霸以礼相待，委任他为琅琊国相，并把青州与徐州交给他治理。

曹操还让臧霸招降吴敦、尹礼、孙观、孙观之兄孙康等人，都委以太守、国相重任。曹操安抚臧霸等人，借此稳定了徐州北面局势，做好了北上与老大哥袁绍决战的准备。

此时的袁术，又在出什么昏着儿呢？请看下回，"袁术称僭"。

第 14 章

袁术称僭

◇ 导读：董卓之乱后，许多人都知道"汉室不可复兴"，但都不敢出来称王，更没人敢于称帝，即使是实力最强大的袁绍也仅仅满足于大将军、邺侯的头衔。不料袁术竟然不自量力称帝，这就让曹操可以名正言顺地"代表天子消灭你"。

曹操曾说，如果没有自己，不知多少人称王，不知多少人称帝，这是大实话。董卓之乱后，不少人想要称王称帝但都在观望，没想到第一个"吃螃蟹"的竟然是袁术。

袁术，字公路，汝南郡汝阳县（今河南省商水县）人，司空袁逢嫡次子。袁术的嫡兄袁基位列朝廷九卿之一的太仆，庶兄袁绍则过继给伯父左中郎将袁成为嗣子。袁术早年也曾是喜欢飞鹰走狗的游侠，与董卓、袁绍、曹操小时候相似。

袁术也是孝廉出身，世家子弟升职容易，很快就升任河南尹、虎贲中郎将。袁术毕竟是嫡子，也就比庶兄袁绍的中军校尉高一个级别。

中平六年（189），董卓进京后极力拉拢袁绍、袁术两兄弟。董卓以汉献帝名义拜袁绍为渤海太守，拜袁术为仅次于九卿的后将军。袁绍、袁术兄弟虽然反对董卓，也不承认汉献帝，但对送过来的渤海太守、后将军毫不嫌弃。

初平元年（190），袁绍、袁术组织了讨伐董卓的会盟。

虽然袁术职位更高，但袁绍影响力更大，袁绍也就成为盟主，这也让袁术有些不高兴。

这一年，依附袁术的长沙太守孙坚斩杀了荆州刺史王睿和南阳太守张咨。袁术就表孙坚为破房将军、豫州刺史，自己控制了荆州南阳郡。荆州刺史刘表也尊重客观事实，上表朝廷推荐袁术为南阳太守。当时刺史只是六百石的监察官，太守是两千石的行政官。南阳又是东汉陪都，户口百万，袁术担任南阳太守，地位在荆州刺史刘表之上，势力仅次于州牧。

当时袁术给孙坚提供粮草后勤，孙坚在前方征战，这两人堪比董卓和吕布的黄金组合。在袁术的支持下，孙坚显示出"江东猛虎"的强大战斗力，成为唯一击败董卓的关东诸侯，甚至迫使董卓放弃雒阳撤回关中。

孙坚在雒阳无意中捡到了传国玉玺，后来袁术绑架孙坚夫人强迫孙坚交出来。这说明孙坚并不是真心服从袁术，当然，袁术流氓习气也显露了出来。

初平二年（191），袁绍控制了冀州，开始四处扩张势力。

袁绍一方面派曹操去兖州担任东郡太守，一方面派周昂去豫州担任刺史。如果说曹操担任东郡太守，是因为东郡太守王肱挡不住黄巾军袭击，临危换将还有一定道理，那么豫州刺史孙坚在前线讨伐董卓，讨董联盟的盟主袁绍竟然派人袭取他的地盘，这完全是明火执仗，甚至是赤裸裸的恩将仇报。

要知道董卓将袁绍、袁术的叔父袁隗与哥哥袁基满门屠戮，孙坚攻打董卓也算是替袁绍、袁术报仇。这也说明袁绍缺乏战略眼光，为扩张势力完全不顾大局。

此后，关东诸将就形成了分别以袁绍、袁术为首的两大军事集团。冀州袁绍、兖州刘岱、荆州刘表，与南阳袁术、幽州公孙瓒、徐州陶谦相互敌对。三家分汉的主角曹操、孙坚、刘备则分别依附袁绍、袁术与公孙瓒，都属于"后浪"。

袁绍、袁术两兄弟的不合，不仅造成关东诸将内讧，而且直接促使了曹操、孙坚、刘备的崛起。

不久，曹操取代刘岱控制兖州，刘备取代陶谦控制徐州。孙坚虽然在奉袁术之命进攻刘表的途中中箭身亡，但也为儿子孙策留下了能征善战的部属与人脉。孙策能够短期内控制江东六郡，很大程度上也是因为忠良之后、烈士遗孤，获得广泛认同。

初平三年（192），吕布刺杀董卓后，被董卓部将李傕、郭汜等人击败，只好逃出长安投奔南阳袁术。袁术不能善待吕布，更不能容忍吕布飞扬跋扈，吕布也就只好改投河内太守张杨。

袁术也是运气好，最缺猛将的时候，竟然先后有孙坚、吕布、孙策投奔。袁术也是真无能，这些猛将先后都离开了袁术。如果袁术真能对这些猛将推心置腹，特别是对后来投奔的孙策不是一再食言，谁能说袁术不能凭本事称帝？

初平四年（193），袁术联合黑山军余部和南匈奴于扶罗，共同进攻袁绍的盟友兖州曹操。袁绍则派盟友荆州刘表进逼南阳，切断袁术粮道。

失去孙坚、吕布的袁术，基本没有能战之将，也就毫无悬念地被曹操击败。袁术失去南阳，只好退往淮南，驱逐扬州刺史陈瑀，自称扬州刺史，兼领徐州牧。李傕等人把持的朝廷也顺水推舟，拜袁术为左将军、假节，封阳翟侯。

兴平元年（194），孙坚的长子孙策投奔袁术。袁术许诺孙策，打下九江郡就委任他为九江太守，后来又许诺孙策，打下了庐江郡就委任他为庐江太守。结果孙策两次完成任务，袁术连续两次食言，引起孙策不满。袁术本身缺乏猛将，好不容易遇上孙策这样的猛将，竟然不懂珍惜。孙策最终脱离袁术开创江东基业，也就不难理解。

如果袁术把女儿嫁给孙策以示笼络，孙策前方征战，他为孙策提供后勤支援，先夺取扬州甚至江东六郡，再西向夺取荆州，谁能说后来三分天下没有袁术？袁术已经失去了孙坚与吕布，还变相逼走孙策，在汉末乱世其下场可以预见。

这年曹操进攻徐州，袁术竟然不去救援盟友陶谦，这就给了刘备"仁义满天下"的机会。陶谦看到刘备积极救援自己，也就把刘备当成救命恩人，不仅推荐刘备为豫州刺史，临终时还把徐州托付给刘备。

如果袁术以孙策为将军北上救援陶谦，曹操要想取胜几乎很难。此时又有吕布偷袭兖州，袁术不仅可以趁势占据徐州，还能命令孙策衔尾追击曹操。曹操此时羽翼未丰，遭遇吕布和孙策夹击，即使能够生存下来也只能投奔袁绍。

袁术的政治短视救了曹操，避免了曹操腹背受敌"领盒饭"，还帮了刘备迅速崛起。

兴平二年（195），汉献帝逃出长安。袁术不仅不思救援，还想着自己称帝，好不容易才被主簿阎象劝阻。

　　建安元年（196），袁术北上进攻新得徐州的刘备，还许诺给吕布二十万斛大米，两军击破刘备。袁术再次犯了喜欢食言的毛病，没有兑现给吕布的大米。这就让吕布很生气，击败刘备后，又迎回刘备驻扎小沛。袁术想得到徐州的计划最终泡汤。

　　建安二年（197）年初，袁术竟然迷信太士张炯所献符命，在寿春称帝。当时公孙瓒总督四州军事，袁绍控制着河北四州之地，都不敢称帝。袁术只有扬州一州之地，甚至江南各郡还在孙策手里，如此脆弱的实力，竟然公然称帝，这不是自取灭亡吗？

　　袁术很快被吕布和曹操先后击败，将士损失殆尽，只能困守淮南。

　　建安三年（198），曹操腾出手来东征吕布，袁术漠视吕布败亡，不愿意积极救援。殊不知曹操夺取徐州，下一个目标就是他。

　　建安四年（199），袁术终于明白自己力量不足，准备投奔占据着河北四州之地的袁绍。这次袁术毫无悬念遭遇曹操大军的拦截，让人意外的是曹操竟然派出刘备。

　　袁绍竟然没有派兵接应，拱手放弃了联合袁术共同对付曹操的良机。袁术只好退回淮南，最后在绝望中死去。

　　刘备投奔了曹操，两位牛人会如何相处呢？请看下回，"英雄相惜"。

第 15 章

英雄相惜

◇导读：曹操曾说"今天下英雄，唯使君与操耳"。刘备能力不亚于曹操，只是缺乏曹操那样的资源，这也使得刘备有资格让曹操引为知己。奠基人"三巨头"中，刘备是唯一称帝的。

我们最励志的主角终于登场了，这就是刘备。

如果说曹操、孙坚都没能自己称帝，那么刘备则是"三巨头"中唯一自己称帝，而不是被追尊为皇帝的牛人。辛弃疾也说"天下英雄谁敌手？曹刘"，选择继承人才提到"生子当如孙仲谋"。

刘备，字玄德，涿郡涿县（今河北省涿州市）人，据说是中山靖王刘胜之后。但刘胜的后裔成千上万，刘备祖上早就是布衣了。

刘备不同于曹操那样的宦官之后，更没有位至三公的父亲。刘备祖父刘雄做过县令，但父亲刘弘却早亡，刘备与母亲过着织席贩履的贫寒生活。

刘备小时候比孙坚还要辛苦。孙坚的父亲孙钟种瓜养活大家庭，而刘备需要自己织席贩履养活寡母。

熹平四年（175），刘备外出学习，与同宗刘德然、辽西人公孙瓒一起拜卢植为师。刘德然的父亲刘元起，常常资助刘备。

刘备是一个读书改变命运的典范。通过读书，刘备有机会结识卢植、公孙瓒这样的贵人。卢植曾师从太尉陈球、大儒马融等，是郑玄、管宁、华歆等名人的同门师兄，并且担任过北中郎将，镇压过黄巾起义，还是范阳卢氏这样千年家族的开创者。公孙瓒则是后来总督北方四州的天下第二号诸侯，提携刘备走过艰难的起步岁月。

光和七年（184），黄巾起义爆发，刘备获得了通过军功快速成长的机会，还遇到了此后终身相依的好兄弟关羽、张飞。中平五年（188）刘备因军功被封为安喜县尉，中平六年（189）因军功担任下密县丞，积累了一些基层工作经验。

改变刘备命运的第一位贵人是公孙瓒。

刘备投奔公孙瓒后，先做别部司马，然后在初平二年（191）担任平原县县令、平原国相。刘备不仅超越了祖父刘雄，甚至与依附袁绍时任东郡太守的曹操站到了同一条起跑线上。

黄巾余党管亥率众军攻打北海国，情急之下北海国相孔融派太史慈突围向刘备求救。刘备惊叹孔融这样名满天下的名士竟然知道自己这样的普通人，于是迅速出兵救援孔融，积累了不错的名声。借着救援孔融，刘备一时间成了"仁义满天下"的及时雨。

改变刘备命运的第二位贵人是陶谦。

兴平元年（194），曹操以为父报仇为名再度攻打徐州。情急之下徐州牧陶谦向公孙瓒的部下青州刺史田楷求救，还在孔融的推荐下向刘备求救，田楷与刘备一起救援徐州。

援军到了徐州后，陶谦给了刘备四千兵马，还在曹操撤军后表刘备为豫州刺史，让其驻扎在小沛。刘备在陶谦的支持下终于成了一州诸侯，追赶着曹操的脚步。陶谦临终时，还要求别驾麋竺把徐州托付给刘备。刘备获得了徐州这样户口百万的大州，有了稳定的根据地。

兴平二年（195），曹操击败吕布收复兖州。情急之下吕布投奔"仁义满天下"的刘使君刘备。刘备收留了吕布，让其驻扎在小沛，自己则驻扎在徐州治所下邳。

改变刘备命运的第三位贵人则是麋竺。

麋竺不仅在陶谦病故后迎接刘备入主徐州，还在刘备遭遇吕布偷袭丢失徐州逃往广陵郡海西县时，对刘备不离不弃。麋竺甚至在刘备家眷走散后，把妹妹嫁给刘备，又将两千名下人及金银货帛资助给刘备的军队。有了麋竺的多次"输血"，刘备这才能在屡战屡败中重新振作。

即使后来曹操挖墙脚，表荐麋竺为嬴郡太守、其弟麋芳为彭城国相，两兄弟也不为所动。多年以后，刘备投奔荆州牧刘表时，也是麋竺先去拜见刘表。

改变刘备命运的第四位贵人则是曹操。

建安元年（196），曹操表刘备为镇东将军，封宜城亭侯。这年袁术进攻刘备时，吕布背后偷袭，刘备遭受重大失败，只好向吕布求和。吕布让刘备驻扎在小沛，自己驻扎在下邳。不久吕布猜忌刘备招募了万余军队威胁自己，再次出兵打败刘备，刘备又一次被迫投奔曹操。曹操支援刘备兵马粮草，还封刘备为豫州牧，替他牵制吕布。

建安三年（198），吕布再次打败刘备，甚至曹操的援军夏侯惇也被吕布打败。曹操与刘备联手讨伐吕布，终于在十二月攻破下邳擒杀吕布。建安四年（199）初，曹操平定徐州后带刘备回许都，表刘备为左将军。

如果说刘备对关羽、张飞"寝则同床，恩若兄弟"，那么曹操对刘备则是"出则同舆，坐则同席"。曹操与刘备虽然没有同床而眠，但也是同车同坐。曹操对刘备惺惺相惜，甚至与刘备论英雄时说"今天下英雄，唯使君与操耳。本初之徒，不足数也"。

曹操对刘备惺惺相惜也是有缘由的。曹操与刘备都不是袁绍那样"四世三公"的世家子弟出身，两人都有澄清天下之志，甚至都是通过镇压黄巾起义积累军功起家，都曾依附他人，更有共同语言。

初平二年（191），曹操被袁绍表为东郡太守时，刘备则被公孙瓒表为平原相。初平三年（192），曹操被陈宫、鲍信等迎为兖州牧，兴平元年（194），刘备则被陶谦表为豫州刺史。吕布先是袭破曹操的兖州，然后袭破刘备的徐州，曹操与刘备联手终于擒杀吕布。

曹操有理由认为一旦他与刘备联手，即使是击败控制河北四州之地的袁绍也不在话下。唯有英雄识英雄，唯有英雄惜英雄。就像董卓对孙坚赞不绝口，曹操对刘备也视为知己，只可惜他们注定不能长期并肩作战。

这时的曹操，不仅控制着朝廷，而且控制着兖州、徐州全部与豫州、司州大部分地区，消灭了强大的吕布，招降了张绣，聚齐了五大军师，还安抚了关中，消灭淮南的袁术也指日可待。曹操甚至夺取了黄河以北的河内地区，与老大哥袁绍的最后决战箭在弦上。

要说曹操此时踌躇满志，认为整个天下都在自己掌控之下，也有一定道理。如果说还有什么担心的话，那就是江东孙策短期内崛起为强大的诸侯，让他不得不通过婚姻关系予以笼络。

好在广陵太守陈登两次挫败孙策大军对江北的袭击，两次都是"斩首万计"，将孙氏兄弟死死压制在江南。所谓孙策千里奔袭许都之说，更多是一种心理负担。毕竟曹操与袁绍大决战时，难以分心南顾，陈登也挡不住孙策全力进攻。

此时曹操对刘备，有孙策对太史慈那种舍我其谁之感，认为自己对刘备推心置腹，刘备应该会与自己联手平定天下。正好此时袁术携带玉玺投奔袁绍，曹操不假思索就派刘备督朱灵、路招截击袁术。程昱、郭嘉、董昭都认为不可派遣刘备，曹操醒悟后却来不及阻止，只好顺水推舟。

曹操当然知道刘备是堪比自己的人中豪杰，但曹操实在舍不得杀掉刘备。曹操认为刘备在自己倾心接纳下，必然会跟着自己。曹操后来对关羽也是如此，只可惜人各有志。普通人面对曹操的恩重，早就追随左右了，但关羽却对刘备忠贞不贰。曹操一生挖墙脚无数，却在挖刘备、关羽时先后失败，看来三观不合也是关键。如果刘备、关羽能够追随曹操，哪里会有三分天下？

正在曹操信心十足，认为可以与刘备联手击败袁绍平定天下时，许都发生了一件大事，这不仅导致曹操与汉献帝的"君臣蜜月"终结，也导致刘备占据徐州反叛，甚至一步步把曹操从汉臣逼上了汉贼的道路。

究竟是什么事情让曹操与汉献帝失和，也让曹操与刘备反目的呢？请看下回，"衣带诏案"。

第 16 章

衣带诏案

◇导读：汉献帝被董卓扶持到长安，董卓死后则一直颠沛流离，饱受饥寒之苦。汉献帝被曹操迎接到许都，最初也对曹操感恩戴德，两人"蜜月期"一直持续到吕布被消灭。汉献帝生活安逸了，就开始考虑自己的权力是否完整，这就导致对曹操由爱生恨，最终势同水火，爆发了"衣带诏案"。

汉献帝刘协从中平六年（189）九月被董卓扶上皇位，就一直是"政治吉祥物"。朝廷实权先是掌握在董卓手中，然后掌握在王允手中，接着掌握在李傕、郭汜等人手中。

兴平二年（195）七月，汉献帝开始离开长安东归雒阳。一路上汉献帝君臣多次遭遇追杀，甚至饱受饥寒之苦。

建安元年（196）七月，汉献帝君臣好不容易到了雒阳。此时的雒阳已经是一片废墟，百官皆无住所。那些以忠臣自居的关东诸将，不仅无人救驾，而且不愿意向朝廷进贡。雒阳粮荒，经常有大臣饿死。

这一年里，汉献帝饱受流离之苦，在饥饿面前所有的尊严都荡然无存。曹操用"就粮"的借口把汉献帝君臣从雒阳骗到许县，汉献帝君臣不觉得自己被骗，反而认为曹操是真忠臣。

建安元年（196）九月，汉献帝接受曹操的建议迁都许县，并把许县改成许都，从此开始了稳定的帝王生活。汉献帝这时只有十六岁，对有救驾之功的曹操心存感激。曹操也比董卓等人擅长"哄孩子"，汉献帝与曹操就进入"君臣蜜月期"。

不过，随着汉献帝逐渐长大，与曹操之间的关系开始微妙起来。如果有人从中挑唆，汉献帝就很容易改变情绪，对曹操从感恩逐渐转向怀恨。

这个挑唆者不是旁人，正是汉献帝的岳父大人董承，当初也是他积极联络曹操来雒阳救驾的。

董承是董卓女婿牛辅的部曲，因为女儿嫁给汉献帝为董贵人，也就成了外戚。董承一路上护送汉献帝从长安到雒阳，从拜为"杂号将军"的安集将军，到拜为位在三公下的卫将军。董承护驾有功，又是外戚，迅速升官也是理所当然。

董承最初联络曹操来雒阳，本以为两人可以共掌大权。不料曹操毫不客气大权独揽，董承难免有想法。董承无意中做了另一个何进，曹操则成了另一个董卓，只是曹操站在董卓的"巨人肩膀"上，更懂得如何因势利导。

建安四年（199）是大转变的一年。

这一年，曹操消灭了吕布，击败了袁术，招降了张绣，安抚了关中诸将与江东孙策，成为仅次于袁绍的"二号军事强人"。

这一年，董承也从卫将军升为仅次于大将军和骠骑将军的车骑将军。要知道曹操也只是司空、行车骑将军事，大将军则是"一号军事强人"袁绍，董承的地位俨然压倒了曹操。

这一年，董承自称有汉献帝的"衣带密诏"，与左将军刘备等人商量诛杀曹操。

这一年，汉献帝已经从三年前初遇曹操时的十六岁少年变成十九岁小青年，到了亲政的年龄。

看到国家大事都由曹操做主，自己只有一个皇帝的名分，却没有任何实际权力，汉献帝难免心存不满。如果董承努力去化解汉献帝与曹操之间的君臣矛盾，多谈当年在长安的朝不保夕与来雒阳路上的食不果腹衣不蔽体；多谈在雒阳无人问津，只有曹操过来雪中送炭；多谈刚到雒阳时朝廷没有一县之地，现在朝廷能够管辖的四州之地，基本都是曹操不避弓矢一刀一枪打下来的；多谈战场上的危险，比如即使是骠骑将军张济、豫州刺史孙坚也命丧弓箭之下，汉献帝也会对曹操多一些理解与同情。

毕竟汉末天下大乱，要中兴汉室只能依靠曹操这样的能臣干将。汉献帝自己身边又没有曹操这样的治国贤才。至于袁绍，当年不仅试图另立新君，公开反对汉献帝，甚至占据着最富庶的冀州，接到勤王诏书竟然不愿意来雒阳救驾。可想而知，当时也只有曹操有能力、有决心复兴汉室。

何况此时，正处于曹操与袁绍大决战前夕的节骨眼上，汉献帝与曹操更应该君臣勠力同心对付袁绍，而不是关键时刻想着诛杀曹操。倘若此时真的刺杀曹操成功，必然是群龙无首的曹操集团被袁绍集团消灭。

袁绍来了许都，岂能善待汉献帝？袁绍早年讨伐董卓时就置叔父袁隗、嫡兄袁基生死于不顾，后来更是明知孙坚在前线讨伐董卓是为袁家报仇，竟然强占孙坚的豫州，还与韩馥等人商量立刘虞为皇帝，甚至与同父异母的弟弟袁术水火不容。这样六亲不认无父无君的枭雄，还能相信他能比曹操更用心辅佐汉献帝？

董承没有尺寸之功，却从卫将军升到车骑将军。他不去劝解汉献帝，而是拿着"衣带密诏"组织诛杀曹操的秘密活动，这已经是他的大罪。曹操此时还蒙在鼓里，想着如何联手刘备击败袁绍安定天下，甚至在袁术北逃时的第一反应，就是派刘备率军拦截。曹操把刘备当成自己的心腹毫无猜疑，却不知道刘备想着要曹操的脑袋。

这次董承联络了长水校尉种辑，将军吴子兰、王服等同谋。

种辑曾在中平六年（189）与黄门侍郎荀攸、议郎郑泰、议郎何颙、越骑校尉伍琼等人密谋刺杀董卓，这次又参加了董承密谋刺杀曹操的行动，也真是职业密谋家。

荀攸此时是曹操最信任的五大军师之一，正在紧张筹备官渡之战。伍琼刺杀董卓不成而死。何颙被董卓关押后忧愤而死。郑泰刺杀董卓不成出逃关东，被袁术表为扬州刺史，赴任路上病死。荀攸参加了上次的密谋，这次却忠心耿耿辅佐曹操，这说明颍川集团支持曹操中兴汉室，而不是像种辑等人这样不顾大局。

建安五年（200）正月，董承"衣带诏案"案发，曹操杀董承、种辑、吴子兰、王服等人，并夷灭三族。董贵人是董承的出嫁女，更是皇帝嫔妃，按照惯例可以免死，贬为庶人就是。但曹操是谁？曹操当年可是族灭老朋友张邈的冷血政治家，当然也不会放过董贵人。"乱世之奸雄"如果有妇人之仁，如何震慑潜在的反对者？

"衣带诏案"也让曹操没有了退路，想做忠臣都不可得。

曹操作为人臣，诛杀了皇帝的岳父甚至嫔妃，皇帝如何能够放过他？即使皇帝因为曹操功劳大可以宽恕他，但谁又能保证皇帝不会秋后算账，族灭曹操家族？

当年辅佐三朝皇帝的霍光，虽然忠心耿耿，死后不也被皇帝灭族了吗？如果说功劳，谁的功劳能超过韩信？韩信不也被灭族了吗？东汉时期的那些外戚，被灭族的还少吗？

曹操与汉献帝都心知肚明"衣带诏案"是怎么回事，但两人都不能撕破脸。毕竟大敌当前，曹操需要尽量避免得罪忠于汉室的重臣，汉献帝也不想由此葬送了自己的小命。两人心照不宣，于是董承就成了"背锅侠"。

曹操当然不能说皇帝下密诏，让董承等人诛杀自己，那样皇帝也没有台阶可下。曹操只能说董承密谋刺杀大臣，让董承替皇帝背锅。

想到自己任劳任怨四处征讨中兴汉室，竟然被皇帝看成董卓一样的奸臣，曹操就是想不做奸臣都难。他只能想办法自保，尽量不给旁人刺杀自己的机会。曹操经常领军在外，甚至与猛将许褚形影不离，乃至不去许都觐见皇帝，也是情非得已。

曹操后来在《让县自明本志令》中就直言不讳："诚恐已离兵为人所祸也。"当年董卓就是在进宫面见皇帝时遇害的。如果董卓一直留在军队中，王允等人谁能奈何？曹操经常率军亲征，也是借军队避免遇害。

等曹操彻底击败袁绍集团，占领了袁绍的大本营邺城，干脆把自己的大本营从许都搬到邺城，避免与皇帝见面。

离开了汉献帝所在的许都，曹操不仅可以像扑克牌中"小王"离开"大王"一样"最大"，而且可以避免在汉献帝身边低头不见抬头见的"邻里纠纷",甚至让皇帝身边的人想要刺杀都没有下手机会,当然这是后话。

"衣带诏案"后的刘备,又将何去何从呢?请看下回,"联袁抗曹"。

第 17 章

联袁抗曹

◇导读："衣带诏案"后，曹操与汉献帝"蜜月期"结束，与刘备也反目成仇。刘备开始与曹操不共戴天，穷其一生反对曹操，并联合袁绍，甚至联合刘表，不断搅局曹操基业。

建安四年（199）夏，袁术北逃时，刘备奉命指挥朱灵、路招等人在徐州拦截。事后刘备让朱灵等人回许都，自己留在徐州下邳，迟迟不肯回来复命。此时袁绍组织了十万精兵准备进攻许都，曹操忙着应对即将到来的大决战，对刘备拥兵自重的行为也只能隐忍。

这年八月，曹操进军黎阳（今河南省浚县），派琅琊相臧霸带兵进入青州稳定局势，组织抗击袁绍南下的第一道防线。随后曹操屯兵官渡，作为抗击袁绍南下的第二道防线。

这年十一月，张绣投降曹操。这不仅让曹操控制了南阳，可以阻止刘表北上偷袭许都，而且增加了抗击袁绍的生力军，更使得曹操"五大军师"正式聚齐。

建安五年（200）初，董承"衣带诏案"案发，曹操诛灭董承等人。刘备闻讯立即斩杀徐州刺史车胄，留关羽守下邳，自己屯兵小沛互为犄角。

陈寿等人记载是建安四年（199）底刘备起兵反叛曹操，我则认为应该是建安五年（200）初"衣带诏案"后刘备才起兵。没有"衣带诏案"，刘备还是安全的，也没有必要冒险起兵反叛曹操，而且此时官渡之战前哨战还没爆发，曹操随时可以东征。

投降曹操的东海太守昌豨响应刘备叛乱。刘备迅速招募了数万军队，并派人与袁绍联合。曹操派司空长史刘岱、中郎将王忠，率军讨伐刘备。

刘备很自信地说，刘岱、王忠这样的人来几百个他都不怕。刘备带的军队是从曹操处骗取的，再加上他的个人魅力仅次于曹操，因此曹操麾下任何将领率军都不是刘备对手。如果曹操亲自出马，曹操的旧部必然归顺曹操，刘备就要再次准备逃跑了。

曹操想要亲自率军征讨刘备，但诸将都认为与曹操争天下的是袁绍，担心大军东征许都空虚，如果袁绍趁机南下就麻烦了。郭嘉力劝曹操东征，因为袁绍反应迟钝，刘备刚刚反叛立足未稳。

曹操迅速出兵东征刘备，刘备的部队一看"老主人"来了，很快就作鸟兽散。曹操再次抓获了刘备的老婆孩子，擒获了关羽，击败了昌豨，稳定了东线的局势。

刘备只好北上邺城投奔袁绍，刘备的老部队也逐渐赶往邺城归附刘备。公孙瓒的老部下赵云也到了邺城，投奔刘备。

曹操东征时，冀州别驾田丰劝袁绍趁着曹操主力在徐州，紧急奔袭许都。袁绍竟然说，我也知道你的计策很好，可是我的小儿子病得厉害我心乱如麻。田丰很生气，这样千载难逢的机会，袁绍竟然因为小孩子生病错过了，大势已去啊。

袁绍对叔父与哥哥的死心如铁石，却对小儿子生病心乱如麻，这种人如何成大事？即使孩子生病心乱如麻，也完全可以派沮授辅佐长子袁谭指挥颜良、文丑、张郃、高览等人，带着精兵奔袭许都。即使不能攻破许都，也能迫使曹操分兵回援，避免刘备过早失败。如果袁绍胆子大一点，先出动五万精兵直奔许都，曹操全力回防则刘备做大，曹操少部分兵力回防则许都不保，可惜袁绍命中注定只能为曹操做嫁衣裳。

曹操打败了刘备，迅速回师官渡。袁绍错过了偷袭的机会，也就只能堂堂正正进攻曹操防线。

二月，袁绍进军黎阳，随后派猛将颜良进攻东郡太守刘延驻守的白马（今河南省滑县东北），直逼曹操第一道防线。

四月，荀攸献计声东击西调动袁绍分兵，建议在延津渡河摆出进攻颜良大军后方的架势，吸引袁绍分兵；然后趁着颜良进攻白马兵力削弱之时突然袭击，可以斩杀颜良。袁绍果然中计，分兵赶赴延津渡口。

曹操亲自率领关羽、张辽、徐晃奔袭白马，颜良被关羽于万军丛中斩杀。颜良就是再勇猛，遇上曹操亲率关羽、张辽、徐晃这些猛将集体奔袭，也难有活路。这也说明袁绍对付曹操，只能大兵团集体上阵群殴。小兵团作战，袁绍大军不能发挥数量优势，根本不是曹操高质量精兵的对手。

曹操带着白马的老百姓沿河西走，袁绍率军渡河追赶。袁绍部将文丑赶上曹操时，曹操把辎重放在路上，引诱文丑的部队来哄抢。看到文丑的军队乱了阵型，曹操立即率骑兵偷袭，文丑死于乱军之中。

行军途中竟然哄抢财物，这说明袁绍军纪不严。这样的军队打顺风仗还行，一旦逆风仗很容易崩溃。

曹操虽然打赢了白马之战、延津之战，斩杀了袁绍猛将颜良、文丑，但毕竟兵力不如袁绍。这些前哨战的胜利只能鼓舞人心，而不能阻止袁绍主力南下。曹操也就在袁绍大军紧逼下放弃第一道防线，撤守到官渡的第二道防线。关羽则因为斩颜良有功，封为汉寿亭侯。

此前关羽投降曹操，本就是因为不清楚刘备下落的权宜之计，只是没有为曹操立功不好就此离去。斩颜良，解白马之围，关羽认为自己已经可以报答曹操不杀之恩，就留下书信辞别曹操北上投奔刘备。曹操敬重关羽各为其主，阻止诸将追赶。

这年七月，汝南黄巾军刘辟等背叛曹操响应袁绍，袁绍派刘备去汝南帮助刘辟。袁绍还派人以征南将军职位招揽曹操驻守汝南的部将阳安都尉李通。刘表也想偷偷派人拉拢李通，但都被李通拒绝。李通还杀了袁绍的使者，把送来的征南将军印绶送交曹操。李通击退攻打郡中的黄巾军瞿恭、江宫、沈成等部，平定了淮河、汝水一带的叛乱。曹操改封李通为都亭侯，任命他为汝南太守。

刘备袭扰汝南、颍川等地，许都以南不得安宁。曹仁建议趁着刘备指挥袁绍的军队不太适应，而且新到汝南立足未稳，迅速派兵南下击败刘备。曹操于是派曹仁率骑兵南下奔袭刘备，收复汝南各县。

刘备回到袁绍处，提出南下联合刘表袭击曹操后方。袁绍派刘备带着本部人马去汝南，与反抗曹操的黄巾军龚都会合。曹操派部将蔡阳进攻刘备，却反被刘备斩杀。

看来刘备正是人杰，曹操一般的将领都不是其对手。

刘备虽然在汝南取得了斩杀蔡阳的胜利，但他的兵力毕竟太薄弱，这种侵扰并不能影响曹操与袁绍在官渡的决战。袁绍没有给刘备多少兵马，刘表又不能派重兵北上，刘备在汝南的"表演赛"也就影响力有限。

如果袁绍有当年刘邦的政治远见，把刘备看成自己骚扰曹操后方的彭越，例如再给刘备加派一两万兵力，让刘备的"游击战"打得更热闹一些，曹操还真的首尾不能相顾。

等到袁绍在官渡之战中被曹操击败，刘备在汝南的侵扰就失去了意义。一旦曹操腾出手来率军南下，刘备就只能去荆州投奔刘表了。

期待已久的曹操、袁绍两位"好基友"的大决战终于开始了。曹操如何在败局已定的情况下最后意外获胜呢？请看下回，"官渡逆转"。

第18章

官渡逆转

◇导读：官渡之战是曹操这一生赢得最艰难的关键之战，几乎是在败局已定的情况下突然出现大逆转。许攸叛逃泄露袁绍屯粮乌巢的军事机密，曹操亲率精兵偷袭乌巢其实也是险棋。谁能保证袁绍不会在乌巢设伏，谁能保证袁绍不会全军出动与乌巢守军一起夹击曹操？

如果说曹操消灭吕布之前天下诸侯最强的是幽州公孙瓒与冀州袁绍，那么曹操消灭吕布之后，天下最强的诸侯则是控制着河北四州之地的袁绍与"挟天子以令诸侯"的曹操。

建安四年（199）三月，袁绍经过八年战争最终攻灭公孙瓒，已经腾出手来准备南下进攻许都。曹操则在年初消灭吕布，后又在这年四月夺取"南控虎牢之险，北倚在行之固"的河内郡，势力深入黄河北岸，直接刺激袁绍的神经。

曹操曾经长期依附袁绍，在袁绍的支持下，成为东郡太守、兖州牧。兴平元年（194），曹操被吕布袭破兖州只剩下两三座城池万余残兵时，还曾考虑去邺城投奔袁绍。袁绍的势力一直比曹操强大，即使是曹操挟天子以后，也不得不把大将军职位让给袁绍，自己担任三公之一的司空。

袁绍有一支经历过八年战争的精锐军队，背靠着河北四州之地，是当时天下最强的诸侯。当年汉光武帝刘秀就是凭借幽州突骑与河北地主豪强的支持，最终完成天下一统。消灭公孙瓒后的袁绍，站到了称帝前刘秀的历史位置。

袁绍又是"四世三公"的汝南袁氏当家人，影响力远远超过曹操这样的"阉宦之后"。袁绍可以随时选择合适的时间向曹操发起进攻。这样的机会在建安五年（200）二月袁绍主力进攻曹操第一道防线黎阳之前，还有多次。

第一次机会是建安四年（199）夏，袁术投奔袁绍长子、时任青州刺史的袁谭时。袁绍此时就应该及时派兵南下接应袁术，这不仅能够将势力从河北深入淮南，还能在后来与曹操决战时开辟"东方战线"。即使曹操派出刘备赶赴徐州截击袁术，刘备面对袁绍大军也只能被击退或投靠袁绍，曹操的势力就会被徐州之战分散不少。

第二次机会是建安五年（200）初，"衣带诏案"时。曹操与汉献帝的"蜜月期"结束，此时袁绍就应该把自己打扮成忠君爱国的楷模，立即出兵南下进攻许都。把曹操定位为董卓那样的乱臣贼子，比让陈琳骂曹操如何出身卑劣如何偷坟劫墓，显然要有效得多。

第三次机会则是"衣带诏案"后，刘备在徐州起兵反叛时。此时曹操亲率大军东征徐州，后方空虚。此时袁绍即使因为幼子生病自己心乱如麻，也完全可以让他人领兵南下攻打许都。这样一来，曹操多出兵则许都不保，少出兵则短期内难以平定刘备叛乱。

袁绍有十万精兵万余良马，在消灭公孙瓒后随时都可以派兵南下搅局。即使不能打败曹操，这种搅局也要让曹操疲于奔命，后方难以安定。

建安五年（200）四五月间的白马之战与延津之战，曹操虽然使用诡计袭杀了袁绍猛将颜良、文丑，但袁绍军队毕竟有数量上的绝对优势。只要袁绍不再分兵而是主力齐头并进，曹操就只能退守官渡（今河南省中牟县东北）。

七月，袁绍大军抵达曹操官渡大营对面的阳武（今河南省中牟县北），随后向官渡曹军发起进攻，东西连营数十里，这几乎是第一次世界大战时英法联军与德国堑壕战的原始版。

两军虽然互有胜负，但曹操后勤补给困难，刘备又在汝南骚扰，负担比袁绍大得多。长期消耗下去，曹操就有些动摇，想撤回官渡打一场"首都保卫战"。曹操写信征求当时坐镇许都的荀彧意见。荀彧明确表示反对撤退，并用刘邦和项羽在荥阳、成皋相持不下时都不愿意撤退的案例来鼓励曹操坚持。

虽然曹操按照荀彧的建议，派徐晃与史涣袭击了袁绍部将韩猛运到官渡的数千车粮草，但袁绍毕竟家大业大，可以继续坚持。而此时曹操只剩下十五天的粮食，如果不能在十五天内击败袁绍，曹操就要被耗死在官渡，这也是曹操对运粮官说十五天内击败袁绍无须再运粮原因之所在。

正在曹操一筹莫展之时，一位老朋友给曹操送来了一份大礼。这份大礼让曹操能够在最后时刻大逆转，赢得官渡之战的胜利。

这位老朋友，就是南阳许攸。许攸年轻时与袁绍、曹操交好，是袁绍的"粉丝"。袁绍在董卓专权后逃出雒阳时，许攸就成为袁绍的重要谋士，并力劝袁绍与曹操联盟。袁绍与曹操两军在官渡相持不下时，许攸建议袁绍派出骑兵趁着许都空虚，奔袭许都——能够攻下许都当然更好，可以奉迎天子讨伐曹操，即使没能攻下许都，也会让曹操首尾不能相应。后来曹操听说了许攸此计，也是惊出一身冷汗。可惜袁绍眼里只有官渡，不听许攸之言。

这时传来许攸家属犯法，被留守邺城的审配逮捕的消息。许攸听说后大怒，知道袁绍不信任自己，也不愿意宽待自己的家属，就当即投奔曹操。

许攸给曹操带来了绝密军事情报。许攸告诉曹操，袁绍大军军粮万余车，囤积在袁绍大营附近的乌巢、故市等地，沮授建议蒋奇率军掩护乌巢，却被袁绍拒绝，乌巢守备空虚。许攸"送佛到西天"，帮曹操帮到底，建议曹操派精兵偷袭乌巢。

袁绍也是自取灭亡，面对许攸这样的心腹谋士，竟然不去安抚他的家属，而是任由审配缉拿，如何让许攸为自己尽心尽力？许攸这样接触军事机密的谋主，如何能够让他轻易离开大营，甚至投奔曹操？发现许攸逃走，为何不采取紧急措施来应对，甚至反制军事机密泄露？

曹操此时已经别无选择。即使许攸是袁绍的卧底来坑害自己，也只能赌一把，曹操已经没有实力等待了。曹操留下曹洪、荀攸坚守大营，亲率五千步骑换上袁绍军队的旗帜，黄昏时分奔袭乌巢。

袁绍军队竟然不需要口令，这也就使得曹操可以顺利抵达乌巢。乌巢守军毕竟是曹军的两倍，淳于琼当年也曾与袁绍、曹操一起并为"西园八校尉"之一，是曹操的老战友，也并非无能之辈。短期内曹操也不能攻入乌巢，双方竟然打成了僵局。

　　乌巢距离袁绍大营只有四十里地，袁绍援军几个小时就可以赶到甚至反包围曹操。也是袁绍不擅长诡计，如果袁绍谎称曹操已经被许攸骗到了乌巢，命令张郃、高览率领全部骑兵奔袭乌巢不要让曹操逃走，然后自己亲率全部机动兵力增援乌巢，曹操还真的插翅难飞。

　　问题是袁绍竟然不懂得乌巢被烧十万火急，竟然不听张郃紧急救援乌巢的意见，而是听从郭图的意见主力进攻曹操大营，指派小部队救乌巢。

　　曹操军队在袁绍援军抵达背后时，生死存亡之际竟然"小宇宙爆发"，拼死攻入乌巢，斩杀了淳于琼，焚毁乌巢粮草，然后全军返回大营。

　　此时郭图因为自己献计失败，竟然进谗言陷害张郃。张郃又惊又怒，干脆投降曹操。张郃大军投降曹操，导致袁绍再也不能稳住军心。袁绍大军迅速人心涣散，十万大军顷刻之间崩溃。袁绍带着八百骑兵逃回河北，七万大军投降曹操，沮授也被曹操俘获。

　　曹操也是够狠，将袁绍七万降兵全部坑杀。

　　这看起来很爽，如同长平之战白起坑杀数十万赵国降兵。问题是曹操这种不接受投降的做法，直接导致此后河北士兵拼死抵抗。官渡之战后，曹操竟然用了七年才统一河北，不得不说与曹操这次坑杀有关。即使曹操大军缺粮食，难以养活袁绍这七万精兵，也完全可以把这些军队编入张郃、高览以及张辽、徐晃、于禁等人的部队，带着他们去后方"就食"。

当年曹操可以收编青州黄巾军，不是杀戮而是给出路，这才有了逐鹿中原的资本。可这次袁绍七万精兵送给了曹操，曹操竟然将其杀戮，这不是拱手放弃统一天下的机会吗？换了刘邦、刘秀，甚至李世民、朱元璋，会如此杀戮吗？

历时半年的官渡之战终于结束了。这是曹操一生中最艰难的胜仗，即使奔袭乌巢曹操也没把握最后大逆转，直到袁绍出昏招。袁绍本来胜券在握，只要不犯低级错误就能获胜，可他愣是选择了最差的应对方案。

这一仗奠定了曹操统一北方的基础。即使后来曹操遭遇赤壁战败，也能保住"基本盘不失"。司马氏家族甚至以此为基础，完成天下一统。

官渡之战时，曹操阵营许多人对曹操最后一分钟能够击败对手表示悲观，因此"暗通袁绍"成为惯例。曹操击败袁绍后，搜出了大量书信。有人建议将这些暗通袁绍的内奸都杀了，曹操熟悉历史，当然知道这馊主意是自毁长城。曹操效仿刘秀当年击败王郎后烧掉部下私通王郎的书信，也把这些暗通袁绍的书信烧毁。向成功者学习，这才是成功的捷径。

官渡之战后，曹操又该如何最终消灭袁绍集团呢？请看下回，"曹操北征"。

> ◇导读：袁绍在河北根深蒂固，官渡之战虽然导致袁绍元气大伤，但袁绍尚有翻盘机会。曹操不失时机北上征讨，袁绍又羞愧而亡，结果曹操最终夺取河北四州之地，开启统一全国的步伐。

建安五年（200），袁绍在官渡之战中被曹操击败，损失的不仅有七八万大军，更有难以恢复的士气，甚至连沮授也被曹操擒获。

曹操见到沮授就说"孤早相得，天下不足虑也"——我早日得到你，全天下没有值得我担忧的。袁绍在官渡之战前可以不屑于诡计，但官渡之战后不用诡计显然已经不是曹操的对手。

如果袁绍懂点诡计，其实还有翻盘机会。

第一，可以全军为官渡之战阵亡将士发丧，宣传曹操坑杀七万降兵。结合曹操曾制造了徐州大屠杀，宣扬曹操要杀尽河北军民。当年李傕、郭汜等人宣扬朝廷要杀尽凉州人，都能拉起十几万大军，何况在户口数百万的河北各地。

第二，可以亲自去牢中放出田丰并向他诚恳道歉，请求田丰教自己救命的办法。田丰毕竟是袁绍的部下，袁绍如此"折节下士"，甚至全家性命相托付，田丰还能拒绝为袁绍献计献策？

第三，可以把这次官渡之战失败解释为许攸叛逃泄露军事机密，找许攸背锅正好可以鼓舞军心。袁绍当然要避免自己担责，这就需要找许攸背锅。许攸造成的伤害太大了，他可以被解释为坑杀七万河北子弟兵的凶手，袁绍的过错则只是用人不当，被心腹坑了，而不是自己无能。

第四，可以公开要求用许攸的家属换回沮授。曹操同意，则换得沮授死心塌地辅佐袁绍；曹操拒绝，则公开族灭许攸家族，造成许攸对曹操的怨恨。

第五，可以公开宣扬自己对不起张郃、高览等人，表明会善待他们的家属。这不仅能招揽人心，更能造成曹操对张郃、高览等人的猜忌。曹操不是疑心重吗，那就让他"怀疑人生"。

第六，稳定接班人地位。把担任各州刺史的儿子与外甥调回邺城议事，明确以长子袁谭为世子，以辛评、郭图辅佐世子整军备战。其他儿子与外甥高干，则留在邺城安抚人心。

可惜袁绍回到邺城后，继续糊涂下去。袁绍不仅杀死了劝谏他不要轻敌的田丰，还迟迟不愿意立世子稳定人心，这就导致袁绍留下的诸子争位的隐患无法解决。

也许是因为击败公孙瓒后袁绍已经心高气傲，忍受不了失败，也许是袁绍此时五十八岁，年纪大了，自尊心太强，竟在官渡之战后一蹶不振。

袁绍能够容忍被公孙瓒击败，却不能忍受被自己一向瞧不起的曹操击败。这次战败，让袁绍更加郁郁寡欢。要知道曾经可以笑对无数次失败的刘备，六十二岁高龄时被年轻的书生陆逊击败，也是一病不起。毕竟年纪大了而且地位高了，经受不了心理刺激。

建安六年（201）四月，袁绍在仓亭之战中再次被曹操击败。上次官渡之战后平定的叛乱再次爆发，袁绍不得不继续去平叛。袁绍终于顶不住了，建安七年（202）五月发病吐血而死。

官渡之战失败后，袁绍坚持了一年半才死去，但他却未确定继承人。正是袁绍一手造成袁谭、袁尚的内讧，葬送了袁家自保的最后机会。

袁绍忧愤而死后，众人都认为长子袁谭应该继位。但逢纪、审配却假传袁绍的遗命，尊奉袁尚为袁绍的继承人，继任大将军、邺侯。袁谭不能继位，于是自称车骑将军，驻屯黎阳。

如果袁尚有那么一点政治觉悟，也应该知道大敌当前需要兄弟联手，也应该清楚袁谭住在黎阳也就站在了抗击曹操的前线，应该全力支援袁谭作战。即使袁尚与袁谭有矛盾，也应该等到击败了曹操再说。但袁尚竟然不愿意给袁谭增兵，甚至派逢纪监督袁谭，处处掣肘。当然，袁谭也老实不客气杀了逢纪，两兄弟之间矛盾更大了。

曹操攻袁谭，袁谭向袁尚求救。袁尚害怕袁谭得到士兵后不还，于是亲自领兵救援。袁尚缺乏军事指挥能力，加之两兄弟互不信任造成军事指挥混乱，多次被曹操击败。

建安八年（203）初，曹操攻占黎阳，袁谭、袁尚兵败逃往邺城。众将都主张曹操乘胜追击进攻邺城，郭嘉则认为袁谭、袁尚有矛盾，此时进攻邺城他们会联手与曹军抗衡，不如此时趁机抽兵南下进攻骚扰南阳的刘备与刘表，也使得袁谭、袁尚因为外来压力减弱而相互争斗。曹操一听有道理，也就撤军南下进攻刘表，消除南线威胁。

建安八年（203）五月，曹操大军一撤走，袁谭、袁尚就发生了内讧。二人战于邺城门外，袁谭兵败，退保南皮（今河北省沧州市）。这年八月袁尚再次击败袁谭，袁谭败走至平原（今山东省平原县南）。

荆州刘表写信给袁谭、袁尚，劝解他们共同对付曹操，但袁谭、袁尚都不接受，两兄弟继续争斗。其实刘表何尝不是如此？不早日确定继承人，导致自己死后两个儿子内讧，荆州很快落入他人之手。

袁谭挡不住袁尚的进攻，竟然在这年八月向曹操乞降。曹操当然喜出望外，立即出兵支援袁谭击败袁尚。袁尚退回邺城，曹操也跟着撤回许都。

建安九年（204）正月，曹操派人修通白沟，作为进攻邺城的水上运输线，决心一举攻占邺城。可笑的是，此时袁谭、袁尚竟然对曹操此举毫无认知，看不到要被曹操消灭的危险，两人继续玩内讧。

二月，曹操趁袁尚出兵攻打袁谭之机，亲率大军北上，起土山、挖地道，向邺城发动猛攻。从这年二月到八月，曹操用了大半年的时间，采取了包括水淹在内的各种手段，终于攻破邺城，审配拒不投降而死。袁尚逃往幽州，投奔二哥袁熙。

曹操的老朋友许攸是攻破邺城的首功之臣，却因为对曹操直呼其名引起曹操反感，最终被曹操诛杀。曹操在攻入邺城之前，可以容忍许攸等人的戏谑，但攻入邺城之后曹操自认为功成名就，也就难以接受许攸的大不敬。

其实曹操大可不必如此。诛杀许攸不仅让恃才放旷的牛人寒心，而且有损曹操求贤若渴的光辉形象。曹操完全可以频繁派许攸作为谋士辅佐"诸夏侯曹"外出征战，有功劳则给爵位给财富，哄得许攸为他卖命，何愁天下不平？至于许攸仰仗是他的老朋友对他不够尊重，频繁让许攸"出差"就行，两人尽量不见面不就避免尴尬了？

看看刘邦对多次背叛他而且羞辱他的雍齿如何爱惜如何容忍，再看看曹操对许攸轻易杀戮，这也是刘邦能够天下归心，而曹操只能三分天下之所在。李世民说曹操"一将之智有余，万乘之才不足"，并非贬损。

曹操攻下了邺城，自任冀州牧，从此不再回许都，而是把邺城当成自己的政治中心。曹操此举，不仅是避免留在许都被人刺杀而遇害，更是因为邺城经过袁绍父子十多年的经营，其繁华超过许都，更超过残破的雒阳，有利于曹操以此为中心经营四方。

曹操想不到的是，此后邺城居黄河流域政治、经济、军事、文化中心长达四个世纪之久，甚至成为曹魏、后赵、冉魏、前燕、东魏、北齐六朝都城，直到北周大象二年（580）被权臣杨坚下令焚毁。控制邺城后，曹操立即向力量较弱的袁谭发起进攻。

建安十年（205）正月，曹操攻破袁谭的据点南皮，袁谭出逃被追兵所杀。消灭袁谭后，曹操开始向幽州发动进攻。袁熙部将张南、焦触等叛归曹操，并指挥军队攻击袁熙和袁尚。袁熙和袁尚战败，只好投奔乌桓。

建安十一年（206），趁着袁熙、袁尚远在塞外，曹操抽兵进攻袁绍外甥驻守的并州，并亲自率军围攻壶关（今山西省黎城县东北太行山口）。高干留部将守城，自己去求救，结果被曹操的上洛都尉王琰捕杀。曹操安定了并州，修建了平虏、泉州二渠以通水运，作为北征乌桓三郡的粮道。

建安十二年（207），原幽州牧刘虞的从事田畴，成为曹操的向导，帮助曹军奔袭柳城（今辽宁省朝阳市）。袁熙、袁尚与蹋顿、辽西单于楼班、右北平单于能臣等率领数万骑兵迎击。曹操部将张辽在白狼山之战大显神威，斩杀蹋顿和各部落王爷及以下的乌桓首领，投降的胡人与汉人共有二十余万。

袁熙、袁尚只好再度败走，投奔割据辽东的公孙康。郭嘉曾建议曹操不要主动进攻袁谭或袁尚，等他们自相残杀。这次曹操活学活用，奔袭辽西的柳城后班师回邺城，隔岸观火坐等公孙康杀袁熙、袁尚。

公孙康看到曹操没有吞并辽东的意思，也就斩杀袁熙、袁尚，还吞并了两人带来的数千骑兵，果然如曹操所愿。曹操以天子的名义把此前封给刘备的左将军头衔转给了公孙康，还封其为襄平侯。只要公孙康没有公然背叛朝廷，曹操也没有必要在辽东浪费精力。

官渡之战以来经过七年努力，曹操终于统一了北方，开始南征。

第 20 章

刘表坐观

◇导读：曹操忙着与袁绍集团决战时，坐拥荆州"带甲十万"的刘表竟然作壁上观，眼睁睁看着曹操击败袁绍集团后南下消灭自己。殊不知坐山观虎斗需要数一道二的实力，而且要在关键时刻出手收拾残局，否则就会被人各个击破。

此时汉家州郡基本都是军阀混战，却有一处堪称世外桃源，这就是刘表坐镇的荆州。曹操五大军师之一的贾诩就说，刘表在和平时期是三公之才，可惜在乱世也就只能是别人的猎物。

刘表，字景升，山阳郡高平县（今山东省微山县）人，东汉末年宗室，西汉鲁恭王刘余之后。

刘表早年参加太学生反抗宦官专权，也曾是热血青年。刘表还是当时"八俊"之一的青年名士，在"党锢之祸"中遭受迫害。

光和七年（184）黄巾起义爆发，东汉政府解除对"党人"的政治限制。刘表这样的社会名流，也就被大将军何进征辟为掾属，后来担任掌监北军五营的北军中候。

北军中候是六百石的朝廷命官。曹操费尽力气才挣来六百石的顿丘令，刘备出生入死才是六百石的高唐令，刘表却可以轻易担任。看来成为社会名流才是做官的捷径。

初平元年（190），荆州刺史王睿为孙坚所杀，董卓派刘表继任。无论是何进还是董卓，都得对社会名流表示尊重和笼络。当时的荆州八郡中，后将军袁术割据南阳郡，吴郡豪强苏代趁着长沙太守孙坚北上，占领长沙郡自立为太守，刘表去荆州也只能隐藏身份秘密到任。

刘表在南郡宜城县筵请南郡望族蒯良、蒯越、蔡瑁等共谋大略。蒯良提出安抚州郡，以仁义笼络人心。蒯越认为袁术、苏代等人都是有勇无谋之辈，建议诱杀反对朝廷的豪族，收编他们的部属，占据江陵、扼守襄阳，则荆州八郡只要传递檄书就可以平定。蒯良、蒯越两兄弟的建议，成为刘表坐领荆州的基本战略。

刘表在蒯越的支持下，诱杀五十多家不服从朝廷的豪族，吞并他们的部众，还招降割据襄阳的黄巾军张虎、陈生等人，实力大增。荆州各地郡县首领被刘表震慑，纷纷弃官逃走。刘表顺利控制了荆州八郡中的七郡，还推荐割据南阳的袁术为南阳太守，以示友好。

刘表任命江夏豪族黄祖为江夏太守。黄祖不仅伏杀"江东猛虎"孙坚，还长期坐镇江夏郡，遏制孙策、孙权兄弟西进，帮刘表镇守荆州的东大门。孙坚死后，袁术缺少能战之将，粮道又经常被刘表袭击，只好从南阳撤走转向淮南。

初平三年（192），控制长安的李傕、郭汜等人为了安抚刘表，以天子名义拜刘表为镇南将军、荆州牧，封成武侯，开府仪同三司，假节，督交、扬、益三州军事。刘表这时的地位，已经超过了同时期的袁绍甚至公孙瓒，成为关东最尊贵的诸侯。

刘表没有曹操、袁绍那样征讨天下的雄心，与袁绍等人结盟，也只是出于自保。如果刘表此时趁着周边没有强大的诸侯，率军东征夺取扬州，再南征夺取交州，把"督交、扬、益三州军事"变成实际控制三州之地，则后来的三分天下也就没有孙策兄弟任何机会了。

刘表治理荆州，基本保证了荆州八郡近二十年的繁荣与和平，即使发生了一些战事，也仅限于东边的江夏郡与北边的南阳郡。刘表治下的荆州，还出现了黄祖、张绣分别帮刘表看守东大门、北大门的局面。长期的政治稳定，吸引数十万中原地区的流民逃向荆州，上千名学者为躲避战乱从关西、兖州、豫州投奔荆州。刘表安顿流民、兴办学校，爱民养士，荆州学校被称为雒阳太学南迁。

兴平二年（195），汉献帝逃离长安，号召天下勤王。袁绍担心奉迎天子会束缚自己的发展，拒绝救驾。刘表没有吞并天下的野心，又是汉室宗亲，竟然也不愿意救驾，就有些不可理喻。

建安三年（198），刘表平定荆南叛乱，南收零陵、桂阳，北据汉川，坐拥数千里疆域，带甲兵十余万。刘表已经从初平年间关东头号诸侯，因为不思进取沦为实力次于袁绍、曹操的第三号诸侯。

如果说刘表此前有能力不结盟就可以自保，那么此时继续不结盟，就意味着无论是袁绍还是曹操，完成北方统一后都会南下进攻刘表。刘表饱读诗书，焉不知"匹夫无罪，怀璧其罪"？荆州士民殷富，沃野千里，无论是曹操还是孙权，甚至刘备，都不会放弃荆州。只要有机会，他们都会把荆州当成自己的猎物。

当时的荆州，文有蒯良、诸葛亮、庞统、李严、邓羲、许靖，武有蒯良、蔡瑁、甘宁、魏延、黄忠、文聘，可惜刘表没有帝王之心，这些文臣武将后来也就分别被曹操、刘备、孙权分取。许多人把徐州牧陶谦与荆州牧刘表相比，其实陶谦的实力远不如刘表，况且他并没有留下多少人才给后人。

刘表不一样，他割据荆州十八年，一个江夏太守黄祖就让孙策、孙权兄弟八年西进无功。帮刘表看守北大门的张绣之所以对抗曹操近十年才投降，也是对刘表缺乏雄心壮志深感失望，认为荆州迟早会被曹操吞并。如果刘表有帝王雄心壮志，张绣、贾诩这些人才本该是刘表的开国元勋。

建安五年（200）官渡之战时，刘备逃到汝南骚扰曹操，结果被曹仁击破。刘备只剩数千兵马，根本不足以牵制曹操。如果此时刘表眼光看长远一点，给予刘备两三万兵马，让刘备把"骚扰战"打得更热闹些，许都甚至整个曹操控制区都会处于刘备的威胁之下，曹操哪里能够全力以赴与袁绍官渡决战？

即使刘表担心袁绍势大，官渡之战前支援袁绍风险太大，一旦袁绍获胜同样不会放过刘表，那么官渡之战后特别是袁绍死后，显然只有曹操能够威胁刘表。在曹操数次北伐进攻袁谭、袁熙，甚至北伐进攻乌桓三郡时，刘表就应该全力以赴进攻曹操，牵制曹操北上，这才能使得袁熙、袁尚等人获得喘息机会。

刘表从官渡之战起，已经具备成为最佳搅局者的各种条件，而执行搅局计划最合适的人选，当然是与曹操不共戴天的刘备。

"衣带诏案"后，刘备与曹操已经势不两立。官渡之战后，刘备又失去袁绍有效支援。此时刘表只要把刘备看成自己的彭越，不断支援刘备钱粮兵马，哪怕保持在两三万人的规模，以刘备的掣肘能力，曹操根本无力用七年时间平定河北。只要曹操一天不能平定河北，就没办法南下荆州，刘表就是安全的。即使曹操南下进攻荆州，前面有刘备率军抵挡，后面有刘表指挥着荆州十万精甲，曹操又能如何？

"衣带诏案"后，刘表作为汉室宗亲就有理由讨伐曹操。可惜这位太学生出身的诸侯，完全忽视了政治危险。刘表错过了张绣，接着又要错过刘备。

建安十三年（208），刘表病逝，在曹操大军即将南下时，把荆州的命运交给儿子。作为父亲刘表是不称职的，此前批评袁谭、袁尚不该内讧，自己不也是把一个内讧的荆州交给后人？

刘表给曹操、刘备与孙权留下一个好战场，战利品就是荆州八郡。那么此时江东继承兄长基业的少年孙权又在哪里呢？请看下回，"孙权继业"。

第 21 章

孙权继业

◇导读：江东基业的开创者是孙策，如同曹魏的开创者是曹操。孙策留下一个好的继承人，这就是孙权。孙权继承孙策的江东六郡，逐步稳定局势，为迎接曹操南下荆州"雷霆一击"做好了准备。

在曹操忙着夺取袁绍河北四州之地时，刘表依旧坐观成败不折腾。但接替孙策坐领江东六郡的孙权，却没有闲着。孙权开始试探性"一路向西"，征讨黄祖进取荆州。

孙权，字仲谋，吴郡富春人。祖父是瓜农孙钟，父亲是"江东猛虎"孙坚，大哥则是弱冠开创江东基业的"小霸王"孙策。孙坚没有把儿子孙策带在身边培养，但孙策却有把弟弟孙权带在身边培养。

建安元年（196），孙策收得丹阳、吴、会稽三郡，十五岁的孙权被孙策任命为阳羡（今江苏省宜兴市）县长。吴郡太守朱治察举孙权为孝廉，扬州刺史严象推举孙权为茂才。孙权在大哥孙策的羽翼下获得"四世三公"之后的袁绍、袁术都不可相比的快速发展。孙策讨伐庐江太守刘勋，讨伐江夏太守黄祖，都把孙权带在身边历练。

建安五年（200），孙策被许贡门客行刺而去世，临终时以孙权为继承人，并遗命张昭、周瑜辅佐。当时孙策的儿子孙绍幼弱，三弟孙翊英勇善战但性格暴躁。孙策要保证江东基业长久，只能交给二弟孙权。

孙权的母亲担心孙权不能服众，就召集张昭与董袭商量。张昭带头表示效忠孙权，当即向朝廷奏报孙权为继承人，并下令所属州县和内外军队各司其职。曹操为集中力量对付袁绍，也对孙权采取安抚政策，以天子名义拜十九岁的孙权为讨虏将军，接替孙策兼任会稽太守。

孙策死后，孙权只顾伏地大哭，这也是人之常情。张昭扶起孙权说，孝廉啊，现在不是哭的时候，你要继承父兄伟业啊。张昭亲自为孙权牵马检阅军队，安定江东政局。

周瑜从外地带兵前来奔丧，留在吴郡孙权身边任中护军，同长史张昭共同掌管军政大事。当时孙权只是将军，宾客礼节都很简单，唯独周瑜用君臣的礼节表达对孙权的支持。有了东吴文臣之首的张昭与武将之首的周瑜支持，孙权这才真正成为江东之主。

周瑜还向孙权推荐鲁肃，说他是辅佐之臣。孙权与鲁肃在榻上对饮，鲁肃提出"剿除黄祖，进伐刘表，竟长江所极，据而有之，然后建号帝王以图天下"，基本确立了向西夺取荆州，占据长江以南地区，建立帝王之业的战略方针。后来孙权发动赤壁之战抗击曹操，夺取荆州诛杀关羽，都是落实该战略。

周瑜与鲁肃原本都是袁术辖区的人才，可惜袁术不能用，也就最终落入孙策、孙权兄弟之手。"世上岂无千里马？人间难得九方皋"，周瑜、鲁肃这样的英才，遇上了能够赏识他们的人，这才能施展才华。

孙权继位后，局势有些不稳。张昭、周瑜等人辅佐孙权，先后平定了庐江太守李术叛乱，囚禁了与曹操暗通款曲的庐陵太守孙辅，还挫败了定武中郎将孙暠的叛乱，巩固了孙权在江东的统治。

曹操取得官渡之战胜利后，要求孙权送子为质。周瑜以楚国为例，说当年楚国刚建立时只有百里地，经过几代人努力，楚国建立起几千里地的庞大国家，延续九百年的统治，建议孙权不要送质子给曹操。孙权的母亲吴夫人要求孙权对周瑜以兄长相尊，这既是尊重周瑜，也是笼络周瑜，密切周瑜和孙权的关系。

初步稳定了内部局势，孙权就开始对外征讨。毕竟孙权的父亲孙坚，就是死在荆州牧刘表部将黄祖之手。孙权最初几次西征黄祖，都因为内部出事半途而废。

建安八年（203），孙权西征荆州，击败了江夏太守黄祖的水军。这时山越人发动叛乱，孙权立即回师平叛，派征虏中郎将吕范平鄱阳、会稽叛乱，派荡寇中郎将程普讨乐安。孙权还委任建昌都尉太史慈领海昏县，委任别部司马黄盖、韩当、周泰、吕蒙等担任县令或县长，共同讨伐山越人，基本平定了叛乱。

建安九年（204），孙权出征黄祖时，他的三弟丹阳太守孙翊被亲信边鸿刺杀，孙权的族弟威寇中郎将、领庐江太守孙河被妫览、戴员杀害。孙权立即带兵赶过去平叛，半路上获知边鸿被妫览、戴员灭口，而后妫览、戴员被孙翊的夫人徐氏说服孙翊旧将孙高、傅婴等诛杀。内部不稳，一直影响孙权对外用兵。

建安十一年（206），周瑜再次征讨黄祖。这次最大的收获不是斩杀麻、保二屯首领并俘获万余人，也不是俘虏了黄祖部将邓龙，而是黄祖部将甘宁前来归降。周瑜和吕蒙一起向孙权推荐甘宁，这是一位具有战略眼光的猛将，还是水战好手。

甘宁得到孙权的重视，立即向孙权提出西进政策。

他认为曹操最终要成为篡汉的国贼，荆州是江东的屏障，荆州牧刘表没有远见也胸无大志，接班人又劣质，建议孙权先下手为强，避免荆州落入曹操之手。攻打荆州先打黄祖，黄祖年老昏庸，军资粮草都缺乏，手下没有干将，军队缺乏训练，消灭黄祖后夺取荆州，然后夺取巴蜀。

甘宁的意见与当年鲁肃的战略不谋而合，甚至提到占领巴蜀，与后来诸葛亮建议刘备夺取荆州再夺巴蜀所见相同。

孙权很高兴，向甘宁举杯敬酒，这也说明夺取荆州成了孙权的既定方略。有了熟悉荆州水军的甘宁作为孙权麾下大将，孙权讨伐黄祖更是如虎添翼。甘宁不能被黄祖所用，不能被刘表赏识，也就跳槽投奔了孙权。

建安十三年（208）春，孙权征讨江夏太守黄祖，周瑜为前部大督（先锋官）。战斗进行得异常激烈，孙权终于擒杀黄祖，祭奠十六年前被黄祖乱兵射杀的父亲孙坚。

初平元年（190）刘表担任荆州刺史后，即以江夏豪族黄祖为江夏太守。从此黄祖担任江夏太守十八年之久，甚至射杀"江东猛虎"豫州刺史孙坚，射杀孙坚的外甥平虏将军徐琨，射杀猛将偏将军凌统的父亲破贼校尉。用江夏一郡之地长期抗衡孙策、孙权江东六郡八年之久，不得不说黄祖是一位被严重低估的能臣干将。

刘表也是奇怪，江东孙策、孙权兄弟多次进攻荆州江夏郡，刘表竟然坐视黄祖用一郡之地抗击孙氏兄弟六郡之地，没有派出重兵支援黄祖，也没有集中八郡之力东征讨伐江东，这不是眼看着黄祖孤立无援被杀吗？孙权一旦夺去了江夏黄祖，还能放过荆州刘表否？

黄祖死后，刘表的长子刘琦听从诸葛亮的建议，向刘表请求接任江夏太守，江夏再次被刘表控制。孙权击败了黄祖，竟然没有趁机完整占据江夏郡，不得不说是个重大失策。

从官渡之战前夕孙策遇刺身亡，孙权临危受命承担起江东六郡之主重任，到赤壁之战前夕消灭杀父仇人江夏太守黄祖，孙权在八年时间里完成了整合江东六郡的战略任务。此时孙权虽然没能突破孙策江东六郡的地理限制，甚至八年来没有消除黄祖的障碍攻占江夏，但已经为即将爆发的赤壁之战准备了物质条件。

在继续重用孙坚与孙策留下的旧臣的同时，孙权已经在注意选拔鲁肃、甘宁、吕蒙、凌统、陆逊等新人。赤壁之战是孙权沿用孙坚、孙策旧将赢得的最后一场战争，此后就是新一代将领把江东基业推向荆州甚至交州的新时代。

第22章

刘备求贤

◇导读：官渡之战前夕，帮刘表看守荆州北大门的张绣投降曹操。官渡之战后，刘备从袁绍处投奔刘表，继续帮刘表看守荆州北大门。刘备在"看大门"的同时也没闲着，不断求贤访才，积累"二次创业"的人力基础。

三国英雄中最令人佩服的就是刘备，真正是"打不死的小强"。刘备被曹操击败后投奔袁绍，后又奉命来汝南骚扰曹操。

等到建安六年（201）曹操从官渡之战中腾出手来亲征刘备，刘备就只能投奔刘表。刘备曾对曹操部将蔡阳说，你们这些人就是来百万之众我也不怕，要是曹操单骑过来我就要逃跑了。这也说明只有曹操本人才能压制刘备，曹操的部将基本都不是刘备的对手。后来刘备北上骚扰，曹操派大将夏侯惇、于禁迎战。夏侯惇也被刘备伏击挫败，幸亏被李典救出。即使是曹操麾下首席大将夏侯惇都不是刘备对手，这也说明只能曹操亲自出马。

刘备不仅心理素质强大，能够屡败屡战，而且个人魅力非凡。

无论是誉满天下的孔融，还是坐领徐州的陶谦，甚至天下诸侯四强袁绍、公孙瓒、曹操、刘表，无不对刘备以礼相待。万人敌的猛将关羽、张飞，也是对刘备不离不弃。甚至公孙瓒的部将赵云也被刘备"黏上"，并在公孙瓒死后一路追随刘备。

刘备就是一面旗帜，特别是"衣带诏案"后，成为复兴汉室反对曹操的一面旗帜。只要他这个人还在，他的追随者就会生死相依。

建安六年（201）刘备被曹操亲征击败后，就投奔刘表。刘表让他率军驻扎在南阳郡新野县，刘备也就成为第二个张绣，帮刘表看守荆州北大门。

刘备这次驻扎在新野，没想到这一驻扎竟然是七年。这也是自光和七年（184）刘备参加镇压黄巾起义以来，第一次有这么长的安逸时间。刘备还因为长期没有骑马打仗，导致大腿上的肉长出来了而感到悲痛，这也是成语"髀肉复生"的由来。如果没有后来刘表病故与曹操率军南下，刘备都担心自己丧失斗志。

刘备经常在战乱中丢失老婆孩子，虽然有几个妻妾，却一直没有子嗣，这次在荆州不得不收养寇封为养子，改名刘封。糜夫人在"衣带诏案"案发、刘备反抗曹操时失散，与刘备也没有子嗣，糜竺、糜芳能够长期追随刘备也真不容易。刘备的小妾甘夫人终于在建安十二年（207）生下刘备的长子刘禅，刘备终于一扫"不孕不育"的愁云。但这样一来，养子刘封的地位就尴尬了。

在荆州休养期间，刘备最大的收获就是结识了一批贤才。这批贤才成为刘备夺取益州开创蜀汉基业的干部基础，其中最出名的就是后来成为良相楷模的诸葛亮。

诸葛亮，字孔明，号卧龙，琅琊阳都（今山东省沂南县）人。先祖诸葛丰曾在西汉元帝时做过司隶校尉，但此后诸葛家族就没有什么名人，直到诸葛亮与哥哥诸葛瑾、族兄诸葛诞分别出仕蜀汉、东吴与曹魏。这也说明琅琊诸葛氏成为望族，其开创者是诸葛亮等人，而不是他们的先祖。

诸葛亮三岁丧母，八岁丧父，十三岁时经历过曹操制造的徐州大屠杀。曹操的屠杀政策给诸葛亮幼小心灵造成严重创伤，这也是诸葛亮坚决支持刘备反抗曹操之所在。如果没有那场徐州屠城，谁能说诸葛亮不会追随曹操？有了诸葛亮支持，谁能说曹操不能顺利统一天下？

诸葛亮十五岁时，与弟弟诸葛均跟着叔父诸葛玄，去赴任豫章太守。因为朝廷任命朱皓为豫章太守，诸葛玄只好留在荆州依附刘表，诸葛亮也就留在荆州治所襄阳附近。

建安二年（197），诸葛玄去世后，十七岁的诸葛亮就与弟弟诸葛均在南阳邓县的隆中隐居耕读。诸葛亮擅长读书，自比管仲与乐毅。管仲曾辅佐齐桓公"九合诸侯，一匡天下"，乐毅则率领五国联军攻下齐国七十座城。值得一提的是，诸葛亮与乐毅在唐朝共同跻身"武庙十哲"，管仲也进入"古今六十四将"行列。

诸葛亮与襄阳名人徐庶、庞统、崔州平等人交好，也是当时"襄阳同城朋友圈"的名士。

刘备到荆州访问贤才，颍川隐士水镜先生司马徽就推荐了诸葛亮与庞统。此前投奔刘备的颍川名士徐庶也推荐了诸葛亮与庞统。徐庶还说诸葛亮这样的人，刘备应该亲自去拜访，而不应该屈就。

一千多年后，朱元璋也说"我为天下屈四先生"，哄得刘基、宋濂、叶琛、章溢等人为朱元璋出生入死效力。千百年来，多少文人只要帝王对自己说几句客气话，把自己当成国士相待，自己就对其以国士相报。文人对帝王的要求真的不高，对帝王的回报却极为丰厚，可以生死相随，可以赴汤蹈火。

建安十二年（207），刘备三次拜访才见到诸葛亮。

诸葛亮与刘邦密室洽谈，帮刘备分析天下大势。诸葛亮认为，曹操拥有百万之众，又"挟天子以令诸侯"，不能与曹操争锋。孙权占据江东已经三世，地势险要，人心归附，孙权又擅长运用人才，只可以把孙权当成外援，而不能谋取江东。荆州富庶，但刘表懦弱无能；益州地势险要，土地肥沃，而刘璋不懂爱惜人才。诸葛亮建议刘备夺取荆州与益州，然后在天下有变时，荆州、益州两路大军北上，可以收复中原，复兴汉室。

这是刘备参加镇压黄巾起义以来，第一次听到如此清晰明朗的战略规划。隆中对是刘备对诸葛亮的面试，也是诸葛亮向刘备推荐自己的策论，堪比韩信在汉中帮刘邦规划如何还定三秦、如何统一天下，堪比鲁肃与甘宁帮助孙权规划如何夺取荆州、如何开创江东帝业。

刘备积累了二十多年的军事经验，却因为没有清晰的战略规划而无用武之地。可惜刘备入主徐州时诸葛亮只有十四岁，尚缺乏全局观念，刘备身边也没有战略规划人才。否则，刘备必然会趁着曹操屠杀徐州后形成的同仇敌忾情绪，在曹操被吕布袭夺兖州被迫撤军时衔尾追击，与吕布联手消灭曹操。一旦曹操被消灭，吕布又不懂得安抚百姓，迟早会被刘备消灭。此时刘备就可以西向奉迎天子，东向消灭僭位称帝的袁术，北上与老同学公孙瓒联手消灭竟然想另立天子的袁绍，复兴汉室岂不是传檄而定？

只能说诸葛亮晚出生了十二年，遇到刘备也晚了十二年。这才有曹操这位"徐州大屠杀"制造者，一不小心成了魏武帝。刘备只能在曹操大局已定后，放弃中原割据西川。

这一年曹操率军亲征乌桓，部将都来劝阻，担心刘备会趁机说服刘表袭击许都。郭嘉力排众议，认为刘表一定不会听从刘备的建议偷袭许都，因为刘表自知他的才能不足以制服刘备。刘表给刘备的军队太少，则刘备不足以威胁许都；刘表给刘备的兵力太多，又担心不能制约刘备。郭嘉太擅长人性分析了，后来曹操主力北上征讨乌桓，刘表果然不听刘备趁机偷袭许都的建议。

刘表不是曹操的对手，他能够收留刘备七年，让刘备在荆州养成锐气，已经完成了历史使命。曹操与刘备之间的决斗不可避免，只不过这场战役的结果出人意料。

此时的曹操已经占据着东汉十三州的八州之地，开始飘飘然迈出了从汉相到汉贼的关键一步。那么曹操究竟如何利令智昏呢？请看下回，"托名汉相"。

第23章

托名汉相

◇ 导读：曹操在与汉献帝结束"蜜月期"后，忙于北上消灭袁绍集团，没空"刺激"汉献帝。等到曹操统一了北方八州，这就晕头转向走上了董卓当年逼迫汉献帝的老路，开始追求虚名。曹操此举直接导致忠于汉室的荀彧等人离心，也导致曹操未能天下归心。

建安十三年（208）是大转折的一年，曹操从"辅佐天子"到"托名汉相"。周瑜更是一语中的，说曹操"托名汉相，其实汉贼"。

这年六月，曹操以汉献帝的名义"罢三公官，复置丞相、御史大夫"，不久又以汉献帝的名义把自己升为丞相。

汉哀帝元寿二年（前1）汉王朝就废除了丞相职务，取而代之的是大司徒、大司空、大司马为代表的三公（也被称为三司）制度。汉光武帝后来把三公规范为司徒、司空、太尉，形成了三公只是荣誉职务，实际政务由尚书台负责的体制，史称"虽置三公，事归台阁"。

汉献帝时期虽然在太尉之上设置了大司马，但基本上政务依旧是尚书台负责。曹操无论是担任司隶校尉还是司空，都必须挂上录尚书事的职务才能处理政务。曹操多次想推荐尚书令荀彧为三公，这既是对荀彧的恃宠，但何尝不是剥夺荀彧行政权力的小动作？

八年前的"衣带诏案"案发后，曹操看起来一直谨守君臣之礼，但曹操与汉献帝之间的隔阂早就心照不宣了。

四年前曹操攻入邺城，甚至把自己的司空府从许都搬到了邺城，不与汉献帝见面，也就避免了董卓在皇宫被刺杀那样的风险。

这次曹操竟然修改了东汉开国皇帝刘秀确立的汉家法度，恢复西汉初年的丞相制度。这已经是把行政权力从尚书台转移到丞相府的大动作。要知道即使是董卓也要遵守东汉的"基本法"。曹操此举，已经被许多人看成"废汉自立"的信号。

这一年，三国故事后半场的"男一号"也登场了。

司马懿被征辟为文学掾，与崔琰、毛玠、司马朗、卢毓成为丞相府五大幕僚。历史记载曹操威逼司马懿出仕，我不这样认为。

一则陈寿记载说司马懿是荀彧推荐，二则司马懿的父亲司马防是曹操出任洛阳北部尉的贵人，司马家族本就与曹操关系密切。司马家族家教甚严，司马懿跟着父亲司马防与哥哥司马朗一起效命曹操，也是顺理成章，何况此时司马懿刚刚三十岁。

至于建安六年（201）司马懿不愿意接受曹操的征辟，我认为应该是司马懿当权后的溢美之词。那时司马懿不过二十三岁，世界观都没有成型，自己的父亲与哥哥都是曹操下属，司马懿真没有不愿屈节曹氏的资本。

这一年，凉州三大叛乱集团中的马腾，在司隶校尉钟繇、凉州刺史韦端的劝说下入朝为官，搬到邺城跟曹操做邻居。曹操以马腾为九卿之一的卫尉，以马超的两个弟弟马休、马铁为封奉车都尉、骑都尉。马超不愿意入朝，被拜为偏将军，率领马腾的旧部继续屯兵于槐里（今陕西省兴平市东南）。

马超早在建安七年（202）就曾奉父亲之命，带领万余军队进入关中援助钟繇，讨伐袁尚的部将郭援、高干等。马超部将庞德斩杀了郭援。曹操以汉献帝的名义拜马超为徐州刺史，马超不愿意离开凉州，曹操只好拜马超为谏议大夫虚职。

这次曹操本以为马超会跟着马腾入朝，可惜马超不愿意放弃独立性。不过，马腾举家入朝也能保证马超短期内不会反叛，曹操可以集中精力南下荆州。

这一年还有一件大事，那就是名士代表孔融被杀。

孔融是孔子二十世孙，少年时就被名满天下的名士李膺赞许，后来更是与平原陶丘洪、陈留边让齐名。何进当权后，孔融被授为北中军候，不久转任虎贲中郎将。董卓专权，满朝文武也只有卢植、袁绍与孔融公开反对。董卓不好杀孔融，就把他派往黄巾军强大的北海国（治今山东省昌乐县西）为国相。

建安元年（196），孔融被刘备推荐为青州刺史，很快就被袁谭击败，只好投奔曹操。曹操以汉献帝名义征召孔融为将作大匠，后来改任九卿之一的少府。

孔融不满足于将作大匠、少府等虚职优宠待遇，总是公然反对曹操，甚至凭借他的名望多次羞辱曹操，曹操还是努力容忍。孔融在官渡之战前，就认为曹操打不过袁绍，主张投降。这次又提出首都千里之内不能分封诸侯，这就让曹操认为孔融是针对自己。曹操找借口诛杀孔融，说他"招合徒众""欲图不轨""谤讪朝廷""不遵超仪"，属于典型的"文字狱"。

初平三年（192），曹操诛杀名士边让引起兖州名流的不满，这才有陈宫、张邈、张超等人迎吕布袭夺兖州，曹操几乎无家可归，只能去邺城投奔袁绍。这次曹操诛杀了孔融，甚至连孔融的妻子、儿子都不放过，对待名士的态度甚至不如董卓。

八月，荆州牧刘表病逝，临终前没有明确长子刘琦还是幼子刘琮为继承人。这就导致刘表死后群龙无首，刘表的后妻蔡夫人与弟弟蔡瑁、刘表外甥张允拥立幼子刘琮为荆州牧。刘表旧臣蒯越、傅巽建议刘琮向曹操投降。他们认为即使启用刘备抵御曹操，若曹操胜利荆州属于曹操，若刘备胜利荆州则属于刘备，不如主动归顺曹操。

九月，曹操到了新野，刘琮向曹操投降，甚至不通知在樊城前线的刘备。刘备得知后大惊，在刘表墓前痛哭一番，即率军南撤。刘备让关羽带领水军去江陵，自己带着担心被曹操屠城的老百姓，缓缓撤往当阳。

刘琮部将王威说，曹操听说您已经投降，刘备也逃走了，必然松懈没有防备，会带着少部分轻装骑兵赶路。只要您给我几千兵马，我在险要处伏击曹操，抓住了曹操则威震四海，哪里是现在这种任人宰割的局面？

可惜刘琮已经决心投降曹操，没有采纳王威的建议。王威这样的能人竟然不是辅佐刘备而是刘琮，也就让曹操无惊无险抵达襄阳。如果刘琮采纳王威的建议，曹操很可能被伏兵袭杀。即使曹操没有被袭杀，也会放慢速度等待大队步兵的到来，刘备也就可以有更充分的时间转移物资与老百姓。

曹操听说江陵有大量军用物资，担心被刘备获得，就丢开辎重，亲率虎豹骑奔袭江陵。虎豹骑一日一夜追击三百里，在当阳击破刘备获得大量物资。刘备再次丢了老婆孩子，与诸葛亮、张飞、赵云等带着几十名骑兵逃走。

曹操到了江陵，以刘琮为青州刺史，封刘琮、蒯越等十五人为侯，选拔荆州人才到朝廷做官，还委任迟迟不愿意归降的刘表部将文聘为江夏太守。曹操还写信给孙权，说奉命南下，刘琮投降，恐吓孙权说将率领八十万水军进攻东吴。

曹操这封信，究竟能不能让孙权不战而降呢？曹操这次南下究竟是以荆州为目标，还是连带夺取荆州消灭刘备与孙权呢？请看下回，"三皇会战"。

第24章

三皇会战

◇导读：赤壁之战是一次"三皇会战"，曹操、孙权、刘备在这场战争中相遇，最后形成三分天下的局面。赤壁之战让曹操统一天下的计划搁浅，只好接受"大家做邻居"的现实。

建安十三年（208）十二月，曹操、刘备、孙权在赤壁（今湖北省赤壁市西北部）组织了一次决定东汉命运的大会战，这就是大名鼎鼎的赤壁之战。这次会战是一次"三皇会战"，刘备、孙权都先后称帝，曹操也被追尊为皇帝。

曹操趁着刘表病逝，而继任荆州牧刘琮对老对手刘备不信任，迅速出兵荆州。荆州当地豪族蒯越、韩嵩及东曹掾傅巽等，都劝说刘琮归降曹操。傅巽甚至说如果刘琮不投降曹操，无论刘备与曹操谁获胜，荆州都不再属于刘琮，打消了刘琮依靠刘备抗击曹操的念头。

刘琮投降曹操后，被封为青州刺史，拜为列侯。刘琮的部下王威等人不愿意投降，想趁着曹操放松警惕时突然擒杀曹操，可惜刘琮不听。《汉晋春秋》记载曹操派于禁追杀刘琮，王威殉难。这项记载应该不属实，毕竟曹操没有杀戮"纳土归降"刘琮的必要性，而且鲁肃后来劝说孙权不要投降曹操也没有拿出这项最有利的例证。

曹操听说大量粮草辎重留在江陵，担心被刘备所得，也就亲率骑兵长途奔袭，在江陵击败了刘备。不过，刘备有部将关羽从汉水南撤的水军万人，还有江夏太守刘琦防御东吴的军队万余人，刘备又有着从逆境中崛起的丰富经验，尚有一战之力。

严格意义上曹操只控制着荆州八郡中的北方三郡，荆南四郡鞭长莫及，江夏郡还在忠于刘备的刘琦手里。不要小看刘备的两万兵马与一郡之地，当年曹操被吕布袭破兖州时，只剩下半个郡与万余将士。现在的刘备可是当年曹操实力的两倍，何况江夏对面还有对荆州虎视眈眈的孙权。要击败刘备，就不能让孙权掺和，除非曹操有把握同时击败孙权与刘备。

面对曹操挥军南下的气势，东吴"首席战略家"鲁肃就向孙权提出以吊唁刘表为由，去探听一下荆州情况。对荆州"据而有之"，一直是鲁肃给孙权制定的帝王战略的一部分。

鲁肃很快见到刘备，并劝说刘备与孙权联合共同抗击曹操，这其实是当年曹操南征张绣时张绣与刘表联合的翻版。面对共同的敌人，必须共同努力。这也是当年曹操从柳城撤军的原因——如果曹操进攻辽东，则公孙康与袁熙、袁尚必然联手。

刘备的特使诸葛亮在柴桑（今江西省九江市）见到了孙权，鼓动孙权共同抗击曹操。诸葛亮不仅明确表示刘备会抵抗到底，而且帮孙权算了一笔账。诸葛亮说曹操远道而来已经疲惫不堪，是强弩之末。刘备还有两万军队，曹操军队是北方人不习水战，荆州老百姓对曹操人心不服。只要孙权派出几万人，就可以击败曹操。

诸葛亮还预测了这场会战的结局，即曹操败退回到北方，形成三足鼎立之势。

这时曹操给孙权送来了那封恐吓信，说自己有八十万水军要进攻东吴。曹操这封恐吓信看起来文采飞扬，其实坏事了。他忽视了孙权十九岁就能够坐领江东，甚至让张昭、周瑜等能臣干将甘心辅佐，必然有他的过人之处。这封恐吓信不仅不能让孙权屈服，反而会激起他的战斗意志。

按照诸葛亮的意见反向分析，此时曹操该做的事应该是留在荆州安抚百姓，坐等刘备与孙权之间发生冲突，并抓紧时间训练水军。如果刘备与孙权强忍着不产生冲突，那么天长日久，荆州士民也就接受了曹操的统治，曹操可以把荆州水军最终整理成自己的嫡系水军。

这其实就是曹操五大军师之一贾诩的意见。曹操五大军师之一的程昱，也认为刘备投奔孙权，孙权必然会联合刘备，共同抗拒曹操。

按照贾诩、程昱的意见，夺取江陵后曹操应该见好就收，通过安抚百姓来赢得荆州人心，坐等到孙权与刘备的"战时同盟"出现裂痕再发起进攻，就像当年对付袁谭、袁尚一样。可惜此时曹操已经被胜利冲昏了头脑，想着同时消灭刘备与孙权，这就逼着刘备与孙权联手组织这次会战。

孙权的部下看到曹操的恐吓信，大都主张向曹操投降，甚至连江东首席文臣张昭都建议投降。鲁肃却对孙权直言不讳，我们这些人投降曹操都有出路，甚至可以从基层做到州郡官员。你孙权投降了曹操，能干什么？孙权一听更坚定了抗击曹操的决心，毕竟投降曹操的诸侯基本没有被善待，投降曹操哪比得上自己做老大。即使是贾诩来劝说孙权抵抗，也会建议孙权先打一仗再说，打赢了当然不用投降，打输了再投降也不迟。

东吴是否组织抵抗，其实张昭等文臣说了不算，关键是武将，特别是首席武将周瑜的态度。

周瑜赶回来见到孙权，明确曹操"托名汉相，其实汉贼"，这就为孙权赢得了抗击曹操的"政治合法性"。周瑜随后分析关中还有马超、韩遂，曹操不敢把全部兵力派往荆州；曹操士兵都是北方人，不擅长水战，很容易被打败；北方人到南方打仗，水土不服，必然生疾病甚至发生瘟疫。周瑜还主动请战，只要几万兵马就可以击败曹操。

孙权虽然有决心抗击曹操，但还是对曹操八十万水军有些心虚。当天晚上周瑜再次面见孙权，认为曹操率领的北方军队不过十五六万，远道而来属于疲惫之师。荆州新投降的军队最多七八万，而且心怀猜疑。曹操用十五六万疲惫之师，驾驭七八万狐疑之众，军队数量虽多战斗力却不强。周瑜表示只要五万军队，就足以击败曹操。

孙权当场表示，已经准备好了三万精兵，让周瑜与鲁肃、程普先带三万人去迎战，自己调集余下的部队多带粮草作为后援。如果周瑜能战胜就抓住战机，如果不能打败曹操，孙权就亲自上阵组织决战。

刘备驻军樊口，听说孙权只给了三万兵马，有些失望。周瑜却信心十足，说看我如何打败曹操。刘备不相信周瑜三万人能击败曹操，就跟关羽、张飞带了两千兵马跟在周瑜大军后面。

孙刘联军逆江而上，在赤壁遭遇曹军。

当时曹军已经发生了瘟疫，曹军初战失利后，也就撤到了长江北岸。北方人不习水战，曹操就下令用铁索把战船连起来，上面铺上木板，避免晕船。黄盖假装带着粮草投降曹操，在距离曹军水寨两里路时突然点火直冲曹军，周瑜带着军队跟在后面发起进攻。在周瑜大军火攻之下，曹军迅速崩溃，曹操只好带着败兵从华容道北逃。

曹操率军过了华容道，面对败兵却很高兴。众将不解，曹操说刘备真是我的对手啊，只是得计比较迟。如果早一点过来放火，我们都逃不了。过了一会儿探马来报，说刘备在华容道放火，此时曹操已经撤走了。

曹操也是命大，这次南征荆州能够避开王威的伏击，能够躲过刘备火烧华容道，这才有了三足鼎立不可逆转的局面。

刘备、周瑜联军一直追到南郡，此时曹操大军已经损失了一大半，加上军中瘟疫流行，无力组织有效抵抗。曹操就留下曹仁、徐晃守江陵，留下乐进守襄阳，自己带着残兵返回北方。

曹操一向擅长找"背锅侠"为自己开脱责任，这次他把赤壁之战大败的责任推给瘟疫。曹操还写信给孙权说，是因为瘟疫爆发，我自己把船烧了撤回来，反而成就了周瑜的名声。

不过，曹操还是借哀悼郭嘉发泄对谋士的不满，认为他们没有尽力。陈寿则认为曹操没有听从贾诩的建议，"军遂无功"。击败了曹操，孙权与刘备继续扩大战果，进攻曹操控制区，甚至引发后来孙权借荆州给刘备的"套路贷"。那么孙权如何能够借荆州给刘备呢？请看下回，"共夺南郡"。

第 25 章

共夺南郡

◇导读：赤壁之战后孙权三路反攻，只有周瑜取得胜利。能够从曹军手中夺取一郡之地而且保持攻势，整个江东也只有周瑜做得到。南郡之战也是孙权与刘备"联合行动"，可惜此后两家渐行渐远。

曹操这次夺取荆州，严格意义上讲只夺取了南郡、章陵郡与半个江夏郡。当时荆州治所襄阳县属于南郡，曹操把南阳郡与南郡各一部划出来新设为襄阳郡，又把章陵郡并入南郡。曹操控制的南郡成为切入孙权长江防线的桥头堡，因此夺取南郡就成为孙权独占长江之险的关键。

赤壁之战刚结束，孙权就命令周瑜带着参加赤壁之战的三万精兵，进攻曹仁、徐晃驻守的南郡。孙权自己带着大部队进攻合肥，张昭带着一部分军队进攻九江郡当涂（今安徽省怀远县）。

曹操虽然在赤壁之战中遭遇自吕布袭破兖州以来前所未有的

惨败，但曹操的合肥守军与当涂守军都没有遭遇瘟疫，而且守城一直是曹军的强项，孙权与张昭的两路人马也就无功而返。而南郡守军刚从赤壁战场溃败下来，能不能守得住，就要看曹仁的能力。

周瑜大军在南郡治所江陵城对岸集结不久，益州将领袭肃就率领军队过来投奔。周瑜准备把袭肃的军队编入横野中郎将吕蒙部，吕蒙却认为袭肃带着军队千里过来投奔，不适合收编他的军队。孙权认为吕蒙言之有理，也就让袭肃继续统领自己的部队。

周瑜大军的先头部队数百人，在甘宁的带领下乘虚而入攻占江陵城旁边的夷陵，但很快被曹仁派兵包围。当时甘宁在夷陵城招募新兵守军，全军只有千余人，遭遇曹仁五六千人围攻，形势十分危急。

甘宁立即派人向周瑜求救，周瑜的部将都认为自己兵力薄弱难以抽出军队救援甘宁。吕蒙则建议留下凌统在江陵城坚守大营十天，自己与周瑜率领大军救援甘宁。周瑜听取了吕蒙建议，率领大军救援甘宁，还派三百精兵在路上铺上木柴阻止曹军撤退。结果周瑜在夷陵击破曹仁，还俘获了三百多匹战马。

这次无论是善待益州将领袭肃，还是献计救援甘宁，吕蒙这位孙权亲自提拔的青年将领都表现不凡，俨然是军中仅次于周瑜的组织核心。谁能想到九年后吕蒙成为东吴主帅，甚至十一年后指挥军队袭杀关羽夺取荆州，把当年鲁肃、甘宁的战略设想变成现实。

建安十四年（209）初，周瑜挟夷陵战役胜利的气势，指挥数万大军渡过长江，进攻曹仁驻守的南郡治所江陵城。

周瑜大军前锋数千人直逼江陵城下，曹仁立即让猛将牛金招募三百敢死队反击，牛金很快被周瑜前锋包围。曹仁的长史陈矫等劝曹仁放弃牛金，但曹仁不听，披挂上马，亲自率领几十个骑兵将牛金救出。陈矫在曹仁出城时感到震惊，在曹仁带着牛金返回时大为佩服。万军之中能够全身而退，曹仁的英勇让守军士气高涨。

刘备兵力不足但猛将有余，让张飞派一千士卒听从周瑜调遣进攻曹仁。周瑜则派两千士卒给刘备，让其切断江陵曹仁与襄阳乐进之间的联系。刘备得到周瑜的援兵，派猛将关羽切断江陵北面与襄阳的通道。

曹操部将汝南太守李通，率军打通北面路线救援曹仁。关羽在路上布置大量的鹿角等障碍，迟滞李通骑兵。李通表现极为神勇，还亲自下马清除路障。可惜在即将抵达江陵城时，李通病死。南郡争夺战对曹操而言，也是不惜代价。

曹操派满宠、徐晃救援曹仁，都被关羽的小部队顽强阻击。虽然关羽兵少多次被曹军击败，但为周瑜最终夺取南郡赢得了时间。徐晃最终消除关羽的阻击，率领援兵进入江陵城，但周瑜依旧率军包围着江陵城，而且江陵城在长期围困中已经难以持久防守。

周瑜这时认为胜券在握，竟然与曹仁约定时间会战。周瑜亲自领军陷阵，被曹军弓箭手射伤右肋，只好退回营中。周瑜能够避免像孙坚、张济那样中箭身亡，也是命大。曹仁趁着周瑜受伤当晚来劫营，被周瑜将计就计杀败。

南郡之战持续了一年多，曹仁守军损失惨重，即使加上徐晃援军也难以继续坚守，只好弃城而逃。

周瑜夺取南郡后，曹操就把荆州防线从长江边的南郡撤到汉水边的襄阳，曹仁也就从南郡守将变成襄阳守将。十年后关羽率军北伐时，曹军的襄阳守将依旧是老对手曹仁。

南郡之战是赤壁之战后，孙权、刘备又一次联合作战的典范。

刘备阵营出动关羽、张飞两员猛将协助周瑜作战，这也说明两军联合不仅能够对抗曹操主力南下，而且能够拔掉曹操深入南方的据点。可惜双方没有在夺取南郡后继续联手进攻襄阳甚至南阳，也就使得曹操获得喘息机会，甚至在稳定内部局势后向关中、汉中发起进攻。

这一年，曹操还派周瑜的老同学九江人蒋干过江，想要挖墙脚说服周瑜投靠朝廷，当然也就被周瑜识破回绝。

此时的周瑜刚刚赢得赤壁之战的胜利，正名扬天下，又在南郡之战中眼看着就要取得胜利。上面有孙权对自己言听计从，下面有精兵强将沙场效命，而且十年前纳的小妾小乔又堪称国色，正处于个人事业的巅峰时期，显然没有理由投奔曹操。

刘备派出关羽、张飞与周瑜联手攻占南郡后，周瑜"按功劳分赃"，把南郡江南部分的屠陵等地分给刘备。周瑜出动了至少三万兵马，刘备只出动了一千兵马，按照贡献瓜分南郡时，周瑜只给刘备江南之地，刘备也没什么好委屈的。

刘备觉得屠陵名字不吉利，就将屠陵县改为公安县，取意"左公安营"之地。

这时刘备与孙权的关系尚处于"蜜月期"，此前刘备表孙权为车骑将军、徐州牧，孙权在刘琦死后投桃报李，表刘备为荆州牧。荆州刺史刘琦死的时间有些蹊跷，好在早就没人关心刘表的这位大公子为何不早不晚，正好在刘备控制荆州五郡后突然死亡。

孙权还把妹妹嫁给刘备,双方也就从军事联盟变成政治联姻。刘备比孙权的父亲孙坚年幼六岁,比孙权年长整整二十一岁,这一夜之间就降辈成了孙权的妹夫。

只是孙小妹正值妙龄,嫁给刘备后竟然不孕,如同当年徐州世族麋竺的妹妹麋夫人与后来益州世族吴懿的妹妹。难道刘备有特异功能,只让普通家庭出身的妻妾怀孕,却不让世家大族出身的妻妾怀孕?

不过,周瑜却对刘备怀有深深的敌意,并不认为东吴需要笼络刘备,甚至认为应该趁着曹操刚刚在赤壁之战与南郡之战中失败,趁着刘备与孙权尚处于联姻后的"政治蜜月期",迅速率军夺取巴蜀,然后连接张鲁、马超。如果周瑜的计划得逞,刘备就只能像公孙度祖孙一样偏安一隅了。

正在周瑜踌躇满志时,不料英年早逝,这就导致孙权在鲁肃的鼓动下接受刘备借荆州的提议,两家分担曹操的军事压力。孙权真是好心借荆州给刘备吗?请看下回,"荆州疑案"。

第26章

荆州疑案

◇ 导读：刘备向孙权借荆州，遭遇鲁肃的"套路贷"。名为借荆州，其实只借了半个南郡，而且现场"支付"了半个江夏郡。孙权却不断索还荆州，甚至要了刘备的南方两郡还不满足，后来把整个荆南四郡甚至南郡都据为己有。半个南郡换来半个江夏郡甚至荆南四郡与整个南郡，孙权、鲁肃"够黑"的。

建安十四年（209），刘备趁着赤壁之战后曹操返回北方，周瑜大军主力又与曹仁在南郡苦战，带着诸葛亮、赵云挥师南下，进攻长沙郡、桂阳郡、武陵郡、零陵郡。

在荆州牧刘琮投降曹操时，荆南四郡也向曹操投降。如果曹操能够赢得赤壁之战，或者按照贾诩的建议占领南郡后按兵不动，那么荆南四郡就会彻底落入曹操之手，孙权只能坐困江东六郡，刘备甚至只能留在江夏一郡之地。

曹操输了赤壁之战，控制的襄阳等地与荆南四郡只能通过曹仁驻守的南郡建立起联系。周瑜进攻南郡，就是要切断荆南四郡与曹操的联系，甚至建立起进入西川的前进基地。

刘备带着诸葛亮与赵云夺取荆南四郡，基本没有遇到像样的抵抗。毕竟曹操远在天边，刘备征讨大军近在眼前，公子刘琦又是老主公刘表的长子，刘备占据着军事优势与政治优势。

武陵太守金旋、长沙太守韩玄、桂阳太守赵范、零陵太守刘度，都望风而降。后来武陵太守金旋竟然反叛，让人有些意外，不过很快被刘备诛杀。赵范想把寡嫂改嫁给赵云以示友好，反而被赵云猜疑，赵范也就只好逃得不知所踪。跟着长沙太守韩玄一起投降刘备的，还有刚被曹操升为代理裨将军的黄忠，这也是刘备平定荆南四郡的意外之喜。

刘备平定了荆南四郡，又在刘琦死后接收了刘琦万余旧部，一下子拥有数万之众与五郡（荆南四郡外加半个江夏郡与半个南郡）之地。这时刘备与曹操之间隔着个南郡，没办法越过周瑜驻守的南郡北伐。诸葛亮给刘备制定的战略规划是从益州与荆州两路北伐，刘备不得不向孙权求助。

建安十五年（210），刘备到孙权的大本营京口拜见"二舅哥"孙权，向他提出增加自己的地盘。

荆南四郡太偏远，而周瑜给予的公安县等地不足以容纳刘表那些投奔刘备的旧部。周瑜立即建议孙权把刘备留在东吴，给他建造精美的房子，给他送美女玩物，让他逐渐迷恋这种安逸生活，失去斗志。正好关羽、张飞跟着周瑜前线作战，只要刘备留在东吴，则周瑜可以带着关羽、张飞外出征战。吕范也劝孙权扣留刘备，只是孙权考虑到曹操在北方实力强大，需要刘备分担曹操的军事压力，这才没有听从周瑜的建议。

刘备回到公安后，过了好久才听到周瑜的说法。刘备大惊失色，说当初诸葛亮也劝自己不要去东吴，自己不听，差点儿被周瑜坑害了。也许刘备知道自己顶不住安逸生活的腐化，三分天下差点就变成了南北对立。

周瑜向孙权提出进军巴蜀。曹操刚刚在赤壁之战与南郡之战中吃了败仗，短期内不会南下，这就可以西征巴蜀，北上进攻张鲁，甚至连接马超，共同抗击曹操。孙权同意了周瑜的计划，可惜周瑜到了江陵突然病死，西征巴蜀的计划也就只好停顿下来。

周瑜的计划其实很完美。趁着曹操刚经历两场败仗需要休养生息，刘备刚刚控制荆州四郡还需要时间稳定民心，此时周瑜率军西征几乎无人能挡。刘璋昏庸无能，张鲁缺乏进取心，周瑜可以凭借强大的水军溯江而上，这也是刘秀消灭公孙述、桓温消灭李势、汤和消灭明升进军四川的路线。

如此一来，就会出现孙权与曹操南北战争的局面。偏安荆南四郡之地的刘备，虽然可以向交州发展，但交州与荆州四郡隔着万重山，很容易被孙权蚕食。周瑜此时突然病逝，拯救了刘备，这才有了三足鼎立不可逆转的局面。

周瑜死后，孙权以鲁肃为奋武校尉，接管周瑜的军队，以程普接任周瑜遗留下的南郡太守职务。鲁肃劝孙权把南郡借给刘备，以便共同对抗曹操。程普改任江夏太守，鲁肃担任从长沙郡析出的汉昌郡（郡治在今湖南省平江县东南）太守。

鲁肃没有周瑜那样的军事才华，他不认为周瑜病逝后东吴有能力在逐渐恢复元气的曹操虎视眈眈下夺取巴蜀，还能无视旁边同样对巴蜀怀有企图的刘备。鲁肃需要刘备帮东吴分担曹操的军事压力，从而东吴可以集中力量处理东线防务。

其实鲁肃还有一个更重要的理由，那就是如果南郡在东吴手里，则刘备趁着南郡之战夺取的荆南四郡与曹操控制区不接壤。这也就意味着，东吴需要站在抗击曹操的第一线，刘备反而躲在后方可以坐观曹操与东吴之间的征战，甚至可以以荆南四郡为基础继续向岭南发展。刘备的老朋友吴巨，此时就是交州苍梧郡太守。刘备完全可以等到曹操与孙权发生大规模战争时，一路向南，以苍梧郡为突破口夺取交州七郡。

刘备虽然用兵不如曹操，甚至不如周瑜，但对付士燮这些地方豪族时绰绰有余。鲁肃用兵远不如周瑜，他可不敢像周瑜那样有底气碾压刘备并与曹操硬扛。万一东吴不能凭一己之力把曹操阻止在长江以北，那又该如何？为了稳妥起见，鲁肃需要刘备承担荆州前线曹操的军事压力，让东吴可以集中力量应对扬州前线的军事冲突。一旦刘备在南郡被曹操大军吸住，他就缺乏力量有效掌控荆南四郡，面对曹操军事压力刘备也就必须跟孙权妥协，更没有机会向岭南发展。可以说鲁肃借南郡给刘备的善意，藏的都是杀招。

曹操听说鲁肃让孙权把南郡借给刘备时正在写字，大惊之下毛笔都掉到地上去了。擅长阴谋诡计的曹操深知鲁肃这项计策的厉害。如果说周瑜在世时孙权与刘备之间的政治联姻只是貌合神离，那么周瑜病逝后，特别是接替周瑜的鲁肃主张孙权把南郡借给刘备后，双方的政治联姻已经进入政治联欢时代。

就在孙权听从鲁肃的建议，把半个南郡借给刘备后不久，孙权就派部将步骘担任交州刺史、立武中郎将，趁着刘表委任的交州刺史赖恭和苍梧太守吴巨交恶，甚至吴巨驱逐赖恭，统领武射吏千余人南行接管交州。交趾太守士燮看到孙权势力到达岭南，立即率兄弟归附孙权。步骘斩杀拒绝听命的苍梧太守吴巨，交州七郡并入东吴版图。士燮送儿子到东吴为人质，孙权封士燮为左将军，继续总督交州七郡，兼交趾太守。

鲁肃终于用南郡半郡之地，"换"来交州七郡之地，还让刘备帮东吴分担曹操的军事压力，甚至让刘备蒙上"借荆州"的名声，不愧为东吴首席战略家。

更重要的是，刘备的荆南四郡，鲁肃坐镇荆州时还以湘水为界分了一半给孙权。在吕蒙负责荆州军务时，荆南四郡全部落入孙权之手。刘备也是为孙权做了嫁衣裳。

老实人鲁肃，"毒着呢"。

败回中原的曹操，从此丧失了统一天下的信心，转向内部经营。曹操此时正忙着什么呢？请看下回，"曹操立嗣"。

第27章

曹操立嗣

◇ 导读：曹操早就该立嗣，避免出现袁绍、刘表晚年的诸子争位局面，而且曹操需要嗣子帮他分担事务，例如在曹操出征时留守。可惜曹操一直犹豫不决，这就留下了诸多后患。

赤壁之战失败后，曹操留下曹仁、徐晃守江陵（南郡），乐进守襄阳，自己带着残兵败将返回邺城。趁着曹操新败回到北方，孙权趁机三路并进展开反攻：西路军周瑜进攻南郡，中路军张昭进攻当涂，自己亲率东路军进攻合肥。

合肥是曹操抗击孙权北上徐州的前沿要塞，曹操紧急派部将张喜率领两千骑兵救援合肥。孙权虽然擅长用人，却不擅长用兵。

如果是周瑜进攻合肥，必然是一面围攻合肥，一面在合肥外围修筑工事甚至路障阻止援军，就像南郡之战关羽阻击李通等人救援一样。

如果是曹操进攻合肥，即使听说有援军即将到达，也必然如乌巢之战那样要求诸军奋力向前，打下了合肥再来迎敌。

扬州别驾蒋济把两千援军夸大为四万步骑，假情报骗晕了孙权，让他还没看到援军人影就从合肥撤军。看来赤壁之战前周瑜帮孙权统计曹军数量的数学课，孙权都忘光了。

曹操注意到淮南的重要性，一方面在合肥等地屯田，增强当地的经济实力；另一方面派张辽、乐进、李典等名将驻守合肥，稳定淮南局势。

孙权没有乘虚而入夺取合肥，曹操增兵合肥后更加没办法夺取合肥。直到孙权病逝甚至东吴灭亡，东吴君臣都对合肥无可奈何。可惜周瑜早死，否则东吴派周瑜出马夺取合肥，还是颇有希望的。

赤壁之战时曹操也可怜，五大军师中郭嘉早死，荀彧、荀攸因为曹操自立为丞相而出现离心，只剩下贾诩、程昱可用。贾诩提出夺取荆州后先安抚老百姓，不要进攻孙权，程昱提出孙权一定会与刘备联手抗拒曹操，结果曹操不听军师之言，导致惨败。

以荀彧、荀攸为代表的颍川集团，在曹操进位为丞相后开始不合作。曹操失去这些忠于汉室的士族集团支持，对外征战也有些力不从心。曹操在军事上布置襄阳、江夏、合肥这些据点稳定外部战线后，不得不发布唯才是举的求贤令，试图招揽更多的人才，填补颍川集团消极怠工的智力空缺。

建安十五年（210），曹操颁布求贤令，提出唯才是举，不考虑出身与道德水准。这不仅意味着曹操与颍川集团之间的"蜜月期"终结，也意味着曹操不得不降低用人标准。即使这些人道德上有污点，但只要有治国用兵之才都可以使用。

曹操此举短期内当然增强了自己的实力，但长远来看就会出现一批唯利是图的文臣武将占据朝廷重要位置的局面。这些人不是出于政治理想追随曹操，而是出于政治利益追随曹操。

曹操有能力驾驭这些人问题还不大，一旦曹操死后他的继承人不能驾驭这些人，那就是大问题。几十年后司马懿发动高平陵政变，满朝文武都在观望。只要司马懿等人保证自己高官厚禄，谁愿意为曹操子孙的权力牺牲自己？政治理想，在只要才华不要道德底线的官员眼中，算得了什么？

这一年，曹操在邺城建了铜雀台，开始享受生活。曹操还在一片质疑他要篡权的舆情中写了《述志令》，即大名鼎鼎的《让县自明本志令》。

曹操在这篇文章中提及，早年志向是做个太守治理一郡，后来想做征西将军为国家立功，结果做了当朝丞相。曹操明确如果没有自己，不知道有多少人称王称帝。曹操不愿意放弃兵权回到封地，就是担心会像蒙恬那样遇害。

这也说明此时的曹操已经被普遍怀疑他有异志，他想通过这篇文章解释自己的行为，辩解自己为何身居相位却不愿意放弃兵权。但让他想不到的是，这篇文章反而成为他要篡位的信号。

建安十六年（211），曹操世子曹丕担任五官中郎将，可以自己任免官吏，成为副丞相。曹操在建安二年（197）长子曹昂遇害十四年后，终于选择曹丕作为自己的继承人。

曹丕，字子桓，沛国谯县人，曹操次子。曹丕自幼天资聪颖，三岁开始读书，五岁学习射箭，八岁就会骑马，十岁就跟着父亲曹操南征北战。曹操的长子曹昂遇害后，曹丕就成为曹操最大的儿子。曹操与曹昂的养母丁夫人离婚后，改立曹丕的母亲为正妻，曹丕也就成了嫡长子。

建安九年（204），曹丕随父亲曹操攻入邺城，立即被袁绍的儿媳妇甄夫人姿貌绝伦的容貌俘虏，于是请求曹操把甄夫人赐给他。

甄夫人也是奇怪，与袁绍次子袁熙结婚数年不孕，改嫁给曹丕后立即生下了儿子曹叡和女儿曹氏（即东乡公主）。有些人认为曹叡是袁熙的遗腹子，问题是曹操围攻邺城半年之久，袁熙又远在幽州，哪有机会让甄夫人隔空怀孕？如果甄夫人在围城前怀孕，到城破时已经是六七个月的孕妇，岂能不被曹操、曹丕发现？

曹操后来非常疼爱孙子曹叡，也说明曹叡是甄夫人嫁给曹丕后正常出生的。曹操本就是迷恋人妻的高手，曹丕此前有妻室任氏，焉能不懂得十月怀胎之事？

建安十三年（208），司徒赵温举曹丕为官，拍马屁拍到马蹄上，被曹操趁机罢免。曹操还借机废除三公制度，恢复丞相制度。

建安十六年（211），曹操以曹丕为五官中郎将、副丞相，这已经是在考虑培养继承人。司马懿、陈群、吴质、朱铄也成为曹丕的四友，这也可以看出曹操在为曹丕准备亲信班底。

不过，后来曹操还是因为偏爱文采飞扬的小儿子曹植，动摇过以曹丕为世子的决定。这也导致曹丕长期缺乏安全感，滋生隐忍甚至阴鸷的性格。曹丕后来对曹植的猜忌，根子就来自曹操对曹丕缺少慈爱缺少信任。

如果曹操能够吸取袁绍、刘表迟迟不立继承人导致诸子争位的教训，在确定曹丕为世子、五官中郎将之后，真正把曹丕培养成能够独当一面甚至驾驭群臣的继承人，那么曹操就不会后来六十多岁高龄还被一句"大王休辞劳苦"逼上与刘备争夺汉中的战场。

曹操如果想真心培养曹丕很简单，那就从两个方面锻炼曹丕：曹操留在邺城时，让曹丕领兵出征那些力量弱少的反叛力量，让他积累军事经验；曹操领兵出征时，让曹丕坐镇邺城，统摄丞相府职务，让他积累政务经验。这样培养几年，曹丕不仅能积累丰富的军政经验，还能成为群臣的少主与众兄弟的家主。曹操也可以让曹丕历任邺县令、魏郡太守、冀州牧，甚至司隶校尉，就像孙策培养孙权一样"传帮带"。

曹操不懂得如何培养接班人，更不懂得迟迟不确定接班人是动摇国本。这就使得曹操不仅事事自己亲力亲为导致过劳死，而且曹丕长期地位不稳造成群臣内讧。

建安十八年（213）曹操进位魏公，建安二十一年（216）曹操进位魏王，曹丕却直到建安二十二年（217）才被立为魏世子。建安二十四年（219）曹仁被关羽围困时，曹操还想着让曹植率军救援，而不是曹丕率军救援，直到曹植不争气竟然醉酒才作罢。

直到曹操临死前数月才确定曹丕世子之位，你让曹丕如何阳光灿烂？曹丕一生都活在曹植夺嫡阴影里，他如何能够心理健康善待众兄弟？

正在曹操准备夺取汉中抢在刘备之前进入西川时，出现了一位搅局者，并改变了曹操进军方向，为刘备夺取西川争取了时间。这位搅局者如何牵制曹操呢？请看下回，"马超反叛"。

第28章

马超反叛

◇导读：曹操曾遇上两位搅局者，一位是吕布，趁着曹操东征徐州袭取兖州；另一位则是不减吕布当年之勇的马超，在曹操试图进攻汉中时突然反叛。问题是马超如果不服曹操，在曹操与袁绍甚至孙权交战时，干什么去了？

建安十六年（211），曹操安定了后方，就计划西征。他派司隶校尉钟繇讨张鲁，还让征西护军夏侯渊率军从河东（今山西省南部）去关中与钟繇会合。

丞相仓曹属高柔劝谏曹操说，钟繇、夏侯渊领兵进入关中，必然会让马超、韩遂认为是袭击他们，逼着他们叛乱。高柔建议曹操先安定三辅地区，三辅地区安定了，就可以一纸檄文招降张鲁。曹操不听，结果马超等人果然反叛。

马超，字孟起，扶风郡茂陵县（今陕西省兴平市）人，马腾长子。

有人说马超是东汉伏波将军马援后裔，我则认为两人毫无关系。虽然两人都是扶风茂陵人，但马援在汉光武帝刘秀时官至伏波将军，封为新息侯。马援的子孙都在朝廷效力，甚至女儿是汉明帝刘庄皇后，马援后裔只可能住在首都雒阳，或者马援封地新息县（今河南省息县）。此外，马援子孙"累世公侯"属于东汉豪强，怎么可能在凉州沦为叛贼反抗朝廷？

中平元年（184）爆发的凉州羌乱，在中平六年（189）最终形成三大军阀，那就是韩遂集团、马腾集团与宋建集团。宋建自称河首平汉王，趁着中原大乱割据枹罕等地，当自己的土皇帝。马腾、韩遂则被李傕控制的朝廷分别封为镇西将军、征西将军以示安抚。当时关中有十几股军事力量，韩遂、马腾是两位带头大哥。

建安四年（199），曹操采用荀彧的建议，派侍中钟繇代理司隶校尉，持节督关中诸军。钟繇到达长安后，写信给马腾、韩遂，说服两人归顺朝廷并送来儿子做人质。

建安七年（202），袁尚部将高干和郭援，联合南匈奴单于呼厨泉，进攻河东掠取关中。马超奉马腾之命，率军万余人进入关中援助钟繇。马超居功至伟，曹操借汉献帝名义诏拜其为徐州刺史。马超不愿意离开凉州，曹操只好改封马超为谏议大夫。

建安十三年（208），曹操派马腾的老乡张既说服马腾入朝为官。马腾带着儿子马休、马铁与家属入朝，被拜为九卿之一的卫尉，儿子马休、马铁分别为奉车都尉、骑都尉。马超不愿意入朝，也就被曹操以汉献帝名义拜为偏将军、都亭侯，统领马腾的旧部留在关中。

建安十四年（209），韩遂曾派自己的女婿阎行前往拜谒曹操。曹操厚待阎行，上表朝廷授阎行为犍为太守。阎行劝韩遂入朝，韩遂想观望几年，但还是派儿子跟阎行一起入朝。

建安十五年（210），周瑜夺取南郡后曾向孙权提出攻占两川，并联合马超围攻曹操的建议，可惜周瑜在路上病逝而计划终止。这也说明只要马超不入朝归顺曹操，始终都是曹操的心腹之患。

关中地区虽然残破，毕竟是汉朝的心腹之地。一旦社会经济恢复发展起来，就足以与中原抗衡。后来的宇文泰就是用关中为基地，对抗中原的高欢父子。

这次曹操派钟繇、夏侯渊借道关中进攻汉中，就被马超、韩遂等人认为是趁机袭击自己，也就联合关中诸将张横、梁兴、杨秋、侯选、程银、李堪、马玩、成宜等十部共十万人马起兵反叛曹操。马超为了拉拢韩遂，对韩遂说自己抛弃邺城为人质的父亲马腾，以韩遂为父亲；韩遂抛弃在邺城为人质的儿子，以马超为儿子。

关中联军推举韩遂为都督，屯聚于渭河、潼关，建列营寨。曹操派遣曹仁等前往拒守，并告诫曹仁等将领，说凉州军队剽悍，要求他们坚守不出等到曹操亲征。

建安十六年（211）七月，曹操率领大军赶到关中，韩遂、马超联军坚守潼关。曹操大军驻扎在潼关对面的蒲阪（今山西省永济市），想要西行渡河。马超对韩遂说，我们在渭河北岸坚守不出，不到二十天河东曹操大军的粮食吃光了，必然会撤走。曹操后来听说了马超的计策感叹说，马超小儿不死的话，我恐怕连葬身的地方都没有了。

可惜韩遂不听马超的建议，想要"半渡而击"打败曹操。韩遂忽视了"半渡而击"这种计策曹操这样野蛮生长的军事家必然也懂。你想等曹操"半渡而击",曹操就不能潼关诱敌蒲阪偷渡?

八月,曹操从潼关北渡黄河,另外派遣徐晃、朱灵等率领四千人从北面夜渡蒲阪津。马超派遣梁兴率领五千兵进攻徐晃,但被徐晃击退。徐晃占据河西设立营寨,从后方威胁马超大军。

曹操亲自率军从潼关北渡,曹操和许褚以及虎士一百余人断后,马超突然率领一万步骑杀到。许褚、张郃等将领见事情紧急,赶紧扶曹操上船渡河。马超率领骑兵在后边追击,箭如雨下,曹操几乎丧命。许褚一手用马鞍挡箭,一手撑船带着曹操强渡。曹操帐下校尉丁斐在河岸放出大量牛马,马超的士兵跑去抓奔跑的牛马,马超控制不住队伍,曹操因此才得以成功渡河。这也说明马超的军队缺乏严明的纪律,这种军队被一批牛马就吸引住了。焉不知击败了敌人则敌人全部物资都是自己的了,何止是这些牛马?

这次曹操过于大意,如果不是许褚拼命救援,如果不是丁斐放出牛马引走马超追兵,曹操这次可能就命丧于此了。众将担心曹操遇害,见到曹操惊喜而泣,曹操却笑着说,今天差点被小贼困住了。

九月,曹操遁过渭河到渭南。马超、韩遂联军失去战略要地,只能退守渭河河口。曹操却多次设疑兵,用船载兵偷偷潜入渭河,然后分兵在渭南结营。马超、韩遂联军夜袭曹营,却被曹操伏兵击败。马超派人送信请求割河西一带求和,曹操不答应。

后来曹操听取贾诩的建议,假装同意和谈,写信给韩遂并加以涂改,离间马超与韩遂的关系。马超想趁着韩遂与曹操和谈偷袭擒住曹操,看到曹操身边的许褚才放弃,但这也让曹操心有余悸。

曹操趁着马超与韩遂不合，突然出兵攻打关中联军。成宜、李堪等战死，马超、韩遂逃奔凉州，杨秋奔安定（今陕西省扶风县）。

十一月，曹操从长安北上安定，杨秋出来投降。曹操善待杨秋，让他驻守安定郡。这时河间民田银、苏伯等人煽动幽州、冀州叛乱，曹操看到后方不稳，就留夏侯渊驻屯长安，率军回朝。

参凉州军事杨阜劝曹操，马超有韩信、英布那样的勇略，又深得羌人、氐人的拥戴，整个西北的人都非常敬畏他。如果此时大军归还，恐怕陇上诸郡县就不再属于国家了。曹操虽然明白马超的厉害，但河间战事迫在眉睫，只能留下夏侯渊、张郃驻守关中，自己带兵还朝。

尚书卫觊也曾说，关中诸将都只求苟安，只要朝廷给他们封爵就可以安抚，不需要急着处理。潼关之战后，曹操后悔不听高柔、卫觊之言，逼反了关中诸将。

曹操忙于镇压马超叛乱时，刘备又在哪里呢？请看下回，"刘备入蜀"。

第29章

刘备入蜀

◇导读：控制荆州夺取益州，这是诸葛亮接受刘备"面试"时提出的发展战略。趁着曹操征讨关中，孙权忙于控制岭南，刘备就"老实不客气"进军益州。

建安十六年（211），曹操在关中平定马超、韩遂等叛乱忙得不亦乐乎时，孙权则忙着消化交州七郡，刘备则在法正的鼓动下进军西川。

法正是益州牧刘璋的军议校尉，祖父法真是东汉名士，对于诸子百家经典以及谶纬之学都颇有造诣，以清高而著称，有"玄德先生"的称号。这个"玄德先生"法真与刘备"刘玄德"本来没有什么关系，只是无意中"玄德先生"法真的孙子法正辅佐了"刘玄德"刘备。

建安初年关中大乱，法正与扶风郡老乡孟达一起入蜀依附刘璋。刘璋不懂用人，法正很晚才当上新都县令，之后被任命为军议校尉。法正怀才不遇，又被人嘲笑，十分苦恼。益州别驾张松是法正的好友，也觉得刘璋不能成就大事，感叹自己没有遇到明主。

建安十三年（208），刘璋听说曹操夺去了荆州，派别驾张松拜谒曹操表示敬意。张松身材矮小，不修边幅，但精明强干，擅长预判形势发展。

当时曹操刚得荆州，刘备又战败逃走，正处于傲视天下之时，加上张松长得不好看，又恃才傲物出言不逊，曹操就对张松很不客气。曹操的主簿杨修建议曹操征辟张松到朝廷做官，曹操也没答应。这就让张松对曹操极为不满，劝刘璋与曹操绝交，与刘备交好。

当年吕布的使臣典农校尉陈登拜谒曹操，曹操把他提拔为广陵太守。孙策的使臣正议校尉张纮奉献奏章到许昌，曹操把他提拔为侍御史。刘表的使臣从事中郎韩嵩到了许昌，曹操把他提拔为侍中，甚至破荆州后提拔为九卿之一的大鸿胪。这次曹操如果继续当年善待诸侯使臣的态度，挖墙脚把张松变成自己夺取益州的内应，例如把张松从益州别驾征辟为刺史、谏议大夫甚至太守，谁说张松不会成为第二个陈登？

东晋著名史学家习凿齿就曾评说，昔日春秋五霸之一的齐桓公一次骄傲了，结果九个国家背叛齐国。这次曹操骄傲了，导致失去益州，最终天下三分。

曹操试图统一天下勤勤恳恳二三十年，却在这一瞬间失去。曹操"周公吐哺，天下归心"的努力，因为不经意间的狂妄自大，得罪了张松等人而功亏一篑。这也说明曹操骨子里还是文人，没有刘邦、刘秀这些老江湖擅长"演戏"收揽人心。

刘璋听说曹操要进攻汉中，担心危及益州。张松上次被曹操冷遇，也就转而劝说刘璋迎接刘备对抗曹操。张松对刘璋说，曹操用兵无敌于天下，夺取汉中以后顺势进攻西蜀，谁能抵挡？刘备是您刘璋的同宗，又是曹操不共戴天的仇敌，擅长用兵。如果用刘备进攻汉中，张鲁一定会被击败。张鲁被打败后，益州就强大了，曹操来进攻也无可奈何。现在州中将领庞羲、李异等人都居功自傲且心怀异志，如不能得到刘备的帮助，益州将外有强敌攻击，内遭乱民骚扰，必定走向败亡。

刘璋在张松的鼓动下，派法正为使臣与刘备联络，还派他与孟达各率两千兵马去迎接刘备。

刘璋的主簿黄权劝阻说，刘备有骁勇的名声，要是把他当成部下，刘备不会满足。要是把他当成客人，则一国不容二主。客人像泰山一样安稳，我们却像堆起来的鸡蛋一样危险。益州从事王累将自己倒吊在益州城门上劝阻刘璋，刘璋全都不予采纳。

也许刘璋认为刘备可以像帮刘表看守荆州北大门新野一样，帮他看守汉中，刘璋与刘备联手则曹操也无可奈何。刘璋忽视了刘备投靠刘表时没有一郡甚至一县之地，刘备只能像张绣那样老老实实帮刘表"看门"。这次刘备已经有了荆州五郡之地，一旦夺取了汉中，谁能保证他会满足于帮刘璋"看门"，而不是趁机夺取西川？刘备一旦进入西川，谁能保证他一定是北上进攻汉中的张鲁，而不是南下进攻益州的刘璋？

法正到了荆州，就暗中背叛了刘璋。他向刘备献计说，将军您是天下英才，刘璋昏庸无能，以张松为内应夺取益州易如反掌。刘备的谋士、军师中郎将庞统也说，荆州残破，东有孙权北有曹操，难以得志。益州有户口百万，土地肥沃，以此为基础可以成就大业。

刘备担心刘璋好心迎接自己，自己却夺取刘璋的地盘，失信于天下。庞统说乱世哪能讲那么多信义，夺取益州后善待刘璋，封一个大县给他，谁能说我们失信？如果现在不夺取益州，益州会落入他人之手。刘备一听有道理，就留下诸葛亮、关羽守荆州，赵云为留营司马负责荆州大营，自己率领几万步骑进入西川。

刘璋命令所属郡县沿途供应军粮辎重，前后馈赠给刘备的物资数量巨亿。刘备到了巴郡，巴郡太守严颜拊心长叹说，这真是独自坐在穷山上，把老虎放到山上，这不是等着老虎吃掉自己吗？

刘备军至涪城（今四川省绵竹市东北），刘璋率步骑三万和刘备相会。张松让法正告诉刘备，可以在与刘璋见面时趁刘璋不备除掉刘璋，这样一来益州就唾手可得。庞统也认为当场擒住刘璋，可以兵不血刃夺取益州。刘备则认为自己刚到益州没有什么威信，时机不成熟，不能动手。张松、庞统的无情无义可见一斑。

刘璋推举刘备为大司马、司隶校尉，刘备也推举刘璋为镇西大将军，领益州牧。刘璋隆重地招待刘备及其部下，在涪城欢宴百日，增拨给刘备不少人马粮草和军用物资，连战略要隘白水关也交给他督理，命他率兵去进击张鲁。

刘璋让刘备进攻汉中，自己回到成都。刘备率军向北抵达葭萌县（今四川省广元市昭化区）后，并不急于进攻汉中的张鲁，而是在当地树恩立德收买人心。看来刘备根本无心北上进攻汉中，刘璋请神容易送神难。

这一年孙权得知刘备进军益州，就派水军来荆州（南郡）接回妹妹。孙夫人打算将刘禅一并带走，幸得诸葛亮及时派遣牙门将军赵云和征虏将军张飞一起在江上拦截，这才夺回刘禅。这件事也表明孙权与刘备的"政治蜜月期"已经过去了，只是在共同抗击曹操的压力下维持着表面上的团结。

夺取巴蜀本就是周瑜、甘宁帮孙权制定的帝王战略的一部分。当年东吴夺取南郡后，周瑜、甘宁就建议孙权夺取巴蜀。孙权咨询刘备的意见，却被刘备以"高大上"的借口反对。这次刘备竟然自己进军巴蜀，当然让孙权难以容忍，怒骂刘备狡猾的东西，竟然欺骗我！

能够制止刘备夺取西川的只有一个人，那就是曹操。可是此时曹操却又一次犯了严重错误，不仅放弃可能会卷土重来的马超，而且坐视刘备进入益州，自己却率军南征孙权。

那么曹操究竟如何错过制止刘备入川的机会呢？请看下回，"曹操谋篡"。

第30章

曹操谋篡

> ◇导读：曹操在赤壁之战后，本该就此老老实实称帝，只要封汉献帝一个王爵善待他即可安抚人心。问题是曹操不断欺凌汉献帝给自己加官晋爵，又不愿意老老实实称帝，这就让他饱受忠于汉室那些能臣干吏的鄙视。

　　建安十七年（212）正月，曹操匆匆忙忙从讨伐马超、韩遂叛乱的关中前线赶回大本营邺城。曹操获得"赞拜不名，入朝不趋，剑履上殿"三项政治特权，这比起建安十三年（208）曹操废除三公制度专门为自己恢复丞相制度，更进一步刺激了汉朝忠臣荀彧等人的政治底线。

　　当时曹操率领大军远在关中，坐镇邺城的五官中郎将曹丕就想亲自带兵去平定河间民田银、苏伯叛乱，被曹丕的功曹常林劝阻。

　　常林认为北方的官吏和百姓崇尚和平安定，厌恶战乱，安分守己的占绝大多数。田银、苏伯乃乌合之众，难成大患。如今曹军主力远在外地，外面又有强敌，将军应该在此坐镇天下。如轻易出兵远征，即便取胜也不算大智大勇。曹丕派部将贾信征讨，果然迅速平定叛乱。

叛军中有千余人请降，朝中大臣皆认为应按照旧法，"围而后降者不赦"。曹操五大军师之一的程昱，当时留在邺城辅佐曹丕，他说"围而后降者不赦"，这是在战乱时期所采取的一种临时应变策略，现在天下已基本平定，不能随便杀戮。即使要杀，也应当先向曹操报告。

群臣都说军事上的举动，曹丕可以专断，不必请示曹操。程昱则说，专断是指临时发生紧急情况，必须当机立断。现在这些叛民控制在贾信手中，因此曹丕不要擅作决定。曹丕立即派人向曹操报告，曹操果然下令赦免不杀。曹操后来听到程昱对曹丕的建议非常高兴，称赞程昱不仅明了军事策略，还擅于处理别人父子之间的关系。

曹操这句话说明，他并不希望曹丕杀伐果断独断专行。这也表明曹操并没有真正把曹丕看成继承人，不愿意培养他独当一面的能力。正是这种多疑与猜忌，导致曹操遇到大事只能自己亲自处理，而不愿意别人（包括世子曹丕）分担责任。

建安十六年（211）马超叛乱没有斩草除根，就是因为曹操不信任曹丕能够处理好后方叛乱，甚至不希望曹丕能够单独处理好后方叛乱。曹操忽视了他的寿命总是有限的，不能在自己有生之年培养曹丕驾驭臣下调兵遣将的能力，岂不是只能让曹丕在摸索中前进？

曹操班师回朝不久，马超就迅速兼并陇上诸郡县再次叛乱，割据汉中的张鲁也遣大将杨昂相助马超。马超、杨昂共集结万余人马，围攻凉州刺史韦康。韦康孤军坐困凉州治所冀城（今甘肃省甘谷县南），苦苦等待曹操援兵到来。

三月，凉州刺史韦康派凉州别驾阎温秘密出城，向夏侯渊求救。阎温很快被马超抓获，他诡称会告诉凉州城里人不会有救兵，马超也就相信了。阎温向城里喊话时却说，夏侯渊的大军三天就到，鼓励大家守城，马超怒而杀死阎温。

五月，曹操诛杀了马超的父亲马腾、弟弟马铁与马休，并诛灭三族。曹操把韩遂的家属也全部灭族，还写信给韩遂的女婿阎行说阎行的父亲还在，想离间韩遂与阎行的关系。韩遂干脆把小女儿也嫁给阎行，让曹操猜忌阎行。

其实曹操这次本就不该诛杀马腾三族，毕竟留着马超的家属，也就保留了招降马超的最后筹码。即使要诛杀马腾全族，也不应该诛杀韩遂留在邺城的子孙，这本就是拆散马超与韩遂军事联盟的关键，就像用保留阎行的父亲来离间阎行与韩遂的关系一样。

此外，曹丕已经平定了田银、苏伯叛乱。曹操即使对曹丕不放心，也只需要留下曹仁、夏侯惇协助即可，何必自己留在邺城迟迟不重返西北平定马超叛乱？

马超不减吕布当年之勇，这种大规模叛乱显然不是曹丕能够应对的。曹操此时最明智的选择，就是赶紧返回西北军中，趁着马超还没有攻破凉州迅速平定叛乱。只有平定了叛乱，曹操才能腾出手来夺取汉中，才能阻止刘备夺取西川。

凉州刺史韦康在冀城死守八个月，夏侯渊因为没有接到曹操的军令而迟迟未能发兵救援，韦康只好向马超求和。马超率军进入冀城后，立即让张鲁的部将杨昂杀死韦康。马超担心韦康在凉州多年深得人心，不利于自己的控制。

曹操这次的反应极为离奇。

既然这年五月族灭了马腾满门，那么曹操就应该立即率军西征马超，至少命令夏侯渊作为先头部队紧急救援韦康。但曹操竟然等到凉州失陷才派夏侯渊西征马超，这不是坐视马超夺取凉州壮大势力吗？

如果说曹操留在邺城有更重要的事还可以理解，问题是曹操正月回到邺城以来，除了给自己加官晋爵外就是杀人。马超在凉州四处攻城略地时，曹操竟然还有空于这年十月南征孙权。如此分不清轻重缓急，难道曹操真的老了？

曹操南征孙权途中，董昭一句话点醒了曹操，"该为称帝做准备了"。董昭说，做人臣的，从来没有您曹操立的功劳大；有您曹操这么大功劳的人，从来没有一直做别人臣子的。董昭这是公然鼓动曹操谋朝篡位，不要继续做人臣。

董昭与曹操的文武众臣商量说，曹操应该进位国公，由皇帝赐给他表示特权的九锡。要知道刘邦建立汉朝以来，人臣做到国公的，此前只有篡夺西汉皇位的安汉公王莽。要曹操进位国公，这其实是鼓励曹操学习王莽篡位。

荀彧则表示反对，认为曹操起兵本就是为了拯救朝廷。曹操当然对荀彧之言很不高兴，不久以皇帝的名义派荀彧来谯县慰劳南征大军，随后把荀彧留在军中。曹操大军向濡须进发时，荀彧因病留在寿春，后来曹操赐予其空盒子。曹操这是示意荀彧自杀，荀彧心领神会，饮毒酒而死。

荀彧被曹操称为自己的张良，实际荀彧扮演着萧何与张良双重角色。荀彧是颍川士族的领袖，本来被袁绍待为上宾。初平二年（191），荀彧离开袁绍投奔曹操，不仅帮助曹操稳定了兖州根据地，而且向曹操献计奉迎天子获得朝廷资源，还劝曹操先消灭吕布再对付袁绍，并在"衣带诏案"后继续支持曹操。

在曹操与袁绍的生死决战中，荀彧不仅帮曹操镇守许都，还多次鼓励曹操坚持到底，直到官渡之战曹操取得胜利。荀彧还向曹操推荐了钟繇、荀攸、陈群、杜袭、戏志才、郭嘉、司马懿等大量人才。如果说刘邦的天下一半来自萧何一半来自韩信，那么曹操的天下一半来自自己，另一半则来自荀彧。

曹操把荀彧调离中枢机构，甚至逼死荀彧，彻底表明曹操从汉相沦为汉贼。值得注意的是，荀彧推荐的钟繇、陈群与司马懿，这些人的子孙成为西晋取代曹魏的关键人物。

荀彧的儿子荀颢，则是司马昭、司马炎篡位的重要心腹，"苍天饶过谁"？

曹操、刘备都没闲着，此时的孙权在忙什么呢？请看下回，"孙权建业"。

第31章

孙权建业

◇ 导读：无论是曹操还是辛弃疾，都看好孙权。无论是南京跻身中国四大古都，还是江南成就六朝金粉，开创者都是孙权。面对曹操、刘备这样的天下枭雄，孙权能够不断开疆扩土，殊为不易。

建安十六年（211）九月，孙权在长史张纮的建议下，把江东行政中心从京口迁往秣陵县（今江苏省南京市）。次年，孙权把秣陵县改名为建业县，取意"建功立业"。孙权还在金陵邑修建石头城（今江苏省南京市清凉山），作为建业城外军事要塞。

早年诸葛亮路过秣陵，就曾说"钟山龙盘，石头虎踞，此乃帝王之宅也"，后来刘备与张纮都劝说孙权定都秣陵。秣陵作为东南地区首善之地，也是英雄所见略同。

孙权控制的江东六郡，基本属于东汉十三州中的扬州。扬州的治所原来在历阳，袁术割据淮南时把扬州治所迁往寿春。

寿春是楚国故都，当然最适合做都城。但问题是此时寿春在曹操控制下，孙权连合肥都一直不能打下来，当然更不可能让曹操让出寿春。历阳地处长江北岸，很容易遭遇曹操兵锋的威胁，可以作为北伐中原的据点，但不适合作为东南割据政权的首都。

秣陵（建业）地处长江南岸，进可以渡江北上中原腹地，退可以保障东南吴越之地。诸葛亮、刘备、张纮都看出此地的重要性，也就建议孙权以此为都城。

孙权这次定都建业，无意中开创了以建业（晋武帝时改名建邺，晋愍帝时改名建康）为中心的六朝时代。后来南唐也曾定都于此，朱元璋甚至以此为首都定鼎全国，蒋介石也曾以此为都城完成全国形式上的"统一"。

不过，建业作为首都只可利用东南财富创业，不可用来守成。江南锦绣之地，温柔富贵之乡，很容易消磨锐气，使人失去北定中原的志向。简言之，建业太安逸太享受了，容易让人追求岁月静好，而忽视了建功立业。

偏将军吕蒙听说曹操打算进攻江东，劝说孙权在濡须水口（今安徽省含山县）的两岸修建营寨，作为抗击曹操的前进基地。孙权听从吕蒙的建议，下令修筑营寨，称作濡须坞。吕蒙无意中的这次建议，让此地成为曹操屡次南征的伤心地。

建安十七年（212）十月，曹操在马超叛乱中竟然没有救援凉州，而是南征孙权。曹操担心靠近长江一带的郡县会遭受孙权侵扰，打算把老百姓内迁，毕竟当时人口比土地珍贵。官渡之战时，曹操就曾把燕县、白马县一代的老百姓顺利迁到黄河以南，避免"资敌"。

扬州别驾蒋济不同意曹操的看法，他认为官渡之战时敌强我弱，老百姓不迁走就会被袁绍获取，壮大袁绍的力量；现在敌弱我强，没有必要迁走老百姓。而且江淮老百姓依恋故土，强行迁徙会让他们不安。

曹操不听蒋济劝谏，结果造成沿江的庐江、九江、蕲春、广陵等地十多万户老百姓逃向江东。曹操控制的整个长江以西地区，几乎空无人烟。在合肥以南，只剩皖城还有百姓。

后来蒋济奉命出使邺城，曹操接见他，大笑着说，我本来只是想让百姓避开敌军，却反而把他们全驱赶到敌人那里去了。曹操也知错能改，任命蒋济为丹阳郡太守。

不过，曹操此举也无意中造成淮南四郡变成无人区。后来孙权多次北伐总是后援不济，也跟不能在江淮之间就地取粮有关。孙权本该在长江以北移民屯军，建立起直通淮南的军事基地，这才能保障后勤通畅。可惜孙权就像后来的诸葛亮，宁可千里馈粮而不是移民实边，也就多次北伐劳而无功。

建安十八年（213）正月，曹操大军进攻濡须坞。曹军号称步骑四十万，攻破孙权设在长江西岸的营寨，俘获都督公孙阳。孙权率领七万人抵抗曹军，两军相持一个多月，曹操也无法击败孙权。

曹操看到孙权大军船械精良，军队严整，感叹说"生子当如孙仲谋"，刘表的儿子与孙权相比不过是猪狗。当年袁术曾羡慕孙坚生了好儿子孙策，这次曹操羡慕孙坚生了好儿子孙权。看来孙坚不仅是"江东猛虎"，能力超群，而且擅长培养儿子。

这一场是甘宁大出风头的一仗。甘宁从三千部卒中精选出百名精装士兵，夜袭曹操大营。这次夜袭让曹军误以为孙权大军主力来袭，惊恐万分。在孙策、太史慈凋零后，甘宁终于登上了江东首席猛将的宝座。

孙权写信给曹操说，春水正要上涨，您（缺乏水军）应当赶快撤军。孙权还在另一张纸上说，您不死，我就不能安宁。曹操也知道春水上涨有利于水军强大的孙权，于是就对部将说，孙权没有欺骗我啊，也就撤军回朝。

这一年刘备正在忙着夺取益州，甚至从荆州抽调诸葛亮、张飞、赵云等率军入蜀增援。参凉州军事杨阜正忙着与马超血战，曹操竟然在四月返回邺城后，既不派兵西征尽快平定马超叛乱，也不派兵进攻南郡牵制刘备，更没有派兵进攻汉中，而是忙着进位为魏公、加九锡，实在匪夷所思。曹操统一天下的豪情壮志，早就被赤壁之战那场大火烧掉了，曹操不再有往日的豪情。

此时曹操的上策，应该是趁着马超被杨阜牵制住，立即西征汉中，建立起夺取西川的前进基地，然后率军入川与刘璋夹击刘备。如此一来，即使刘备在曹操大军攻入成都之前迫使刘璋投降，他与刘璋苦战经年的疲惫之师，又如何面对士气正旺的曹操西征大军？

一旦曹操夺取益州，刘备即使侥幸逃回荆州，也元气大伤。曹操兵分两路沿着长江与汉水东征荆州，刘备就是天纵英明又能如何逆天改命？

曹操此时已经是东汉朝廷实际控制人，封魏公、加九锡这些虚名真的比得上统一天下的实利吗？一旦完成了天下一统，曹操再来封魏公、加九锡，还会有人拒绝吗？

这一年七月，曹操把自己的三个女儿嫁给汉献帝。

曹操饱受外戚董承"衣带诏案"密谋之苦，干脆自己做了外戚。曹操是东汉王朝实际控制人，他的女儿要做皇后成为六宫之主，也是理所当然。

建安十九年的"伏皇后案"无论是否属实，曹操都会找理由废掉原来的皇后，把自己的女儿推上皇后之位。一个能杀皇帝贵人甚至皇后的丞相，已经是不穿黄袍的"真皇帝"了。

建安十九年（214）三月，曹操借汉献帝的名义下诏给自己，"位在诸侯王上，改授金玺、赤绂、远游冠"。此举堪比初平二年（191）二月，董卓指使长安朝廷派光禄勋宣璠持节至雒阳封自己为太师，"位在诸侯王上"。

这时要是还有人以为曹操是大汉忠臣，只能说很傻很天真。曹操谋篡已经不可逆转，是否篡位不再是选项。曹操权衡的不是要不要篡逆，而是由谁来完成篡逆。诸多文武大臣跟着曹操得罪了汉献帝，只有曹家当皇帝他们才能避免被秋后算账。只是曹操想立牌坊，只能好好演戏。

此前曹操委任部将朱光为庐江太守，在皖城（今安徽省潜山市）附近屯田，作为南下进攻孙权的前进基地。吕蒙对孙权说，皖城附近田地肥美，一旦收获粮秣，则曹操必然会增加屯田，这就威胁江东。吕蒙建议先发制人夺取皖城，拔掉曹操扎入淮南地区威胁江东的钉子。

孙权听从吕蒙的建议，在稻谷将要成熟时进攻皖城。闰五月大雨，孙权亲自率军进攻皖城，朱光固守皖城待援。诸将建议孙权堆土山进攻皖城，吕蒙认为那样一来旷日持久，曹操的援军很快就到了，二来皖城并不坚固，可以趁着下雨四面围攻，一鼓作气攻下。

吕蒙举荐猛将甘宁为升城督，率领精锐士卒，从拂晓发起猛攻。吕蒙擂鼓助威，甘宁身先士卒，精锐士卒紧随甘宁登城。当天孙权大军攻破皖城，生擒朱光，俘虏城中军民数万人。

曹操部将张辽从合肥率军急救皖城，援军到了夹石（今安徽省桐城市以北）时听说皖城已丢，只好撤回。孙权于是拜吕蒙为庐江太守，吕蒙率军回寻阳（今湖北省黄梅县）驻守。

吕蒙不是把皖城变成自己北伐的前进基地，而是将皖城的数万军民俘虏后带回江东，这就造成整个合肥以南彻底变成无人区。吕蒙的这次胜利，使得曹操与孙权在淮南的"各守疆土"固定化，双方军事分界线直到西晋灭吴才发生大的改变。

正在刘备、孙权开拓疆土时，曹操竟然留在邺城养老，此时马超则很不客气地再次叛乱。马超这次叛乱没有曹操西征，又是如何被平定下去的呢？请看下回，"马超再叛"。

◇ 导读：马超在曹操撤军后再次叛乱，这次叛乱导致两百余口家眷被曹操诛杀，自己只能孤身投奔刘备。既然马超没能力割据称雄，那么背叛曹操终将铸成大错。

从建安十七年（212）正月，马超趁着曹操大军班师回朝，起兵再次叛乱，到这年八月，迫使被围大半年的冀城投降。这八个月里，曹操除了这年五月把留在邺城做人质的马超父亲马腾、弟弟马铁和马休诛灭三族外，竟然没有任何反应。

曹操班师时，留下夏侯渊驻守长安。马超再次叛乱时，夏侯渊正带着朱灵、路招等人讨伐梁兴、刘雄鸣等叛乱。曹操既不给夏侯渊增派援兵讨伐马超，也没有下令让夏侯渊救援冀城，而是坐视凉州刺史韦康等人被马超破城杀戮。

夏侯渊接到马超进攻凉州治所冀城的急报，本该一面向曹操汇报一面出兵救援，所谓救兵如救火，结果却是夏侯渊很离奇地按兵不动，坐等千里之外的曹操下令救援。

夏侯渊好不容易等到曹操下令救援冀城的军令，这才迅速率军西援，却被马超抢先夺取冀城，还在冀城以东两百里被伏击打败。随后，百顷氐王杨千万与兴国氐王阿贵也起兵响应马超，率军屯于兴国。夏侯渊只好撤军回长安，两年时间不敢西进。

马超以冀城为根据地割据陇上，自称征西将军，领并州牧，督凉州军事。曹操这时似乎已经忘了西凉马超叛乱的事，平定马超之乱的事也无人提起。

凉州刺史韦康之所以坚守八个月后开城投降，就是想保护冀城老百姓。不料马超背约，杀死了韦康和一些州郡官员。韦康的旧部杨阜、赵昂等人只好暂时归顺马超。

杨阜原来是凉州刺史韦康的别驾，后来被曹操征辟在丞相府任职，接着又被凉州表为参军事。建安十六年（211）底，曹操因河间民田银、苏伯叛乱而率军东归。杨阜曾劝阻曹操，马超有韩信、英布的勇猛，极得羌、胡等民族的拥戴。一旦曹操大军东归，则陇上诸郡朝廷将无法控制。曹操很同意杨阜的看法，却没有做出任何有效安排，结果马超果然叛乱，并短期内控制凉州诸郡。

杨阜内心怀着复仇的志向，只是一时寻不着机会。不久杨阜借着埋葬亡妻告假离开冀城，找到屯兵历城的外兄抚夷将军姜叙。杨阜从小在姜叙家长大，他见到姜叙和叙母之后，诉说了冀城陷落的经过，并认为马超虽强但无视信义，部下也矛盾重重，打败他并不难。

姜叙的母亲很感慨，敦促姜叙听从杨阜的劝说，共同平定马超叛乱。杨阜、姜叙随即与同乡姜隐、赵昂、尹奉、姚琼、孔信及武都人李俊、王灵等结成联盟，共同讨伐马超。杨阜还派从弟杨谟到冀城告诉从弟杨岳内情，并联络了安定的梁宽，南安的赵衢、庞恭等人，决心一起讨伐马超。

这年九月，杨阜和姜叙在卤城（今山西省繁峙县）起兵讨伐马超，留在冀城的赵衢、尹奉等人趁机劝马超亲自去攻打卤城。在马超率军离开冀城后，赵衢、尹奉等人立即救出被马超囚禁的杨岳，关闭城门抓获马超留在城里的妻儿，全部杀尽。马超怒攻冀城不克，转而进攻卤城不克，再去进攻历城。

历城守军以为马超已经逃往汉中，又把马超军队错看成姜叙军队，导致马超大军进城。看来军队需要口令真的很重要，否则马超如何能够混入历城？姜叙母亲当时在历城，面对马超的暴虐毫不畏惧，还大骂马超，说他是背叛父亲的逆子、杀害君长的叛贼，被马超杀害。

杨阜与杨谟、杨岳等宗族兄弟八人血战马超，结果七人死亡，杨阜也五处受伤，终于打败马超。马超兵败，向南投奔张鲁。陇右平定，曹操这才过来"摘桃子"，封赏杨阜、姜叙等十一人为侯爵。

建安十八年（213）春，马超投奔张鲁，很受张鲁的常识，封马超为都讲祭酒，还打算把女儿嫁给马超。诸将劝阻张鲁，马超连自己的父亲、兄弟这些亲人都不爱，怎么会因为娶了您的女儿而爱您呢？张鲁一听有道理，也就作罢。吕布因为杀害义父董卓而失去人格价值，马超因为不顾父亲、兄弟在邺城做人质反叛曹操而失去人格价值，难怪吕布的下场只能是被杀，马超的下场只能是被猜忌。

马超向张鲁借兵，想要打回凉州，张鲁就派马超带着汉中的军队进攻祁山。姜叙紧急向夏侯渊求救，夏侯渊的部将说需要曹操的军令才能去救援。

夏侯渊说曹操远在邺城，往返四千里路，等到报请曹操批复救援姜叙，姜叙早就被马超击败了，千里请战不是救急的办法。幸亏夏侯渊这次有主见，没有像上次凉州刺史韦康求救那样，拘泥于曹操的救援命令，否则这次姜叙也是韦康那样的下场。

夏侯渊派偏将军张郃率领五千步骑为前锋，抄近路由陈仓小道进兵，自己则督运粮草随后出发。马超领兵围攻祁山三十天未能攻克，士气低落。听说夏侯渊援军赶到，马超所部丢下军事器械，轻装逃回汉中。

这时韩遂驻军在祁山附近的显亲（今甘肃省秦安县东北），夏侯渊顺手进攻显亲。韩遂丢弃粮草辎重，退守略阳（今陕西省汉中市西北）。夏侯渊留下部将守护辎重，亲率精锐步骑兵，偷袭焚毁长离羌屯。

韩遂军中羌兵听到所在部落被夏侯渊袭击的消息后，纷纷离开韩遂大营，回援自己的部落。韩遂担心羌兵离开后兵力剧减，被迫率军与夏侯渊决战。

夏侯渊的部将队看到韩遂军队强大，建议扎营挖堑准备持久战。夏侯渊认为，军队转战千里，如果深沟高垒准备持久战，就会士气低落。于是夏侯渊下令击鼓进兵，很快打破韩遂军队，得到了其帅旗等一干物品。

夏侯渊乘胜围攻兴国。兴国氏王阿贵、百项氏王杨千万虽然骁勇，但也不敌夏侯渊猛攻。阿贵被击灭，杨千万逃奔马超，其余士卒全部投降。夏侯渊接着转击高平、屠各，全部大胜，收其军粮牛马物资等。此战后夏侯渊因战功赫赫而获假节。

建安十九年（214），夏侯渊消灭了割据枹罕三十余年的河首平汉王，韩遂的女婿阎行也叛归朝廷。

建安二十年（215），韩遂病死，中平元年（184）爆发的西北叛乱持续了三十多年，终于结束了。

最可惜的是马超，本来帮助曹操击败高干和郭援侵扰关中，已经有功于曹操。父亲马腾、弟弟马铁与马休入朝为官，也是顺应曹操统一北方的历史大势。如果马超不是反叛而是归降曹操，战功岂能低于投降曹操的徐晃、张辽、张郃等人？

如果说马超第一次反叛是不清楚自己与曹操之间实力悬殊，想通过叛乱检测一下自己的能力，那还有实际价值。那时曹操也没有诛杀马超父亲与弟弟全家族，也说明给了马超改过自新的机会。马超第二次反叛，除了造成两百余口家眷被杀外，没有任何实际意义。

马超不顾家人生命安全与曹操决裂，如果有能力像刘备、孙权割据一方还可以理解。潼关之战失败后，马超明知自己没有能力对抗曹操，竟然还公然二次背叛他。

马超后来也不被张鲁与刘备信任，他的冷血让他成了那个时代的笑柄。本可以作为曹操麾下猛将，却成了刘备阵营丧家之犬，悲哀。

张鲁就比马超高明，关键时刻能够选择归顺曹操。

在曹操对马超叛乱无动于衷时，刘备开始在西南大进军。刘备是如何夺取益州建立起将近半个世纪的帝王基业的呢？请看下回，"备欺刘璋"。

第 33 章

备欺刘璋

◇导读：夺取益州是诸葛亮为刘备设计的基本战略。趁着曹操多次南征孙权"大家都忙"，刘备用诈力夺取益州。刘备一贯仁义满天下，第一次撒谎也就骗得老实人刘璋拱手交出益州。

曹操忙着追求"赞拜不名，入朝不趋，剑履上殿"这些特权时，曹操忙着"封魏公，加九锡"这些虚名时，曹操不顾马超叛乱竟然有闲情逸致东征孙权时，曹操的老朋友刘备则正忙着夺取西川。

建安十六年（211）十二月，刘备以帮助益州牧刘璋讨伐汉中张鲁为由，驻军在葭萌等地后，竟然按兵不动。刘备树恩立德，收买人心。次年，曹操东征讨伐孙权，孙权面临着建安十三年（208）赤壁之战以来曹操最大规模的进攻。

孙权一面迎战，一面向妹夫刘备求援。刘备写信给刘璋说，自己与孙权唇齿相依。关羽驻防荆州兵力不足，如果不去救援，则荆州落入曹操之手，比张鲁威胁更大。

刘备以此为由，向刘璋借兵一万，并请求资助军粮器械等物。此前刘璋已经资助了兵马钱粮，因此这次只增加了四千兵马，辎重物资亦只给其半。毕竟刘备入川三四月只是要兵要钱，没有任何进攻张鲁的实际动作。刘备趁机激怒部属说，我们为刘璋迎战强敌，他却吝惜财物，这怎么让人为他出力死战呢？

刘备假惺惺地说要撤军回荆州，可能骗术太高明，作为刘备内应的张松竟然也中计。张松写信给刘备与法正劝阻，说马上要大功告成了，怎么能现在撤走呢？

结果张松这封书信被张松的哥哥广汉太守张肃发觉。张肃害怕牵连自己，于是向刘璋告发。刘璋立即下令诛杀张松，还下令所有关隘的守卫部队封锁道路。

刘备一看内应张松被杀，勃然大怒。刘备召来刘璋白水关的守将杨怀、高沛，以他们冒犯自己为由，将其斩杀。刘备随即吞并两人的军队，并进军涪城，向刘璋发动进攻。

杨怀、高沛也是奇怪，张松被杀后刘璋传令各地封锁道路的消息，难道他们没有接到？刘备传召他们两人过去，他们就没有任何警觉？即使要去见刘备，一人守关一人出迎不行吗？

也许刘备打了一个时间差，即刘备知道张松被杀立即采取行动时，杨怀、高沛还没接到刘璋的命令。两人被刘备此前扮演的仁义面目所诱惑，也就放使了警惕，结果葬送了自己卿卿性命事小，殃及主公刘璋的西川基业事大。

建安十八年（213），刘备继续向成都进军。

益州从事郑度对刘璋说，刘备孤军深入远道而来，他要留下部队驻守各地，真正能进攻的部队不过万人。刘备吞并的西川将士并未全心归附他，军队又没有后勤辎重，只能靠抢掠田野的庄稼为食。我们只要把巴西与梓潼境内的百姓全部驱赶到内水、涪水以西，把巴西与梓潼仓库中的粮食物资以及田野里的庄稼全部烧掉，咱们高垒深沟，静待变化。刘备率军前来挑战，咱们坚守不出。他们无处抢掠粮草，不过一百天，必然会自动撤退。等他们后退时咱们再出击，一定可以捉到刘备。

这其实是当年李左车献计对付韩信的再版，可惜刘璋与陈余一样拒不采纳，这就让刘备可以通过抢劫补充军队后勤。

刘璋派出刘璝、冷苞、张任、邓贤、吴懿等人抵抗刘备，都被刘备击败，败军退到绵竹，吴懿甚至投降刘备。刘璋又派护军李严、费观到绵竹督诸军抵抗，李严、费观二人却率众投降刘备。刘备兵力更加强大，分派部下将领去占领周围各县。

刘璝、张任与刘璋的儿子刘循退守雒城（今四川省广汉市），刘备率军围困雒城。张任率军出城，在雁桥与刘备军大战，张任兵败战死。雒城久攻不下，刘备于是命镇守荆州的诸葛亮留下关羽镇守荆州，带着张飞、赵云等沿江西进，共取益州。

建安十九年（214），荆州援军溯江西上，攻占巴东郡。诸葛亮大军到了江州，张飞生擒巴郡太守严颜，并被严颜视死如归的精神感动，义释严颜待为上宾。诸葛亮随后派赵云攻占江阳、犍为等郡，派张飞攻占巴西、德阳等郡。

刘备大军围攻雒城近一年，军师庞统也中流矢而死。

庞统，字士元，号凤雏，汉时荆州襄阳（今湖北省襄阳市）人。刘备占据荆州时，庞统以从事的身份试守耒阳县令。庞统在任期间不理县务，被免官。

鲁肃与诸葛亮都向刘备推荐庞统，说他是难得的贤才。刘备与庞统见面交流后，对庞统大为器重，任命他为治中从事。刘备对庞统的亲密程度，仅次于诸葛亮，庞统后来和诸葛亮同为军师中郎将。

这次夺取益州，庞统不仅极力督促刘备抓住机会入川，而且献计擒杀蜀中名将杨怀、高沛，制定奔袭雒城的计划，直到率众攻城时中箭而死。此时诸葛亮留在荆州是"萧何之任"，庞统跟在刘备身边则是"张良之任"，庞统死后就只能由法正来扮演"张良之任"。

法正写信给刘璋，向他陈述利害并劝刘璋投降，刘璋不听。刘备大军终于攻破雒城，与诸葛亮的荆州援军一起围攻成都。这时刘备派建宁督邮李恢说服马超归降，刘备还派出兵马跟随马超，屯兵成都北面，让刘璋等人误以为是马超带领汉中军队过来支援刘备进攻成都，更加惊慌失措。

刘备围成都数十日，派从事中郎简雍入城劝说刘璋开门出降。当时成都还有三万军队，一年的粮草辎重，刘璋的部下都要求死战到底。刘璋却说自己父子在益州二十多年，对老百姓没有什么恩德。三年大战老百姓困苦不堪，还是向刘备投降，避免老百姓遭殃。

刘备进城后，没收刘璋全部财产，把刘璋迁往荆州公安县居住，只让他保留振威将军虚名。这比起当初庞统劝说事成后封刘璋一个大县做诸侯差了太多。当初袁绍夺取冀州，也是给冀州牧韩馥奋武将军的虚名，看来无论是"四世三公"的豪门世家子弟，还是刘备这样自称"王室之胄"的草根，都是够狠够无情。

刘备夺取了益州，自领益州牧，以诸葛亮为军师将军，法正为蜀郡太守、扬武将军。刘备在建安元年（196）遭遇吕布偷袭失去徐州后，历时十八年终于再次单独控制着一州之地。

隆中对七年后，刘备五十三岁时，终于在占据荆州后又夺取了益州。刘备赐予诸葛亮、法正、张飞及关羽四人黄金各五百斤，白银千斤，钱五千万，锦千匹，作为诸将中最高赏赐。为了团结益州豪强世族，刘备迎娶刘璋的寡嫂吴氏，后来封为皇后。

迎娶寡妇吴氏，不是因为刘备像曹操那样喜欢人妻，而是刘备需要与益州豪强联姻稳定统治，如同当年刘秀迎娶河北豪强出身的郭圣通为皇后。刘备迎娶吴氏，吴氏的嫁妆极为豪奢，陪嫁的就是川中名将吴懿、吴班等人。就像汉武帝娶了卫子夫，陪嫁的是两位不世名将卫青、霍去病。

刘备又命法正与军师将军诸葛亮、昭文将军伊籍、左将军西曹掾刘巴、兴业将军李严五人一起制定《蜀科》，改变刘璋治下益州法纪松弛、德政不举、威刑不肃的局面。刘备真正把益州当成自己的根本之地来经营，而不是荆州那样只作为北伐中原的军事基地。

从建安十六年（211）应刘璋邀请进入益州，到建安十九年（214）夺取益州，刘备历时三年的诈取益州终于结束。刘备从未如此艰难。

这三年里，曹操似乎成心帮助刘备取西川。曹操不是逼反马超，就是逼着汉献帝给自己升职。好不容易闲得慌想要出去领兵溜达溜达，也是率军南征孙权，从不趁着刘备率领大军远在益州，而伺机夺取荆州。

当年曹操北征袁绍父子，最担心的就是刘备在旁边搅局。刘备自己搅局力量不足，说服刘表搅局，而刘表又优柔寡断，从而让曹操北征没有后顾之忧。如果曹操想要搅局刘备，既不存在力量不足，又不需要说服优柔寡断的他人，为何却从不兴起大军进攻荆州或者汉中，难道真是对刘备惺惺相惜要帮他一把？

等到刘备在益州站稳脚跟，曹操的噩梦就开始了。

等到刘备夺取了西川，曹操这才想起来要进攻汉中。那么曹操究竟如何夺取汉中呢？请看下回，"操善镇南"。

第34章

操善镇南

◇ 导读：曹操对投降的诸侯似乎态度都不好，这也导致孙权在鲁肃的鼓动下拼死一搏。曹操对张鲁倒是很不错，这就使得汉中老百姓对曹操知恩图报。如果曹操一开始就善待投降的诸侯，哪有张绣反叛与孙权决意抵抗？

建安二十年（215）三月，在推迟了四年之久后，曹操终于发动了对张鲁的进攻。

张鲁，字公祺，天师道（五斗米道）教祖张道陵之孙。

张道陵死后，张道陵的儿子张衡继行其道。张衡死后，张鲁继为首领。张鲁的母亲既漂亮又擅长鬼神之术，往来于益州牧刘焉家，张鲁也就因为母亲而得到刘焉的信任。看来有一个受重视的母亲，也是崛起的捷径。

初平二年（191），刘焉任命张鲁为督义司马，与别部司马张修带兵同击汉中太守苏固。张修杀苏固后，张鲁又杀张修，吞并了张修的部众，并截断斜谷道。张鲁还在刘焉授意下，杀害朝廷使者。刘焉也是奇怪，真以为张鲁的母亲与自己关系密切，张鲁就一定会听命于自己？

兴平元年（194），刘焉病逝，其子刘璋继任益州牧。刘璋以张鲁不顺从他的调遣为由，尽杀张鲁全家，还遣部将庞羲等人进攻张鲁。不料张鲁受到部曲与信徒的支持，多次击败刘璋。

刘璋杀尽张鲁全家，也可能是帮自己的母亲出气。即使张鲁的母亲与刘璋的父亲都是清白的，他们只是一起"研究鬼神之术"，也容易因"男女之大防"引起猜疑。

张鲁的部曲多在巴地，刘璋于是以庞羲为巴郡太守。张鲁袭取巴郡割据汉中，以五斗米道教化人民，建立起政教合一的政权。

东汉末年爆发韩遂、马超等反抗朝廷的凉州叛乱，关中大量老百姓躲避战乱，从子午谷逃往汉中的就有数万户。张鲁还得到巴夷少数民族首领杜濩、朴胡、袁约等人的支持，并借助五斗米道发展信徒巩固统治，成为一支强大的割据势力。

曹操当时忙于关东战事无暇西顾，就以朝廷的名义拜张鲁为镇民中郎将，领汉宁太守。有人以挖到玉印为名，想尊张鲁为汉宁王，被张鲁的功曹阎圃劝阻。他认为汉中百姓超过十万户，财富众多土地肥沃，四面地势险要。最好能够匡扶天子，成为齐桓公、晋文公之流，最差也是窦融之类归汉封侯的人。现在承制设置官署，势力足以决断事务，无须称王也能震慑地方，而称王很容易招来祸患。

张鲁觉得有道理，也就同意了阎圃的意见。这方面张鲁比马超要聪明得多，也比后面被灭的公孙渊有自知之明。

四月，曹操大军自陈仓（今陕西省宝鸡市东）出散关（今陕西省宝鸡市西南），进至河池（今甘肃省徽县西）。河池为氐人聚居之地，氐族首领窦茂起兵反抗。曹操攻灭窦茂，得其谷十余万斛，后勤保障无忧矣。

　　七月，曹操率军至阳平关（今陕西省勉县西北）。张鲁的弟弟张卫率兵万余人扼守阳平关。阳平关据山筑城十余里，地势险要，易守难攻。曹操士卒死伤累累，仍不能克，于是曹操命令众将暂时退军。

　　阳平关守军见敌人退兵，守备懈怠。曹操命令部将解标、高祚等趁着夜色偷袭，终于大破守军，阵斩张鲁大将杨任。张卫趁夜逃走。

　　张鲁听说阳平关已经失守，就想向曹操投降。阎圃又献计说，现在投降曹操，难以被重用。不如先到巴郡七姓夷王朴胡处继续抵抗，然后再向他献礼称臣，这样才会得到曹操的重用。

　　张鲁于是率军前往巴中。临行前张鲁说自己已有归顺朝廷的意愿，今天离开，不过是避开锋芒。宝货仓库，应归国家所有，于是将宝物都妥善藏好才离去。

　　张鲁在逃亡巴中时，刘备接受黄权的意见，以黄权为护军，率部准备迎接张鲁。张鲁对刘备刚刚诈取刘璋益州的行为很不满，愤怒地说，宁愿为曹公的附属，也不为刘备的座上客。

　　曹操到达南郑后，对张鲁的行为深加赞许。又因张鲁早有归顺之意，所以曹操派人前去慰问。张鲁带着全家谒见曹操，曹操以朝廷的名义拜张鲁为镇南将军（后世道教徒称张鲁为"张镇南"），拜张鲁的弟弟张卫为昭义将军，都以客礼相待。

　　曹操还封张鲁为阆中侯，食邑一万户。万户侯是汉朝最尊重的侯爵，堪比当年的卫青、霍去病。袁绍进攻曹操时在檄文中说，抓住曹操封五千户侯。曹操首席大将曹仁只是三千五百户侯，曹操首席文臣荀彧也只是两千户侯，可想而知张鲁在曹操心目中的分量。

曹操把张鲁和家属带回邺城，封张鲁的五个儿子及阎圃等人为列侯，还替自己的儿子曹宇娶张鲁的女儿为妻。后来曹操与刘备争夺汉中失败后，把汉中数万户老百姓内迁到长安及三辅地区。

张鲁及大批汉中教民北迁到长安、雒阳、邺城等地，他们利用曹魏政权宽待张鲁家族之机，在社会下层和上层传播五斗米道。经历魏晋时期的发展，五斗米道的势力发展至整个中原地区。

投降曹操的诸侯不少，有张绣、刘琮、马腾等人，但都没有张鲁这样受到尊崇。一则曹操深知张鲁是宗教领袖，善待张鲁也是招揽汉中十万户老百姓的人心。二则张鲁对曹操本就有归降之心，而不是刘琮那样不战而降，也不是张绣那样力量弱小，更不是马腾那样入朝为人质。

丞相主簿司马懿对曹操说，刘备用诡计俘虏刘璋，蜀中之人还未曾归附。刘备此时不顾益州立足未稳，又兴兵东下与孙权争夺江陵，这正是击败刘备的大好时机。现在如果在汉中陈兵示威，益州就会震动不安，再进兵威逼，蜀兵势必瓦解。趁这个机会，一定能大功告成。圣人不能违时，也不能失时。

曹操却说，人苦于不知足，已经得到了陇右，还想得到蜀地，这是人心无足。曹操没有听从司马懿的计策，也让司马懿失去了展示才华的机会。

丞相主簿刘晔也劝曹操进攻刘备新占的蜀地，认为攻占汉中后令蜀人震惊，只要进攻他们就会望风归附。否则，诸葛亮擅长治国，关羽、张飞勇冠三军，一旦有喘息机会，等他们稳定人心，据守险要，那日后就难以征服了。也不知曹操哪根神经出了问题，"王八念经"就是不听。

七日后，有从蜀地投降的人说，蜀地人心惶惶，刘备斩杀惊慌失措的人，还是不能安定人心。曹操于是再问刘晔可否进攻，刘晔却说蜀人人心已经较为安定，不能进击了。曹操留下夏侯渊、张郃驻守汉中，班师还朝，如同建安十七年（212）击败马超、韩遂那样半途而废。

曹操这两次停顿，直接导致马超再次叛乱与刘备夺取东川（汉中）。

看来曹操也是真的老了，说好的"烈士暮年，壮心不已"呢？这次司马懿、刘晔表现不错，俨然有取代曹操五大谋士的迹象。如果曹操有统一全国的决心，或者说是曹操再年轻十岁，必然夺取汉中后顺势攻取西川。

即使曹操觉得自己年寿已高，经不起蜀道折腾，他完全可以让夏侯渊、张郃等人在司马懿、刘晔的辅佐下进军西川，自己回到雒阳静候佳音就是。如果曹操胆子再大一点，就像后来司马昭对待钟会那样，拜司马懿为丞相长史，带着十万大军南征西川，整个益州必然毫无悬念落入曹操之手。

曹操不懂得放手，不信任他人，甚至不愿意悉心培养接班人，已经垂垂老矣却不愿意放手给年轻人，也就在生命最后十年浪费了太多统一天下的机会。

在刘备入西川、曹操去东川时，孙权又在哪里展示自己不亚于曹刘的魅力呢？请看下回，"江东开拓"。

第35章

江东开拓

◇导读：刘备夺取了西川，孙权就开始"逼债"，上门讨还荆州。刘备在西川面临着曹操的军事压力，只好忍辱负重把自己从曹操名下夺取的荆南四郡与从公子刘琦手中夺取的江夏郡交给孙权。孙权在荆州获得好处，就开始进攻合肥，成就了张辽的威名。

建安二十年（215）曹操夺取汉中时，刚刚夺取益州的刘备正与坐镇江东的孙权吵得差点兵戎相见。

赤壁之战后，刘备趁着周瑜大军苦战固守南郡的曹仁，带着诸葛亮、赵云等人轻松占据了荆南四郡。孙权按照鲁肃、甘宁等人的计划想要夺取巴蜀之地，却被刘备阻止。刘备向孙权借荆州（南郡），周瑜死后鲁肃劝孙权同意。鲁肃劝孙权接受刘备驻防荆州（南郡），本是为了分担曹操对孙权的军事压力。但刘备控制南郡后，不是北伐曹操控制的襄阳，而是西入益州夺取西川。

听说刘备夺取了西川，孙权就派中司马诸葛瑾向刘备讨还荆州诸郡。刘备却不答应，说现在准备夺取凉州，取得凉州后再归还荆州。孙权一听就知道刘备这是虚言推辞，于是就设置了长沙、零陵、桂阳三郡长吏。镇守荆州的关羽，将孙权设置的三郡长吏都驱逐了。孙权大怒，就派吕蒙带着两万军队去夺回三郡。

孙权借荆州给刘备，本就是"套路贷"。

名义上是借荆州，其实只借了半个南郡，因为建安十四年（209）周瑜在关羽、张飞支援下夺取南郡，论功行赏把江南部分"分赃"给了刘备。当时刘备"求督荆州"，孙权交付给刘备的只有半个南郡，即南郡江北部分，还从刘备手中获取了半个江夏郡。江夏郡本就是刘琦的地盘，刘琦在刘琮向曹操投降后追随刘备，赤壁之战后曹操夺取了江夏郡的江北部分。

孙权只给刘备出借了半个南郡的本金，当时就获得半个江夏郡的本金（还本付息约定不满的视为偿还本金）。但在孙权看来整个荆州（除了曹操控制的部分）都是自己的，因此刘备控制的荆南四郡也是自己的。出借半个郡，却要求还四个半郡，孙权这是赤裸裸的"砍头息"与"套路贷"啊。

吕蒙写信给三郡招降，长沙、桂阳很快望风而降，只有零陵太守郝普拒绝投降。刘备听说孙权派吕蒙夺取三郡，立即从西川赶回荆州治所公安县，派遣关羽争夺三郡。

孙权率军进驻陆口（今湖北省嘉鱼县陆溪镇）节制各路大军，派鲁肃率军万人驻屯益阳（今湖南省益阳市）阻止关羽南下，并写信紧急命令吕蒙放弃零陵郡回援鲁肃。

吕蒙接到撤兵书信后秘而不宣，连夜安排攻城策略。

第二天凌晨，吕蒙即下令攻打零陵郡城。吕蒙还对郝普的好朋友邓玄之说，刘备在汉中被夏侯渊部包围，关羽在南郡被孙权拦截，他们自顾不暇，哪里能过来救援零陵郡？继续抵抗只能是全城沦陷。难道郝普想让他高龄的老母亲跟着被杀？

邓玄之会见郝普，把吕蒙的意思转述给他。郝普未经核实竟然信以为真，心中恐惧，准备投降。邓玄之先出城报告吕蒙，说郝普一会儿便出城投降。吕蒙预先命令四位部将各选百名精壮士卒，等到郝普出城，立即抢入城池控制城门。

不久，郝普出城，吕蒙迎上去拉住他的手，跟他一起上了船。寒暄之后，吕蒙拿出孙权的紧急文书给他看，拍着手大笑。郝普接过文书，得知刘备已经到了公安，关羽也到益阳，这才知中计，但为时已晚。

吕蒙留下孙权的族弟孙河驻守零陵郡，自己带兵北上支援鲁肃。

鲁肃为了孙刘联盟大局，邀请关羽相见，提出各自将兵马布置在百步以外，只有将军们各带单刀赴会。

会上鲁肃指责关羽拒不返还荆州三郡，关羽却说乌林之战（赤壁之战）刘备和周瑜一起破敌，怎么没有分到土地？鲁肃认为当初刘备兵败长坂，兵力不过数千，想着逃窜到交州苍梧，是江东收留了刘备，还把荆州借给刘备。现在刘备夺取了益州，竟然不还荆州，是何道理？

鲁肃本就是文臣出身，一番强词夺理的鬼话，竟然说得关羽哑口无言。

刘备听说曹操在进攻汉中，担心曹操夺取汉中后趁势进攻益州，立即派使臣与孙权讲和。刘备与孙权以湘水为界"中分荆州"，长沙、江夏、桂阳以东属孙权，南郡、零陵、武陵以西属刘备。孙权把零陵郡和郝普等还给刘备，还把寻阳、阳新赐给吕蒙为食邑，以表彰吕蒙夺取三郡之功。

这次刘备与孙权中分荆州，只是迫于曹操的军事压力，双方暂时罢兵缓和矛盾，并没有从根本上解决双方之间的荆州归属问题。趁着中分荆州后的休战期，孙权忙着北上进攻合肥，刘备则忙着北上夺取汉中。

其实此时刘备完全可以大方一点，放弃零陵、武陵两郡，只留下南郡，作为保障益州安全的东大门与北上进攻襄阳的前进基地。当然，两郡的人口需要迁到西川，这可比土地更珍贵。

这年八月，孙权趁着曹操大军主力远在汉中，率领十万大军北上进攻合肥。孙权忽视了一个大问题，从濡须口到合肥数百里都空无人烟。

建安十七年（212）曹操东征孙权时，庐江、九江、蕲春、广陵等地十多万户老百姓逃向江东，整个江淮之间只剩下皖城还有百姓。建安十九年（214）孙权部将吕蒙又夺取皖城，这就造成无论是孙权越过无人区进攻合肥，还是曹操越过无人区进攻濡须口，都因为沿途后勤补给困难劳而无功。两人都不愿意移民建立居民点屯田发展经济，也就都不能解决穿越无人区的后勤难题。

曹操在进兵汉中之前，命张辽、李典、乐进等将率领七千余人镇守合肥，并留下信函一封，嘱张辽等人，如果孙权来攻，可依信中之计行事。孙权大军赶到合肥，张辽等人打开曹操的信函，上面写着，如果孙权来了，张辽、李典率军出战，乐进守城，护军不得参战。

诸将因为敌众我寡，对曹操的安排很怀疑。张辽则认为曹操在外远征，等到曹操救援到了，合肥守军早就被击败了。曹操的指令应该是让他们趁着孙权尚未完成对合肥的包围，主动出击挫其锐气，然后才好守城。众将对张辽的意见没有表态，张辽生气地说，成败在此一战，若再有怀疑他一个人率部出战。李典一向与张辽不合，这次却说为了国家大事，愿意与张辽一起出战。

张辽连夜募集八百壮士，饱餐一顿，第二天早晨披甲持戟，率队冲锋陷阵。张辽连续斩杀孙权部下数十人，包括两员大将，喊着自己的名字直冲孙权麾盖之下，孙权逃到高处不敢下来交战。孙权军队看到张辽兵少，也就将其重重包围。张辽竟然破围而出，还救出了大批被围的部下。孙权的军队竟然无人可挡住张辽，从早晨激战到中午，孙权的军队只好准备长期作战。

孙权进攻合肥十来天，猛将陈武奋战致死，再加之军中瘟疫流行，只好下令撤军。

主力部队已经上路了，孙权与众将带着千余甲士留在逍遥津北断后。张辽发现后，立即率领步骑兵奔袭孙权。吕蒙与甘宁拒敌。凌统扶着孙权突围后回来继续与张辽等人激战，计算孙权脱险了才撤走。

孙权骑马上了津桥，桥面已经被张辽部队破坏了，孙权只好纵马跳过河，部将贺齐带着三千人马接到孙权这才脱险。这次张辽表现神勇，孙权十万大军竟然被击败。

建安五年（200），曹操派刘馥任扬州刺史，单马入合肥，立为扬州治所。建安十三年（208），赤壁之战后孙权乘胜进攻合肥，却被扬州别驾诈称四万步骑援军到了吓退。建安十四年（209），曹操派张辽、乐进、李典率军七千驻守合肥。

这次孙权十万大军进攻合肥，而曹操远在汉中。孙权竟然不是采取吕蒙进攻皖城的战术，四面围定强攻，而是被张辽带着八百敢死队挫败而撤军，悲哀。看看周瑜如何攻江陵，再看看孙权如何攻合肥，孙权实在不适合为将。

孙权竟然两次遭遇张辽"斩首行动"，空有十万大军竟然不能以自己为饵诱杀张辽，也是悲哀。孙权两次遇险，却不知东吴的"单挑王"甘宁与孙权的"大保镖"周泰颜面何在？

曹操并没有及时救援合肥。此时发生了比合肥遭遇孙权袭击更重要的事，那就是征西将军夏侯渊被杀，曹操不顾六十多岁高龄远赴汉中与老朋友刘备争夺益州门户。此战刘备如何转败为胜，又如何被胜利冲昏头脑，请看下回，"汉中争战"。

第36章

汉中争战

◇导读：曹操夺取关中后率军撤退，结果马超卷土重来。曹操夺取汉中后率军撤退，结果刘备乘虚而入。这是刘备第一次堂堂正正击败曹操。统一天下的机会落到了刘备面前，刘备究竟能不能抓住？

建安二十年（215）十二月，曹操夺取汉中后，留夏侯渊、张郃等人驻守汉中，带着张鲁等人返回邺城。曹操没有听取司马懿、刘晔的意见进攻西川，这就给了刘备夺取汉中的机会。

刘备趁着曹操撤走，立即派部将黄权出兵夺取原属于刘璋的三巴（即巴郡、巴东郡、巴西郡，今四川嘉陵江和綦江流域以东的大部分）地区，击败投降曹操的真人酋帅朴胡、杜蒦、任约等人。

曹操让张郃把三巴的老百姓迁入汉中，张郃大军到了宕渠（今四川省渠县东北），刘备立即派巴西太守张飞抗击张郃。双方相持了五十多天，张飞击败张郃，张郃撤回南郑，刘备这才回到成都。

曹操回到邺城，并非有什么兵变或者外敌入侵，而是忙着继续给自己加官晋爵。此时的曹操对外用兵极其谨慎，对内逼迫汉献帝却胆大妄为。

建安二十一年（216）五月，曹操用汉献帝的名义把自己封为魏王，不臣之心进一步暴露。曹操还以对自己不够恭敬为由，赐死名士崔琰，逼死老部下毛玠。曹操年纪越大越容易忌讳，越喜欢杀人。

这年十月，曹操率军东征孙权。第二年二月，曹操大军向孙权坚守的濡须口发起进攻，毫无悬念被孙权击败。曹操留下伏波将军夏侯惇，率曹仁、张辽等人镇守居巢（今安徽省巢湖市），自己率军返回邺城。孙权也留下平虏将军周泰，率朱然、徐盛等将领镇守濡须口，自己返回江东。

建安二十二年（217）四月，曹操从淮南前线返回邺城，以汉献帝的名义继续给自己加待遇，设天子旌旗，出入依天子礼称警跸。十月，曹操又以汉献帝的名义给自己加待遇，王冕用十二旒，乘金根车，驾六马，设五时副车。

曹操主要精力用在这些帝王礼仪的虚名上，显露出英雄迟暮的无奈。

建安十八年（213）曹操进位魏公后，却迟迟不愿意立世子。建安二十二年（217），曹操总算以曹丕为世子，储位之争总算告一段落。

曹丕隐忍多年终于成了世子，抱着亲信议郎辛毗的脖子说自己太高兴了。辛毗的女儿辛宪英却对父亲说，曹丕作为世子，竟然不是感到责任重大，反而感到高兴，魏国哪能长久呢。

建安二十三年（218）正月，少府耿纪、太医令吉本、司直韦晃等人在许都起兵反曹，准备迎奉汉献帝，进攻曹操的大本营邺城。耿纪等趁夜袭击曹操设在许都的丞相长史王必，王必受伤逃至许都南门，与颍川典农中郎将严匡合力将耿纪等人斩杀。

这种政变当然毫无取胜的可能性，除非耿纪等人能够在邺城同时袭杀曹操与曹丕，并得到军方实力派支持，否则任何政变都是空谈。曹操严厉镇压反抗，耿纪、吉本、韦晃等人皆夷三族。

曹操留在邺城忙得不可开交，又是给自己加待遇，又是封世子，又是镇压反抗运动，完全忘记了自己的世界里还有刘备与孙权。刘备却没有闲着，趁着曹操迟到早退，忙着夺取汉中。

法正认为，曹操一举降伏张鲁，却未继续进攻益州，而留下夏侯渊、张郃驻守汉中，一定是内部动乱。夏侯渊、张郃的才能不足以守住汉中，应该立即发兵夺取汉中。法正认为夺取汉中，上，可以讨伐国贼，尊崇汉室；中，可以蚕食雍、凉二州，开拓国境；下，可以固守要害，是持久的战略。

刘备接受法正的建议，派大将张飞、吴兰、雷铜等攻入武都郡（今甘肃省成县西）。曹操派都护将军曹洪率军迎击，以曹休为骑都尉，作为曹洪军事参谋。曹操还对曹休说，你名义上是参军，其实是主帅。曹洪听说了，也就把指挥权交给曹休。

建安二十三年（218）三月，曹洪按照曹休的建议，集中兵力击败吴兰大军，斩杀吴兰，张飞、马超只好撤出下辨（今甘肃省成县）。

汉中之战的前哨战，刘备开局不利。看来刘备必须亲自出马，才能在曹操到来之前夺取汉中，毕竟整个曹营除了曹操，还无人是刘备的对手。

刘备率领大军抵达阳平关，夏侯渊、张郃、徐晃等率领汉中大军主力与刘备相持。刘备派部将陈式等人去切断马鸣阁（今四川省广元市利州区宝轮镇）的道路，也被徐晃打败。张郃驻守在广石，刘备攻打不下来，急发文书调集益州军队。

这次刘备遇到了强劲对手。五子良将中的张郃、徐晃毕竟名不虚传，夏侯渊也是"诸夏侯曹"中的硬茬，曹操的军队也不像刘璋的军队那样不堪一击。

诸葛亮问从事杨洪，应如何处理此事。

杨洪说汉中是益州的咽喉、存亡的关键，如失去汉中，就没有蜀地了，这是家门前的祸患，建议立即发兵。当时蜀郡太守法正跟随刘备到了北方，诸葛亮于是上表请求由杨洪代理蜀郡太守。杨洪这样的人才颇具战略眼光，需要被珍惜。

这年十月，宛城（今河南省南阳市宛城区）守将侯音、卫开因百姓苦于徭役，聚众反叛，执押南阳太守东里衮，占据宛城。曹操命樊城（今湖北省襄阳市）守将曹仁北上镇压南阳叛乱。

此时襄阳空虚，坐镇南郡靠近襄阳的关羽，竟然坐视曹军主力北上，而没有趁机"搅局"，错失良机。

建安二十四年（219）正月，曹仁攻下宛城，斩杀侯音，将起事兵民全部杀死。曹仁平定南阳叛乱后，立即率领大军返回樊城警戒荆州关羽。

曹仁这次似乎有建安五年（200）曹操之气势——当时曹操就是迅速东征击败刘备，然后返回官渡大营警戒袁绍。当时刘备与曹操已经处于战争状态，关羽竟然无视曹仁北上南阳造成襄阳守备空虚的战机，这军人的敏感度也太迟钝了。

关羽在荆州坐失战机时，刘备在汉中旗开得胜。

正月，刘备在与夏侯渊相持大半年之后，突然袭夺曹营附近的定军山，迫使夏侯渊率军来争夺。刘备又率万余精兵夜袭张部，夏侯渊派出部队救援张部，也就导致本部兵力薄弱。刘备火烧鹿角（一种防御路障）引诱夏侯渊出战，然后黄忠趁夏侯渊不备将其斩杀。夏侯渊是曹营最擅长远程奔袭的将领，习惯身先士卒，这次也就被刘备斩首成功。

夏侯渊阵亡后，刘备趁机进攻失去主帅的汉中曹军，斩杀曹操委任的益州刺史赵颙等人。夏侯渊的司马郭淮、督汉中军事杜袭等，推荐张部临时担任汉中曹军主帅，张部则率军退守阳平关以保存元气。

三月，曹操亲自赶到汉中前线，刘备则据险坚守不肯出战。曹操将数千万囊粮草搬运到北山囤积，黄忠发现后立即与赵云去袭夺，结果黄忠劫营被围，赵云率轻骑将其救出。曹操率军紧追不舍，被赵云吓退，赵云趁机反击挫败曹军。

曹操与刘备相持到五月份，后勤补给困难。刘备大军又据险坚守不出来交战，曹操扛不住了，只好放弃汉中。

临行时，曹操把汉中十万户居民迁到关中，这就导致后来诸葛亮北伐遇到孙权北伐同样的问题——越过数百里无人区，后勤补给困难。

汉中之战是刘备第一次正面击败曹操，也让统一天下的最后机会落到了刘备面前。那么刘备能不能抓住这次统一全国的机会呢？请看下回，"关羽功亏"。

第37章

关羽功亏

◇导读：汉中之战后，刘备本来有机会创造奇迹，可惜被自己浪费了。关羽本可以在完成叛乱时趁机北上搅局，可惜因为迟疑而浪费了。等到曹操与孙权联手，刘备又没有做好救援关羽的准备，终于葬送了最好的北伐态势，从此"汉室不可复兴"。

建安二十四年（219）五月，曹操撤出汉中，还把失败的责任归咎于法正献计给刘备。曹操说刘备用兵向来不如他，这次之所以战败，是因为法正在刘备那里。

曹操擅长找"背锅侠"，例如张绣谋反让没有扣押人质来背锅，赤壁之战让瘟疫来背锅，这次当然是让法正来背锅。曹操还说天下奸诈的雄才他都招揽了，竟然没能招揽法正（吾收奸雄略尽，独不得法正邪）。曹操这种找"背锅侠"的心理疏导模式，让他很容易重新鼓起勇气继续战斗，而非袁绍那样经受不起失败。

夺取汉中后，刘备本来有夺取天下的最佳时机，那就是发扬继续战斗的作风，如同后来东北解放军打完辽沈战役后不经休整立即入关。

此时刘备可以多路分兵。

第一路，留下名不见经传的魏延镇守汉中。第二路，派出马良辅佐马超、马岱秘密开赴祁山等地，一边休整一边准备袭击凉州。第三路，派黄忠、赵云带上一支人马返回荆州，支持关羽北伐襄阳，掩护关羽侧翼。第四路，与法正、张飞隐藏在军中，以孟达、刘封的名义夺取房陵（今湖北省房县）、上庸（今湖北省竹山县西南）等地。

为了让曹操放松警惕，刘备可以派人打着自己的旗号，大张旗鼓返回成都。还应该派人通知孙权，以放弃零陵、武陵两郡为条件，联合孙权共同夺取荆州——刘备攻打襄阳，建议孙权发扬水军优势攻打江夏。

刘备此举不一定能说服孙权进攻江夏，但黄忠、赵云率军返回荆州，孙权也要考虑偷袭荆州能不能成功。

关羽、黄忠、赵云等人北上进攻襄阳，一个战场同时摆出三员大将，很容易让曹操认为刘备对襄阳志在必得。以曹操的个性，不是亲征襄阳，就是派出徐晃、于禁等大将增援襄阳。

一旦曹军主力进入襄阳附近，刘备就可以与张飞一起露面，从上庸等地偷袭南阳，切断襄阳城下曹军退路。曹操知道只有自己才是刘备对手，此时必然率领主力部队南下救援南阳，毕竟南阳距离许昌太近了。

如果曹操亲自南下南阳，刘备就可以通知马超越过祁山攻打凉州。马超与曹操有不共戴天之仇，即使割据凉州，也是在帮刘备减轻曹操军事压力，何况马良在身边，也能说服马超在凉州"骚扰战打得更热闹"。此时曹操对马超有些鞭长莫及，最大的可能是调动关中部队救援凉州。这样一来，刘备可以拿出最后的杀招，那就是魏延从汉中出子午谷偷袭关中。

前面无论是进攻襄阳还是南阳，甚至袭击凉州，都是掩护魏延奔袭关中还定三秦，这也就意味着诸葛亮需要扮演萧何的角色，包括刘备、关羽、张飞、黄忠、马超、赵云都在帮魏延做群众演员。魏延名气不大，曹操很难获悉他才是杀招。

曹操主力不是被刘备、关羽牵制在荆州，就是被马超牵制在凉州，关中兵力空虚，很容易被魏延奇袭得手。即使曹操利用兵力上的优势最终守住南阳，那么刘备也有极大的可能夺取襄阳，并控制着关中与凉州。一旦刘备同时控制雍州、凉州与益州，此时就是放弃荆州南郡，也建立起了两路进攻中原的前进基地，这也是"后三国"时代宇文泰控制的关西地盘。

此后刘备只需要坚守武关、潼关等地，在关西地区鼓励生育鼓励生产，再来一次"秦灭六国"或者"汉并天下"，谁能说刘备不能统一天下？

刘备这年五月夺取汉中，六月夺取上庸三郡，七月却忙着自称汉中王，早就把荆州旁边虎视眈眈的孙权忘到九霄云外了。刘备从左将军变成汉中王，当然可以加封一批将领，于是关羽、张飞、马超、黄忠就变成了四方将军，魏延为镇北将军领汉中太守，申耽为征北将军领上庸太守。

这年七月，孙权继续率军攻合肥。刘备也没想到孙权会这么快翻脸，也就没有把增援益州的张飞、赵云等部遣返荆州，而是命令关羽北伐进攻襄阳。如果关羽在这年正月曹仁大军北上平定南阳叛乱时北伐该有多好，那时曹操忙于汉中之战，根本无暇南顾。

关羽留南郡太守糜芳守江陵，留将军傅士仁守公安，亲率荆州军主力北上进攻襄阳。关羽此举就把江陵、公安等地暴露给孙权，这不仅是因为关羽过于信任孙权不会突然背盟，也是因为关羽兵力不足只能冒险。

关羽这次北伐，迅速包围驻扎樊口的曹仁。曹操派于禁、庞德率领七支部队救援。曹仁命令庞德驻军在樊口北面接应，于禁也跟着庞德驻扎在樊口北面。曹仁继续向曹操请求援军。曹操原计划派南中郎将、行征虏将军曹植增援，却因为曹植醉酒误事作罢。

这年八月，荆州突降暴雨，汉水泛滥，于禁、庞德所率领的三万军队被水所淹又遭遇关羽袭击，几乎全军覆没。此战左将军于禁被擒，立义将军庞德被杀，曹仁率领数千残兵固守樊口。关羽又包围襄阳吕常部，曹操委任的荆州刺史胡修、南乡太守傅方也投降孙权。

陆浑民孙狼等反叛曹操，杀县主簿，南附关羽。关羽授予孙狼等人将校印绶，派兵支援孙狼。许都以南地区都在响应关羽，关羽威震华夏。

这年九月，魏讽勾结长乐卫尉陈祎谋袭邺城，这次谋反虽然很快因为陈祎告密而被曹丕镇压，但也表明心存汉室的文臣武将试图作为刘备的内应。参与魏讽谋反的许多人都是荆州名士之后，例如"建安七子"之一王粲的两个儿子，曾担任过刘表从事刘廙的弟弟刘伟，曾帮刘表看守荆州北大门的张绣的儿子张泉，荆州名士宋忠之子。

这年十月，曹操也从邺城来到雒阳坐镇，甚至考虑把汉献帝从许都迁到邺城，躲避关羽大军锋芒。如果此时孙权趁机攻打文聘驻守的江夏郡，再沿着汉水北上支援关羽，或者刘备在曹操增兵荆州时立即派张飞、黄忠、赵云等人增援关羽，曹操这次必然要退到河北。

丞相军司马司马懿、西曹属蒋济都劝曹操不要迁都。

他们认为于禁全军覆没是被大水所淹，不是作战失败，对朝廷的损失并不大，而且洪水终究会退去。刘备、孙权本就是表面亲密，其实早就疏远。关羽夺得荆州，孙权必然不高兴，可以派人劝孙权袭击关羽，把江南地区割让给孙权，则关羽包围樊口自然解围。

曹操听从两人的建议，一边联合孙权偷袭关羽，一边派汉中战场退出来的徐晃等部增援荆州。合肥之战结束后，曹操又派驻守合肥的张辽增援荆州。荆州战场曹操投入了五子良将中的三人，刘备的五虎上将却只有关羽一人在线，背后还有吕蒙大军偷袭，关羽败局已定。

建安二十年（215），吕蒙已经夺取荆南四郡中的长沙、零陵、桂阳三郡。后来刘备与孙权"中分荆州"也是迫于曹操进军汉中的压力，无奈之下放弃长沙、桂阳两郡。孙权多次北伐进攻合肥失败，也就想夺取关羽占据的荆州南郡、零陵、武陵三郡。

孙权派出吕蒙、陆逊准备秘密偷袭关羽。吕蒙装病，让陆逊代替自己为都督坐镇陆口。陆逊用谦恭态度，成功迷惑了关羽，让关羽误以为东吴不会袭击自己，也就抽走了防范东吴的部队，北上增援樊口攻城。关羽大军几乎是悉数北上，这就给了吕蒙大军偷袭江陵、公安的机会。

关羽大军遭遇曹操与孙权联手夹击，前有徐晃强攻，后有吕蒙偷袭。内无粮草外无救兵，关羽也就毫无悬念被孙权大军击败并擒获。

从建安二十四年（219）七月关羽北伐到十二月关羽被擒，刘备竟然没有任何援军赶到荆州战场，这比起建安二十年（215）吕蒙夺取荆南三郡时刘备一个月就赶到公安，反应过于迟钝。虽然刘备没有任何理由坐视关羽败亡，但刘备这种迟迟不增援荆州的行为也让人猜疑太多。

孙刘联盟破裂，孙权夺取荆州竟然诛杀关羽，而不是将关羽送还刘备，必然会招致刘备的复仇行动。一旦刘备大军东征孙权，曹操起兵南下，孙权遭受刘备、曹操的夹击则必败。

孙权遇到了最严重的危机，除非奇迹出现。那么究竟什么奇迹挽救了孙权的命运呢？请看下回，"曹丕受禅"。

第38章

曹丕受禅

◇导读：从赤壁之战到荆襄之战，曹操一直期待孙权与刘备内讧。好不容易等到两家内讧了，曹操却很不情愿地病逝了。不擅长阴谋诡计的曹丕主政，却忙着称帝，也就让孙权躲过了斩杀关羽后的生存危机。

建安二十四年（219）是名人遇难的一年。

这一年正月，曹操的征西将军夏侯渊阵亡。

这年八月，曹操的立义将军庞德被杀。

这年十二月，刘备的前将军关羽被俘杀。

这年十二月，孙权的大都督吕蒙病逝。

建安二十五年（220）也是孙权最危险的一年。

关羽与刘备、张飞恩若兄弟，刘备必然要出兵为关羽复仇。曹操诱使孙权袭取荆州，但没有让孙权斩杀关羽。如果曹操在刘备大军东征时突然袭击江东，孙权如何能够挡得住刘备的复仇之师与曹操的倾国之兵？

孙权夺取荆州虽然是"套路贷"，但还算有一定道理，毕竟刘备有"求督荆州"在先。但孙权竟然杀戮关羽，而不是像对待曹操委任的庐江太守硃光那样只是囚禁，这已经触动了背盟的底线。

孙权向曹操称臣，曹操以汉献帝的名义拜孙权为骠骑将军，假节，领荆州牧，封南昌侯。孙权为了向曹操释放善意，释放了当年被吕蒙擒获的庐江太守硃光，还把关羽的首级送给曹操，摆出一副"我是受曹操指使才杀关羽"的架势，并趁机劝曹操称帝，试图转移刘备的注意力。

玩阴谋，焉不知曹操才是高手。曹操以诸侯之礼安葬关羽，还说孙权劝进是想把我放在火炉上烤。这时群臣都劝曹操称帝，曹操说如果天命所归要我称帝，我宁愿做周文王。

曹操从"周公吐哺天下归心"到"吾为周文王矣"，偶像从"辅佐幼主"的周公，变成奠定后代"取而代之"的周文王，完成了从归政的忠臣到"开国帝王他爹"的角色转换。曹操此举，明确了曹丕可以当周武王，建立起新王朝。大家跟着我曹操得罪了汉献帝，我不会放下大家不管的，不会给汉献帝秋后算账机会的。大家放心，大胆跟着我们曹家都是安全的。

建安二十五年（220）正月，曹操在雒阳病逝，一代枭雄终于作古，没机会看孙刘内讧的一出好戏。

魏世子、五官中郎将曹丕当时在邺城，众臣以王后卞夫人的名义册立曹丕继位为魏王。汉献帝当然只能顺水推舟，派御史大夫华歆以天子诏命授曹丕丞相印、魏王玺。曹丕也就顺理成章成为"第二代"魏王、丞相，兼领冀州牧，还尊卞王后为王太后。

曹彰虽然手握兵权，但也不敢违抗曹操的遗令，曹丕的世子之位稳固。曹植早就被剪除了羽翼，除了服从王命别无选择。有了司马懿、贾逵等人力挺，曹丕当然可以顺利接班。

二月，魏王曹丕以天子名义拜太中大夫贾诩为太尉，御史大夫华歆为相国，大理王朗为御史大夫。曹丕让弟弟曹彰回到封地，将弟弟曹植贬为安乡侯，并诛杀曹植亲信右刺奸掾丁仪、黄门侍郎丁廙等人。

曹丕隐忍了那么多，长期遭受曹植夺嫡的威胁，没有诛杀曹植已经够克制。

尚书陈群向魏王曹丕提出"九品官人之法"，由各州郡设置"中正"推荐贤才。这其实是世家大族想通过这种制度，恢复被宦官之祸与黄巾之乱破坏的豪强制度。这也是被曹操压抑已久的世家大族支持曹丕称帝的条件。

曹丕没有曹操的雄才大略，当然只能妥协。其实曹操应该在赤壁之战后及时称帝，或者在夺取关中击败马超后称帝，最迟也应该在夺取汉中后称帝，这才能避免新建立的魏王朝对世家大族妥协太多。

驻扎上庸的刘备部将孟达，与刘备的养子刘封关系紧张。关羽战败时，孟达没有去救援。孟达担心刘备秋后算账，于是率领部曲四千余人投奔曹丕。曹丕对孟达非常喜爱，拉他坐同一辆车，拜他为散骑常侍、建武将军，封平阳亭侯。新继位就有坐镇一方的封疆大吏投奔自己，曹丕太需要这些来证实自己的个人魅力了。

曹丕把房陵、上庸、西城三郡合并为新城郡，任命孟达为新城太守。曹丕还派征南将军夏侯尚、右将军徐晃，与孟达一起进攻刘封。上庸太守申耽背叛刘封投奔曹丕，刘封很快陷入孤立无援状态，被夏侯尚、徐晃、孟达、申耽等四路大军击破，只好逃往成都。

此战刘封战败也是理所当然，即使是关羽都难以在四路大军群殴中以一郡之地顽抗。但让人意外的是，刘备与诸葛亮、张飞、马超、赵云等人竟然都在成都观望，没有采取任何救援措施。

十月，汉献帝刘协把皇位"禅让"给曹丕，终于结束了三十一年的傀儡皇帝生涯，也结束了被曹操劫持二十四年的"政治吉祥物"生活。刘协终于不再担心自己的老丈人了，终于不用担心被谋害了。曹丕受禅为皇帝，建立魏王朝，史称魏文帝。

十一月，魏文帝曹丕封刘协为山阳公，食邑万户，使用汉朝的正朔，用天子礼乐；封山阳公刘协的四个儿子为侯爵。曹丕追尊祖父曹嵩为太皇帝，追尊父亲曹操为太祖武皇帝，封汉朝的诸侯王为崇德侯，汉朝的列侯为关中侯。

曹丕改相国为司徒，改御史大夫为司空，重新恢复被曹操废除的三公制度。从建安十三年（208）曹操恢复丞相制度，到曹魏黄初元年（220）曹丕废除丞相制度，专门为曹操设立的丞相职务到此历时十二年宣告寿终正寝。曹丕也知道丞相其实是"真皇帝"，自己做皇帝当然不能要一个凌驾于群臣之上的丞相。

建安十八年（213），魏公曹操曾把三个女儿嫁给汉献帝刘协，自己从权臣摇身一变成了国丈。这次山阳公刘协也把自己两个女儿嫁给魏文帝曹丕，自己也"过把瘾"做了国丈。

曹丕一夜之间从刘协的大舅哥，变成了新姑爷。宫廷政治不容易懂，不能以正常思维看待。

刘协也是牛人，在位期间耗死了董卓、李傕，也耗死了曹操，甚至退位后还耗死了曹丕，直到曹魏青龙二年（234）才病逝。

遇上董卓、曹操是刘协的不幸，也是他的有幸。没有董卓，刘协只是诸侯王。没有曹操，刘协可能早就饿死在雒阳了。遇上董卓、曹操，刘协只能一辈子做傀儡皇帝，但这两位枭雄还是懂礼数的，不是后来司马昭、刘裕那些老流氓可比的。

十二月，曹丕营建雒阳宫，改雒阳为洛阳，正式定都洛阳。这也是初平元年（190）董卓从雒阳迁都长安以来，雒阳（洛阳）时隔三十年之后，再次成为首都。

邺城偏居河北，长安则经历关中之乱残破不堪，都不适合作为统治北方九州之地的政治中心。雒阳（洛阳）在建安元年（196）以来，没有再遭受战乱，元气逐渐得以恢复，更适合作为大帝国的首都。

这一年，刘备刚刚经历关羽败亡荆州失守，东征孙权还需要时间加以准备。

这一年，刘备最信赖的谋臣法正病逝，四方大将中关羽死于荆州，黄忠也不幸病逝，只剩下张飞与马超。

这一年，刘备的养子刘封回到成都。刘备听从诸葛亮的建议赐死刘封，进一步削弱了刘备的力量。

如果刘备、诸葛亮善待刘封，谁能说刘备不能夺回上庸三郡？至于诸葛亮担心刘封个性刚烈不服幼主刘禅，难道以诸葛亮、赵云等人的能力，还不能制服刘封？

这一年，孙权麾下大将吕蒙、孙皎、蒋钦都病逝于荆州，后人猜测这一年荆州发生了瘟疫。孙权虽然夺取了荆州，却折损多名大将，甚至还要承受刘备复仇之师的雷霆一击。

曹操突然病逝与曹丕称帝，对孙权来说毫无疑问是好消息。

如果是曹操那只老狐狸，必然会以孙权斩杀朝廷钦封的汉寿亭侯为由，伙同刘备共同讨伐江东。孙权能不能在刘备雷霆一击的同时扛住曹操南征大军，可以说谁都没有把握。

曹丕新登基为皇帝，能不能被孙权几句漂亮话哄住还很难说。只要曹丕不在刘备东征的同时出动主力大军攻打江东，孙权就有把握在击退刘备大军后再迎战曹丕大军。

曹丕称帝，为刘备称帝扫除了障碍。刘备该如何平衡政治事业与战友亲情呢？请看下回，"刘备续祚"。

第39章

刘备续祚

> ◇导读：曹丕称帝后，刘备跟着称帝，这不仅是刘备需要标明自己复兴汉室的政治合法性，而且是免除自己东征孙权的后顾之忧。刘备和关羽、张飞感情深厚，称帝后率部亲征，这也是孤注一掷，并为一旦自己东征失败则诸葛亮可以牵头恢复孙刘联盟做好铺垫。

曹魏黄初二年（221）正月，魏文帝曹丕以议郎孔羡为宗圣侯，奉孔子祀，这摆明曹魏把自己看成汉家正祚的继承者，儒家思想也成为曹魏政权的官方哲学。与曹操诛杀孔子后裔孔融相比，曹丕对孔家的态度要友善得多。

三月，曹魏朝廷拜辽东太守公孙恭为车骑将军，继续安抚割据辽东的公孙家族。曹丕此时需要的是改朝换代后的平稳过渡，对那些割据一方的诸侯，只要不是公开反叛，都可以加以优宠。如果曹丕依旧用汉献帝的旗号，何必如此费时费力？

孙权夺取荆州后，也就把荆州总部从公安迁到鄂县，并把鄂县改名为武昌。这说明孙权需要加强对荆州地区的控制，抗击刘备即将到来的东征。

汉献帝被逼禅位给曹丕的消息，传到蜀中就变成了汉献帝被害。这一则说明末代皇帝被优待本就让人意外，二则说明汉献帝被害符合刘备称帝的需要。当初刘备虽然因为"衣带诏案"与曹操不共戴天，但汉献帝却是双方尊重的共主。这次共主没有了，刘备当然不可能服从曹丕朝廷。曹丕废黜汉献帝，不仅为自己称帝扫除了障碍，也为刘备称帝扫除了障碍。

四月，汉中王刘备在成都西北的武担山之南登基称帝，大赦罪犯，改年号为章武，史称汉昭烈帝。刘备任命诸葛亮为丞相，许靖为司徒，张飞为车骑将军领司隶校尉，混用曹操恢复的丞相制度与汉光武帝确定的三公制度。如果说曹操父子是东汉最后的丞相，诸葛亮则是蜀汉最后的丞相。

五月，刘备以吴懿的妹妹吴夫人为皇后，以甘夫人所生的儿子刘禅为太子，以车骑将军张飞的女儿为太子妃。刘备需要笼络诸葛亮、张飞、吴懿、许靖，这也是蜀汉朝廷的安全支柱。刘备多次在战乱中抛妻弃子，刘禅也就成为刘备到了荆州后的长子。

六月，刘备以为关羽报仇为由，正式准备东征孙权。

刘备在曹丕称帝六个月后跟着称帝，并在称帝两个月后下诏出兵东征，这也是为了安定蜀汉政治。刘备称帝既是表明与汉贼不两立，也是便于自己万一东征不返，则太子刘禅可以直接继位为皇帝。刘备称帝两个月后东征，表示不能接受孙权西夺荆州斩杀关羽的背盟之举。即使此时出战凶多吉少，刘备也别无选择，否则如何安抚荆州将士？

刘备蜀汉政权的基础，是从荆州入川的文武官员，包括诸葛亮、赵云、魏延这些股肱之臣。他必须注意荆州集团的人心士气，必须让他们清楚荆州集团永远是蜀汉政权的组织基础。

赵云认为国贼是曹操而不是孙权，曹操死了还有曹丕，击败了曹丕则孙权自然臣服，极力劝阻东征孙权。赵云的话听起来很有道理，但不合时宜。孙权袭夺荆州斩杀关羽，刘备如果没有任何反应，如何有"独占一国"的尊严？

诸葛亮也知道为关羽报仇符合"政治正确"，他此时阻拦东征会寒了荆州文臣武将的心，也不会被刘备接受。但刘备东征不可能消灭孙权，还是需要联合孙权共同制衡曹魏。

诸葛亮不参加东征，也是为此后与孙权恢复盟约奠定基础。

这时传来张飞被部将张达、范强袭杀的消息，更让刘备悲从中来。张飞鞭笞士卒却把这些士卒留在身边，这不是把自己的生命交给这些仇恨自己的士卒吗？士卒有错就应该处罚，但处罚了就不能留在身边，留在身边的亲信需要以礼相待。当年董卓向吕布投掷手戟，最后造成吕布被王允鼓动刺杀董卓，可惜张飞不吸取教训。刘备知道张飞鞭笞士卒，却只是告诫张飞而没有派出亲信保护张飞，太大意了。

七月，刘备大军越过边境攻入荆州境内。

孙权派诸葛亮的哥哥诸葛瑾作为使臣，向刘备求和。诸葛瑾说，您刘备与关羽的关系比起与汉献帝的关系，哪一个更亲密？荆州与大汉境内相比，哪一个更大？诸葛瑾希望刘备放弃东征孙权，改为北伐曹丕。

刘备当然不能接受。须知孙权在关羽北伐即将取得胜利时，竟然背信弃义突然袭击，不仅夺取荆州而且斩杀关羽。任何人处在刘备的位置上，都不能接受诸葛瑾息兵之言。如果孙权袭夺荆州后放还关羽，刘备与孙权也不会如此不死不休。

刘备派部将吴班、冯习等于巫县（今重庆市巫山县）攻破孙权部将李异、刘阿等人，水陆步骑四万大军进军秭归（今湖北省宜昌市秭归县）。孙权拜镇西将军陆逊为大都督、假节，率领朱然、潘璋、宋谦、韩当、徐盛、鲜于丹、孙桓等五万人迎战。

赤壁之战孙权也只是发兵三万，看来孙权对刘备东征准备得更认真。不过，比起孙权七万兵抵抗曹操东征、十万兵进攻合肥，这点军队只是孙权总兵力的一小部分，这也说明孙权的军事潜力远不是刘备可比的。

东汉十三州中，此时刘备只有一州之地，孙权却有扬州、荆州的绝大部分与交州的全部。刘备东征，本就是以小博大，凶多吉少，除非曹丕有他父亲曹操的"阴险毒辣"，趁机出兵江东。

八月，孙权放下身段向曹丕称臣，奏章言辞谦卑，还将于禁等人送还。"无事献殷勤，非奸即盗"，众人都向曹丕祝贺，唯独侍中刘晔一眼看出孙权的动机，认为孙权并没有臣服之心。

刘晔曾在建安二十年（215）与司马懿一起劝说曹操夺取汉中后趁着刘备立足未稳夺取益州，曹操当时不听后来懊悔。这次刘晔再次献计趁着孙刘内讧消灭孙权，那么刘备也就孤掌难鸣。

刘晔说孙权这次只是逼不得已才称藩，一则担心曹魏趁机进攻东吴，二则引曹魏作为外援抗击刘备。刘晔认为吴、蜀相互支援还来不及，竟然相互战争，这是给了曹魏统一天下的良机，建议大举渡江进攻东吴。这样一来蜀汉在外进攻，曹魏大军乘虚在后方袭击，不出一个月东吴就灭亡了。东吴灭亡了，蜀汉也就难以自保。

曹丕却说孙权来投降，我们却去讨伐他，这不是让其他想投降的诸侯止步吗？

只能说曹丕很傻很天真，难道不清楚自古以来的投降都是被迫？看来曹丕也只是对自家兄弟够狠，对孙权这样的枭雄还是太缺乏斗争经验。曹丕还封孙权为吴王，加九锡，刘晔苦口婆心劝阻也不听。

曹魏黄初三年（222）二月，刘备大军从秭归顺江东下。

治中从事黄权要求自己率领一支部队作为前军，刘备在后跟进。刘备不听黄权之言，反而让黄权为镇北将军，率军在江北警戒曹魏。陆逊率军在夷道猇亭阻击刘备，从正月一直相持到六月。

七月，陆逊在坚守半年后，趁着刘备大军树栅连营七百余里，突然采用火攻，刘备大败而还，退守白帝城。

孙权听说刘备驻扎在白帝城（今重庆市奉节县东）并没有撤回成都，此时曹魏征东大将军曹休、前将军张辽、镇东将军臧霸出洞口，大将军曹仁出濡须，上军大将军曹真、征南大将军夏侯尚、左将军张郃、右将军徐晃围南郡，也就派太中大夫郑泉出使蜀汉，双方开始逐渐恢复交往。

曹丕也是糊涂，孙权主力被刘备东征大军吸引在猇亭时，一直不愿意出兵进攻孙权。等到孙权部将陆逊击败刘备后，这才出兵进攻孙权，焉不知已经错过了出兵的最佳时机。陆逊大军重创刘备，军队士气高涨。陆逊以得胜之师回援，曹丕如何能够打破平衡？

曹丕的很傻很天真终于让孙权熬过了最困难时期。孙权已经彻底得罪了刘备，那么该如何缓解曹丕的压力呢？请看下回，"孙权称藩"。

第40章

孙权称藩

◇导读：孙权虽然在夷陵之战中击败了刘备，但孙权也知道夺取荆州擒杀关羽已经彻底得罪了蜀汉，此时无论如何需要与曹丕搞好关系，避免遭受曹刘两家夹击。孙权既然可以向曹操称臣，甚至劝进曹操称帝，也当然不吝惜向曹丕称臣。

曹魏黄初三年（222）七月，孙权部将陆逊击败刘备，孙权避免了腹背受敌的危险。

九月，曹丕以孙权迟迟没有送世子入朝为人质为由，派出大军分三路进攻孙权。曹休、张辽、臧霸出洞口，曹仁出濡须，曹真、夏侯尚、张郃、徐晃围南郡。孙权派出建威将军吕范抵抗曹休大军，裨将军朱桓以濡须督拒曹仁，左将军诸葛瑾、平北将军潘璋、将军杨粲援南郡。

潘璋刚刚参加夷陵之战，紧急返回参加南郡保卫战。

孙权毕竟对抗击曹丕大军没有把握，就以扬越蛮夷未平为由，卑辞上书曹丕，称如果罪责难除，愿交还土地人民。还说要为吴世子孙登求婚魏宗室，但由于孙登年弱，想派孙邵与张昭随同陪侍。孙权口头答应派世子孙登入质，实际上却积极迎战曹丕大军。

十一月，曹丕从洛阳到南阳督战。曹休要求率军渡江作战，但臧霸等人不愿孤军犯险，曹丕也没有准许，因此计划搁置。一天夜里，暴风正好吹断了吕范船队的缆绳，被吹散的吴军船只纷纷漂到长江北岸。魏军趁机出战，斩杀吴军数千，俘获大量的舟船，取得大捷。

曹丕下令曹休的军队立即渡江，但东吴的救援船队很快开至，收拢了散卒后退还江南。曹休命令臧霸率领万余人乘轻船追击，攻袭徐陵，斩杀吴军数千人。随后，吴将全琮、徐盛率军反击臧霸，击退魏军，追斩臧霸的部将尹卢，杀获数百人。

曹魏黄初四年（223）正月，张郃击破吴将孙盛，夺据江陵（今湖北省江陵县）中洲。诸葛瑾率兵解围，被夏侯尚击退。当时朱然守江陵，城中士卒能够作战的只剩下五千人，朱然竟然抓住战机攻破魏军两营。而魏军围江陵数月一直不能破城，这种攻城能力让人意外。

二月，曹仁率军进攻濡须，被东吴守将朱桓击败。曹魏阵亡千余人，魏将常雕战死，王双被俘。

当时长江进入枯水期，江水较浅，江面狭窄。夏侯尚企图乘船率步兵、骑兵进入江陵中洲驻扎，在江面上架设浮桥，以便和北岸往来。魏军参与计议的人都认为一定能够攻克江陵。

董昭却上书曹丕建议撤军。他认为中洲只有一座浮桥连接江北，一旦敌军进攻浮桥，中洲的精锐部队就可能被消灭，加之长江水位正在上升，一旦暴涨，魏军将如何防御？这时军中疾病流行，江水开始上涨，曹丕采纳董昭建议下令撤军。

这次刘备东征孙权，曹丕本想从中渔利。结果曹丕不听从刘晔的建议，未能在刘备牵制孙权主力大军时全线进攻孙权，从而让孙权能够先击退刘备东征大军，然后再抗击曹丕南下大军。

曹丕不仅没能从吴蜀相争中获取任何实际利益，反而让孙权发觉曹丕也是"纸老虎"，开始有轻视曹魏之势。

这年六月，孙权派安东将军贺齐带着糜芳等人偷袭蕲春郡（今湖北省蕲春县），生擒蕲春太守晋宗。

晋宗原来是东吴将领，率部投降曹魏后多次侵犯吴国边境。孙权对此极为愤恨，就在六月盛夏时出其不意进攻蕲春郡。这表明孙权不仅水军强大，而且有能力袭击长江北岸的曹魏军事据点。

曹魏黄初五年（224）七月，曹丕想要再次大举进攻东吴。侍中辛毗劝谏说，天下初定，地广人稀，此时征讨吴国没有好处。辛毗建议养民屯田，十年后再来征讨东吴。曹丕认为不能把统一天下的事留给子孙，不听辛毗之言。

九月，曹丕到了广陵前线。东吴安东将军徐盛设疑兵之计，以木为干，外罩以芦苇，做假城假楼，从石头（今江苏省南京市）至江乘（今江苏省句容市北）连绵数百里，一晚上就完成了军事欺诈。徐盛还把大量战船放在江面上，摆出一副吴军威武强大的样子。

当时长江水位上涨，魏文帝曹丕看着长江上吴国战船与对岸隐约可见的假城假楼，感叹说魏国虽然有强大的骑兵，却没办法渡江作战。此时的曹丕真有后来拿破仑对英吉利海峡望而却步之感，只好宣布撤军。

曹魏黄初六年（225）三月，曹丕派水军进攻东吴。御史中丞鲍勋认为劳兵袭远，日费千金，反对讨伐东吴，被曹丕贬为治书执法。八月曹丕率军进入淮河，尚书蒋济说淮河水道难通长江，曹丕不听。十月曹丕大军再次到了广陵，几十万大军沿江摆出数十里架势。孙权大军再次严阵以待，曹丕的水军却因为河流结冰不能进入长江。曹丕看到大江奔流，说老天爷用长江把南北分开啊，只好返回。

东吴杨威将军、广陵太守孙韶派部将高寿等，率五百敢死队在曹丕归途中伏击。曹丕遭受惊吓，高寿等人缴获副车和羽盖。

当时几千艘随行战船被困不能通过河道，有人建议将军队留在当地屯田驻守。蒋济认为当地东近大湖、北近淮河，当雨季水涨时，容易被东吴军队掠夺屯田物资，因此反对此议。曹丕听从了蒋济的建议，率队撤离。

这时，湖水有点枯竭，曹丕把所有的船都托付给了蒋济。蒋济让人凿了四五条河道，把船聚在了一起，预先做好土墩截断湖水，让船前后相接，湖水冲刷，将船只导入淮河中。蒋济也真是熟悉水战的高手，孙权多次进攻扬州都被蒋济挫败。曹丕此时不把蒋济提拔为扬州牧或者征东将军，又如何发挥蒋济这种一流人才的作用？

从建安十三年（208）孙权与刘备结盟到曹魏景元四年（263）蜀汉灭亡，孙刘联盟真正破裂也就是建安二十四年（219）孙权背盟偷袭荆州斩杀关羽这一次。曹操等了十一年，终于等到了孙刘联盟破裂，联合刘备消灭孙权的千载良机竟然被曹丕轻易错过。

曹丕秉政八年，没有抓住孙刘联盟破裂的有利时机与刘备夹击孙权，也就只能接受三分天下的局面。

其实曹丕如果在扬州采取守势，在荆州采取攻势，一方面训练水军，另一方面集中优势兵力攻打江陵，甚至长期围困江陵，只要在孙权千里长江防线上切开一个口子就能投入优势步骑兵，那么魏吴态势也能改观不少。

可惜曹丕一根筋，忽视了长江防线最能发挥东吴水军优势。即使是后来西晋灭吴，也是从襄阳顺汉水而下，以荆州作为主战场，而不是在扬州渡江为主攻方向。

孙权擅长隐忍，虽然长期对曹操父子称臣，但孙权不仅夺取了荆州击退了刘备复仇大军，还扛住了曹丕组织的三次南征，从而占据着东汉十三州中几乎三州之地。

魏文帝曹丕在位期间，几乎是孙权在单独与曹魏交战，蜀汉保持着数年之久的观望态势。孙权发现原来不可一世的曹魏根本奈何不了自己，也就有了摆脱藩属地位自己称帝的底气。

这时传来了刘备病逝的消息，历史开始进入后刘备时代。那么刘备究竟是如何安排身后之事，以保证蜀汉不出现魏吴那样国君大权旁落的情况呢？请看下回，"刘备托孤"。

第41章

刘备托孤

◇导读：刘备"创业未半而中道崩殂"，托孤给诸葛亮，不仅成就了诸葛亮一代贤相的英名，也保证了蜀汉王朝的稳定。诸葛亮稳定后方后，本可以闭关自守安享太平，却因为刘备托孤之重而不得不组织北伐，"知其不可而为之"。

蜀汉章武二年（222）七月，刘备兵败夷陵后，退守永安白帝城，一直没有驾返成都。一则刘备驻军白帝城，摆出继续东征的架势，避免孙权大军尾随入川；二则刘备不顾众臣劝阻强行发动东征，竟然败于年轻人陆逊之手，有些无颜见成都父老。

夷陵兵败后刘备郁郁寡欢，这也是刘备心理素质不如曹操之处。如果是曹操必然找个"背锅侠"，扯出瘟疫盛行、自己烧船之类的说法安慰自己。这也说明刘备心理素质比袁绍强，如果是袁绍，则会回到成都，把劝谏自己东征的人都杀掉，以免有人耻笑自己。

烟雨三国 218

刘备让袁绍不可望其项背之处，就是知道自己快不行了，立即召诸葛亮等重臣到身边，安排几位顾命大臣，把儿子托付给他们。如果当年袁绍懂得留几位重臣作为托孤大臣，安排好身后之事，哪里有后来的二子争位？

蜀汉章武三年（223）三月，刘备以丞相诸葛亮为托孤大臣，以尚书令李严为副手。刘备对诸葛亮说，你的才华是曹丕的十倍，一定能够安定国家。如果刘禅能够辅佐，你就辅佐；如果刘禅不能辅佐，你可以自立为国主。

刘备把自己的一生献给了中兴汉室，特别是"衣带诏案"后更是与曹操不共戴天。临终时刘备深知汉家基业比自己父子俩的富贵更重要，托孤给诸葛亮也是肺腑之言。建安五年（200）孙策临终托孤，也对张昭说，孙权能够胜任江东之主您就辅佐他，如果孙权不能胜任您可以自立为江东之主。孙策眼中，江东基业比起孙家的富贵更重要。

刘备对诸葛亮国士相待，诸葛亮当然对刘备国士相报。

后来诸葛亮"鞠躬尽瘁死而后已"，不仅是感激三顾之情，也是酬报临终之托。刘备要求太子刘禅把诸葛亮当成自己的父亲看待，这其实也是希望诸葛亮能把刘禅当成自己的儿子来尽心尽力辅佐。

四月，刘备驾崩于白帝城，诸葛亮与太子刘禅回成都安葬刘备，李严为中都护留在永安坐镇，防止东吴入侵。

五月，刘禅登基为皇帝，以丞相诸葛亮为武乡侯、益州牧。诸葛亮在张飞遇害后，曾接任张飞留下的司隶校尉职务。此时的诸葛亮名为辅政大臣，实为摄政大臣。

当时蜀汉一些地方，趁着刘备东征失败发动了叛乱。

蜀汉章武二年（222）十二月，汉嘉太守黄元叛乱。

蜀汉建兴元年（223）五月，雍闿杀建宁太守正昂，甚至在割据交州的士燮的鼓动下归附东吴，被东吴任命为永昌（今云南省保山市东北）太守。雍闿还派少数民族首领孟获联络当地少数民族部落共同叛乱，又联合牂柯（今贵州省凯里市西北）太守朱褒、越嶲（今四川省西昌市东南）夷王高定等人起兵造反。

诸葛亮主政初期，蜀汉几乎有一半的领土出现叛乱。因为蜀汉皇帝刘备刚刚病逝不宜动刀兵，诸葛亮对这些叛乱都采取安抚政策。诸葛亮还派尚书邓芝出使东吴，修复孙刘两家的关系，共同对抗曹魏。

孙权随即派辅义中郎将张温回访蜀汉，表达双方和解的诚意。诸葛亮务农植谷，闭关息民，并以都江堰为农本，设堰官，征丁一千二百人护之，等到蜀汉恢复了元气，民安食足后再考虑用兵。

诸葛亮治理蜀汉，也符合孔子"足衣足食"政策。

面对魏文帝曹丕连续三次兴兵讨伐吴王孙权，诸葛亮都采取静观态度，只派使臣与东吴改善关系，并不向曹魏发起进攻分担东吴的军事压力。这也就导致曹丕逐渐削弱关中方向的防御，把主要兵力集中在荆州方向与扬州方向。

如果诸葛亮长期采取闭关息民政策，并鼓励川中老百姓向汉中迁徙，甚至鼓励生育，也许后来北伐中原会增加不少实力。

蜀汉建兴三年（225）三月，诸葛亮在足兵足食近三年后，率军亲征南中（今天的云南、贵州和四川西南部）雍闿、孟获叛乱。

丞相长史王连认为，南中属于不毛之地，诸葛亮作为蜀汉主政大臣不宜冒险而行。诸葛亮则考虑到当时关羽、张飞、黄忠、马超等大将已死，赵云年岁已高，魏延远在汉中镇守蜀汉北大门，李严又在永安镇守蜀汉东大门，而且新君继位后首次出兵只能胜不能败，只能自己亲自领兵出征。

参军马谡送行数十里，对诸葛亮说，南中依恃地形险要和路途遥远，叛乱不服已经很久，即使今天将其击溃，明天他们还要反叛。马谡建议诸葛亮采用攻心战术，让南中叛乱者心悦诚服，被诸葛亮采纳。

七月，诸葛亮率军由越巂入南中地区。诸葛亮在行军途中，获知叛乱主谋雍闿已被越巂夷王高定部曲所杀。诸葛亮大军南下，连战皆捷，斩杀高定。孟获收集雍闿的残余部队，继续抗拒诸葛亮大军。因为当地各部落臣服于孟获，诸葛亮就想生擒孟获。

诸葛亮擒获孟获并没有将其杀害，而是让他心服，并把孟获等部落首领任命为官吏。南中地区的益州、永昌、牂柯、越巂四郡很快就平定了。

诸葛亮为了彻底削弱南中地区叛乱能力，就把青羌万余家内迁到西川，组建为五个部落。诸葛亮还从中招募强壮者为士兵，组建了一支以少数民族为主体的"无当飞军"。

当时南方人口不多，牂柯郡两万户，建宁郡万户，朱提郡八千户，兴古郡四万户。诸葛亮一下子调走一万户能征惯战的人，只剩下不堪征战之辈，这才是南中不再叛乱的真正原因。

如果诸葛亮就此放弃北伐大计，或者借鉴勾践"十年生聚十年教训"，一边坐观曹魏与江东战乱不休，一边休养生息，也许就会成为另一位萧何式的千古贤相。但诸葛亮接受刘备的托孤重任，不仅是要辅佐刘禅安定蜀汉，更是要复兴汉室，这就使得诸葛亮必须在有生之年组织北伐。

即使诸葛亮政治才华堪比管仲，军事才华比肩乐毅，但既要安抚百姓，又要领兵出征，这就让他有些力不从心。

蜀汉阵营可以帮诸葛亮分担责任的，只有庞统与法正。但庞统死在入西川的途中，法正又在汉中之战第二年病逝，这就使得诸葛亮不得不同时承担起管仲与乐毅的责任。

当年刘备在夺取汉中后，没有利用四方将军都健在的有利形势，立即"宜将剩勇追穷寇"夺取凉州、雍州，甚至襄阳、南阳，诸葛亮也就只能在四方将军都凋零的情况下组织北伐，完成刘备都不敢想象的汉室复兴大业。

正在诸葛亮为北伐继续休养生息做准备时，传来魏文帝曹丕病逝的消息，年仅二十一岁的曹叡继位。孙权都有胆量主动北伐进攻曹魏，诸葛亮当然认为北伐时机成熟了。

此时，曹丕又是如何嘱咐身后之事的呢？请看下回，"曹丕留憾"。

第42章

曹丕留憾

◇导读：曹丕病逝，临终把太子曹叡托孤给四大臣，保证了权力平稳过渡。曹丕留下的遗憾是未能在有生之年完成天下统一，这个愿望最终只能留给后人来实现。

曹魏黄初七年（226）正月，曹丕从东征孙权的前线回到洛阳。五月，曹丕病重，命镇军大将军陈群、中军大将军曹真、征东大将军曹休、抚军大将军司马懿受领遗诏，共同辅佐嗣主曹叡。数日后曹丕病逝，谥号文皇帝，庙号高祖（《资治通鉴》作世祖），并按照遗诏不树不坟，葬于首阳陵（今河南省偃师市西北）。

曹丕是三国时期第一位皇帝，也是正史承认的第一位接受禅让的皇帝，还是一位文艺范儿十足的皇帝，一部《典论》足以把曹丕送上文学家的殿堂。

建安二十二年（217），曹丕在司马懿、吴质等大臣与新宠郭女王的帮助下，终于战胜弟弟曹植成为魏王世子。从建安十六年

（211）担任五官中郎将、副丞相，到被立为魏王世子，曹丕等待了七年之久。

曹操迟迟不愿意立嗣，当然让曹丕一直缺乏安全感，这也是曹丕阴鸷而寡情的根源所在。他生在一个缺乏父爱的政治家庭里，也不懂得如何去爱身边的人，甚至不懂得如何爱自己的儿子，这就把阴鸷、冷血的性格传给了儿子曹叡。

建安二十四年（219），曹丕作为储君驻守邺城（今河北省临漳县西），魏讽密谋攻邺，与之同谋的陈祎自首，曹丕率众平定叛乱，诛杀魏讽。曹丕这次大肆杀戮远没有建安十六年（211）处理田银、苏伯叛乱时的谨小慎微。那次平定叛乱，曹丕把是否赦免叛乱者的决定权交给曹操，这次则将参与叛乱的诸多世家子弟进行诛杀，例如"建安七子"之一王粲的两个儿子。

远征汉中的曹操都觉得曹丕杀戮太过，说如果他在邺城，不会让王粲绝后。刘廙的弟弟刘伟，与魏讽交流过的文钦，都被曹丕下狱准备诛杀，幸亏曹操及时从汉中赶回邺城，这才被一一赦免。

建安二十五年（220）正月，曹操在雒阳病逝后，曹丕接任魏王、丞相、冀州牧等职务，开始稳定内部秩序。

曹丕任命贾诩为太尉，华歆为相国，王朗为御史大夫，夏侯惇为大将军，册封投降的山贼郑甘、王照为列侯，册封投降的蜀汉大将孟达为散骑常侍、建武将军，封平阳亭侯。

曹丕还命令苏则督军平定武威、酒泉和张掖的叛乱，命令夏侯尚、徐晃与蜀将孟达里应外合，收复上庸三郡。武都氐王杨仆率族人内附，曹丕把他们安置在汉阳郡（今甘肃省甘谷县一带）。

在担任魏王的八九个月里，曹丕显示了他作为朝廷实际控制人的雄才大略。

曹丕还把原来由宦官担任的中常侍和小黄门改为士人担任的散骑常侍、散骑侍郎，下令严禁宦人干政、宦人为官，宦人最高只能充任"诸署令"，这从制度上铲除了宦官干政的根源。曹丕还采纳陈群的建议确立九品中正制，缓和了曹氏与士族的关系，取得了他们的支持。

不过，九品中正制也导致世家大族势力扩张，为后来司马氏尾大不掉埋下了祸根。

曹魏黄初元年（220）十月，曹丕接受汉献帝"禅让"，登基为皇帝，史称魏文帝。虽然我一直认为曹丕此时称帝为时过早，至少此时需要利用孙刘联盟破裂千载难逢的机会联合刘备消灭孙权，但曹丕称帝后能够善待汉献帝也很不容易。

魏文帝一方面采取各种措施巩固中央集权，另一方面则恢复汉初休养生息政策，恢复各地的儒学建设。曹丕还设立中书省，其官员改由士人充任，原由尚书郎担任的诏令文书起草之责转由中书省官员担任，机要之权渐移于中书省。

魏文帝对后宫干政极为敏感，毕竟汉朝的女人当家影响太大。魏文帝不立曹叡的生母为皇后，甚至称帝后立即赐死甄夫人，这不是一句薄情寡义可以解释得清楚的，很大程度上有汉武帝赐死钩弋夫人却立钩弋夫人儿子为太子的意味。

曹魏黄初二年（221），镇西将军曹真率军平定治元多、卢水、封赏等诸胡组成联军的河西叛乱，斩首五万俘获十万。这也是秦汉以来，中原王朝军队在西北前所未有的胜利。

这场胜利直接使得第二年初鄯善、龟兹、于阗王各遣使奉献，重新打通了西域和中原王朝往来的道路，恢复了中原王朝对西域的统治。

曹魏黄初三年（222）、黄初五年（224）、黄初六年（225），魏文帝三次南征孙权。虽然没能取得战果，但至少表明魏文帝统一天下的决心，想在自己有生之年完成父亲曹操没有完成的统一任务。

当然，魏文帝不愿意听从刘晔、蒋济等人劝告，也导致这些南征无果而终。但他能够听取董昭、蒋济等人意见及时撤军，也说明他并不是一意孤行刚愎自用之君。

曹丕还借南征孙权之际驻军青州、徐州，削夺了臧霸、孙观等地方实力派兵权，结束了建安四年（199）曹操俘杀吕布后徐州北部二十多年的半割据状态，彻底稳定了内部统治。

曹魏黄初五年（224）四月，魏文帝立太学，重修孔庙，在各地大兴儒学，制五经课试之法，置春秋谷梁博士。"桓灵之乱"以来儒学不昌的局面，到了魏文帝时期得以全面改观。后来魏明帝追谥曹丕为文皇帝，也是实至名归。

魏文帝全面整顿官场秩序，革除无辜归咎股肱大臣的弊端，禁止官员之间相互诬告，禁止朝臣干涉地方郡县事务，改变了东汉以来的不正常习气。

魏文帝延续曹操的屯田制度，施行谷帛易市，稳定社会秩序。魏文帝还减轻赋税，鼓励生产，实行休养生息政策。中原与关中地区的经济得以恢复与发展，为后来曹魏灭蜀与西晋统一奠定了物质基础。这也是诸葛亮后来急着北伐的原因所在——一旦北方地区恢复了元气则南北差距进一步拉大，南方更没有机会抗拒来自北方的征服。

魏文帝临终前，把皇太子曹叡托孤给曹真、陈群、曹休、司马懿四位大臣。这四人中，陈群是世家大族的领袖但没有兵权，曹真、曹休用兵不如司马懿但地位高于司马懿，司马懿也就只能任劳任怨做老黄牛。曹叡继位后，曹真、曹休、司马懿总在前方征战，没办法参与朝政。陈群孤掌难鸣，曹叡也就牢牢控制着政权。

魏文帝是三国时期很出色的一位皇帝，不仅懂得如何治理国家，而且懂得如何驾驭群臣。如果说魏文帝有什么不足，那就是缺乏对外政治斗争的经验，没有在刘备东征时趁机主力南征。

如果魏文帝能够听从刘晔的意见，趁着五子良将中只有乐进病逝其他都健在的机会，发动一场倾国之兵的南征，也许就完成了消灭孙权甚至统一全国的大业。可惜机遇到了魏文帝手边，被他浪费了。

既然曹氏父子不能统一全国，机会只能留给别人了。

曹家、刘家都登基称帝了，孙权当然不甘寂寞。孙权如何建立起东吴王朝的呢？请看下回，"孙权登基"。

第43章

孙权登基

◇导读：孙权在曹丕时期顶住了刘备与曹丕的轮番进攻，开始有底气独立自主。在曹丕死后，孙权终于不再忍辱负重，而是公开登基称帝。孙权称帝，不仅完成了三家分汉的最后格局，而且开创了六朝新纪元。

曹魏黄初七年（226）五月，魏文帝曹丕病逝，继位的是年仅二十一岁的魏明帝曹叡。

隐忍多年的孙权终于觉得自己解放了，这年八月，孙权竟然有胆量主动进攻曹魏，亲率大军进攻文聘驻守的江夏郡（今湖北省云梦县西南）。

江夏太守文聘坚守城池，魏明帝曹叡派治书侍御史荀禹赴前方慰劳军队。荀禹征发路过各地的县兵，让他们与所跟随的侍从步骑兵千余人登山举火，结果孙权误以为曹魏大军星夜救援，也就撤围而走。

看来孙权真不擅长用兵作战。当年被蒋济疑兵吓走没能攻下合肥，这次又被荀禹疑兵吓走没能攻下江夏。没有周瑜、吕蒙用兵的狠劲，难怪孙权北伐总是半途而废。

孙权派左将军诸葛瑾攻打曹魏襄阳郡（今湖北省襄阳市），结果被曹魏抚军大将军司马懿击退，还斩杀东吴大将张霸。

诸葛瑾是文臣而非武将，东吴有军事经验的战将也不少，陆逊、全琮、朱桓、朱然、贺齐、徐盛都是其中的优秀代表。孙权竟然不用他们而用文人诸葛瑾带兵，也是奇怪。

襄阳之战司马懿初次上阵就取得胜利，迈出了打怪升级的关键一步。后来司马懿经过擒杀孟达、对抗诸葛亮，逐渐登上曹魏"战神"的宝座，直到凭军功位列三公之一的太尉。

割据交州近四十年的交趾太守士燮，也在这年病逝。

士燮的儿子士徽不满东吴改任其为九真太守，起兵造反。士徽只有一郡之地，又缺乏父亲士燮那样的威望，很快被东吴派兵镇压。整个交州七郡，这时完全被纳入东吴的直接管辖下。

士燮，字威彦，苍梧广信（今广西壮族自治区梧州市）人。士燮的父亲士赐曾于汉桓帝时任日南郡（今越南中部地区）太守。士燮年轻时随颍川人刘陶学习《左氏春秋》，后被推举为孝廉，补任尚书郎。士赐去世后，士燮被举为茂才，任巫县县令一职。士燮不仅出身官宦世家，而且饱读诗书，还有基层工作经验。

中平四年（187），士燮被任命为交趾太守。朝廷委任的交州刺史朱符，因为横征暴敛被当地叛民杀害，整个交州七郡基本属于割据状态。士燮名为朝廷派出的太守，其实是割据一方的诸侯。

士燮上表奏请朝廷，任命其弟士壹担任合浦太守，三弟徐闻县县令士䵋兼任九真太守，四弟士武兼任南海太守，整个交州基本都处于士燮兄弟控制下。士燮性格宽厚有器量，谦虚下士，中原的世家名人如袁徽、许靖、刘巴、程秉、薛综等数百人投奔士燮，躲避中原战乱。士燮还沉醉于《春秋》，而为之做注解，在岭南传播中原先进文化。

士燮兄弟一起担任各郡郡守，名义上还是朝廷太守，却因为中原大乱对岭南鞭长莫及，士燮等人其实是割据岭南的土皇帝。士燮出行的豪华阵容，即使是当年的南越王赵佗都不能相比。

交州刺史朱符死后，东汉朝廷派遣张津为新任刺史，但张津不久即为部将区景杀死。荆州牧刘表派部将赖恭接替张津刺史之位，同时派吴巨出任苍梧太守，接替病死的原太守史璜。

曹操当然不希望刘表势力进入交州，就以汉献帝名义，拜士燮为绥南中郎将，总督交州七郡，兼任交趾太守。建安十三年（208）刘表病逝，曹操又遭遇赤壁战败退回中原，交州地区再次陷入无主状态。

建安十五年（210），孙权派遣步骘为交州刺史，并令其率军南下。士燮立即归顺孙权，孙权拜士燮为左将军。此后士燮就把自己当成孙权的外藩，又是送儿子到江东做官，又是定期进献各种香料、细纹葛布、热带水果、南方珍宝。我怀疑孙权送给曹操那头大象，就是士燮进献给孙权的。

士燮九十岁病逝后，孙权任命士燮的儿子士徽为安远将军兼任九真太守，并派遣校尉陈时接替士燮担任交趾太守。孙权还根据吕岱的建议，以交趾道路险远，把合浦郡及其以北的三个郡从交州析出，设立广州，并任命吕岱为广州刺史；交趾及其以南的两个郡为交州，戴良为交州刺史。这就引起了士徽的不满。士徽不自量力公然起兵造反，当然毫无悬念被斩杀。

曹魏太和元年（227），东吴建武中郎将胡综与鄱阳太守周鲂共同平定鄱阳郡宗贼大帅彭绮数万之众的叛乱。周鲂名声不显，但他的儿子却鼎鼎大名，就是写入中学课本"除三害"的周处。

曹魏太和二年（228），魏明帝派曹休、司马懿、贾逵三路进攻东吴，被东吴大都督陆逊率军击败。石亭（今安徽省潜山市）之战，曹魏顾命大臣曹休大军被斩万余人，损失辎重车乘万辆、军资器械无数。周鲂诈降诱敌深入，幸亏贾逵救兵赶到曹休这才突出重围，曹休羞愧难当一病不起。司马懿虽然没有与陆逊正面交锋，也只能按兵不动，说明陆逊的军事才华还是让司马懿忌惮。

此时孙权控制了江东六郡、交州七郡和荆州六郡，不仅挫败了刘备东征，还挫败了曹魏四次南征。陆逊在一系列对外战争中也表现神勇，成为周瑜以来东吴新的"战神"。孙权称帝的时机已经成熟了。

曹魏太和三年（229）四月，孙权于武昌（今湖北省鄂州市）称帝，国号吴，史称东吴或者孙吴。孙权改元黄龙，后来庙号太祖，谥号大皇帝，史称东吴大帝。中国历史上谥号为"大"的皇帝，只有孙权一人。

从建安三年（198）孙策被朝廷封为吴侯，到建安十三年（208）赤壁之战孙权击退曹操南征大军，再到曹魏太和三年（229）孙权称帝，孙策、孙权兄弟用二十一年的时间，终于开创了江左帝业。

严格意义上说，孙策才是东吴的太祖皇帝，赤壁之战也是孙策遗留的大将周瑜等人指挥取得的胜利。孙权却追尊父亲孙坚为始祖武烈皇帝，孙坚只是长沙桓王，就连陈寿都认为孙权过于刻薄。

其实孙权要避免孙策子孙与自己子孙争夺继承人很容易，那就是以孙坚为高祖武皇帝，孙策为世宗桓皇帝，把太宗或者太祖文皇帝留给自己，皇位继承权也是从自己开始。

孙策的子孙可以封王，只要不授予兵权，谁能有妄想？孙权称帝距离孙策遇害近三十年，孙策提拔的文臣武将，除了张昭等极少数老臣外，大都已经凋零。朝中文臣武将基本都是孙权的心腹，谁会支持孙策的儿子孙绍等人？

此前割据辽东的公孙渊也派使臣与东吴通好，蜀汉丞相诸葛亮也派卫尉陈震为使臣参加孙权登基大典。九月，孙权迁都建业，留上大将军陆逊辅佐太子孙登驻守武昌。

孙权称帝后定都建业，不仅正式确定了三国时代，而且开创了六朝新纪元。许多人都低估了孙权，忽视了孙权接手江东六郡时，江东止步于陈登的广陵郡与黄祖的江夏郡。经过八年的发展，孙权不仅斩杀黄祖，而且赤壁之战击败曹操，甚至夺取荆州、交州，连续挫败刘备东征与曹操父子南征。

孙权建立的东吴王朝，是中国历史上第一个定都南京（建业）的王朝，大大促进了江南的开发。从此江南成为庇佑中华文明的复兴之地，南京也成为四大古都中唯一没有作为少数民族政权首都的城市。

晋朝虽然结束了三国分裂的局面，却在中原沦陷后迁往江南，定都南京（建康）。南朝宋齐梁陈一直延续江南的开发，直到隋朝统一全国。后来唐朝灭亡后，又在南方建立起南唐王朝。

北宋灭亡后，也在南方建立起南宋王朝。

直到元朝末年朱元璋在南京（应天）建立起大明王朝，南京最终完成光复神州的历史伟业。

曹丕在位时，孙权单独承受曹魏的军事攻势，诸葛亮休养生息保境安民。这次曹丕病逝，孙权称帝，诸葛亮又该有什么动作呢？请看下回，"诸葛出川"。

第44章

诸葛出川

> ◇ 导读：北伐中原是诸葛亮复兴汉室的既定方针，因此在整顿完内部事务后，诸葛亮开始出川北伐。曹魏毕竟家大业大，新继位的魏明帝也是英明之主，更何况有四大臣辅政，诸葛亮这次北伐也就功亏一篑。

蜀汉建兴四年（226），魏文帝曹丕不满四十周岁就英年早逝，留下刚满二十周岁的魏明帝曹叡。

陈寿记载，曹魏景初三年（239）曹叡病逝，时年三十六岁。有人倒推说曹叡生于建安九年（204），其实是陈寿记载有误。

建安九年（204）二月到八月曹操都在围攻邺城，甄夫人的丈夫袁熙远在幽州，显然不可能"隔空怀孕"。如果是二月前怀孕，则破城时甄夫人已经怀孕半年以上，岂能瞒过奸雄曹操与有过结婚经验的曹丕？因此曹叡最早只能是建安十年（205）出生，病逝时虚岁三十五岁。

蜀汉建兴五年（227）三月，诸葛亮率领各路军队向北挺进，驻军汉中，留长史张裔、参军蒋琬在成都，处理丞相府的各项政务。临行前，诸葛亮还向皇帝刘禅提交了《出师表》，解释为什么要北伐。

上千年来，这篇奏文一直影响着后人对诸葛亮"鞠躬尽瘁死而后已"的追慕情怀。

魏明帝曹叡听说诸葛亮在汉中，准备出动大军主动进攻汉中。散骑常侍孙资劝阻说，当年太祖武皇帝曹操征张鲁，攻占城池不久失守，应该引以为戒。孙资建议曹叡命令边防将领凭险据守，继续休养生息，几年后中原恢复元气，则蜀汉与东吴自然疲惫了。

诸葛亮北伐如同曹操参加官渡之战，只能速战速决，不能旷日持久，而魏明帝如同袁绍，只要坚守不出就是胜利。

这时曹魏的新城（今湖北省房县）太守孟达很是不安，因为魏明帝曹叡对他没有魏文帝曹丕那样友善，而且他的好朋友桓阶、夏侯尚等人也死去了，魏明帝又派向来与其关系不善的骠骑将军司马懿坐镇宛城（今河南省南阳市）督豫州、荆州军务。

诸葛亮听说了，就写书信引诱孟达叛归蜀汉，孟达也就答应了。孟达与魏兴太守申仪有矛盾，申仪向朝廷密报孟达要反叛。孟达听说申仪告密，就很惶恐不安，准备举兵造反。

司马懿一边写信安慰孟达，避免孟达提前反叛，一边率军从宛城偷袭新城。

孟达认为宛城距离洛阳八百里，距离自己一千二百里。司马懿听说自己谋反，必然要奏明魏明帝才能出兵。等到司马懿报请魏明帝后再出兵新城，至少需要一个月，此时城池已经加固了。

新城郡地势险要，司马懿一定不会亲自带兵攻打，而其他的战将都不是自己的对手。

问题是司马懿不是夏侯渊，曹叡也不是曹操，司马懿不像夏侯渊必须等到曹操的军令才去救援冀城，他完全可以一边奏明皇帝一边出兵新城。孟达误以为司马懿不会亲自过来，误以为魏军一个月才会抵达，结果司马懿率领大军日夜兼程，仅仅八天就抵达新城城下。

诸葛亮此时在汉中，完全可以随机应变，例如把北伐变成佯攻，主力东下支援孟达。建安二十四年（219），刘封就曾率军从汉中顺沔水（今汉水上游）直达上庸。如果诸葛亮大军能够支援孟达坚守上庸，甚至击退司马懿大军，也就开辟了一条从汉中东部切入南阳直奔洛阳的进军路线。

孟达之所以十六天就溃败，就是因为司马懿出其不意抵达上庸城下，孟达北有强敌南无救兵，外甥邓贤、部将李辅因绝望而开城投降。如果诸葛亮大军在司马懿攻城期间抵达上庸城下，则可以极大程度鼓舞孟达守城的决心，还能在司马懿侧翼突然杀出，打司马懿一个措手不及。

可惜诸葛亮忽略了上庸城的巨大价值，没有及时支援孟达抗击司马懿。诸葛亮丧失了这次声东击西、从汉中突然转兵进攻上庸甚至南阳的机会，不得不在没有内应的情况下，艰难翻越秦岭北伐。

蜀汉建兴六年（228）正月，司马懿十六天攻破上庸，斩杀新城太守孟达。因魏兴太守申仪私刻印章，司马懿将其擒获带回洛阳，并将孟达余众七千余家迁往幽州，迅速稳定了新城三郡局势。

这一仗显示了司马懿灵敏的军事嗅觉与高超的政治谋略，而且说明了他用兵擅长抓住战机。曹魏的新一代"战神"已经诞生了。

此时在关中抗拒诸葛亮北伐的，是安西将军夏侯楙。

夏侯楙是夏侯惇的次子，也是曹操的女婿，从小与魏文帝关系密切。丞相司马、汉中太守魏延认为，夏侯楙胆怯且没有智谋，建议诸葛亮给他五千精锐部队，再让他带着五千人的口粮，从褒中（今陕西省汉中市西北）出发，沿着秦岭向东，到子午道（即子午谷，长六百六十里，横过秦岭连接西安与汉中）后折向北方，用不了十天，便可抵达长安。夏侯楙听说蜀汉大军到来，必然弃城逃走。精锐部队夺取长安后据地坚守，魏军从中原赶过来需要二十天，此时丞相的大军从斜谷（在眉县附近连接西安与汉中的谷道，全长四百七十里）早就到了长安，便可以一举而平定咸阳以西的地区了。

魏延的"子午谷奇谋"太过于冒险。谁也不能保证夏侯楙一定会弃城而逃而不是坚守不出，更不能保证诸葛亮大军能够抢在曹魏援军之前抵达长安。诸葛亮经不起冒险，也就否定了魏延的计划。

韩信"明修栈道暗度陈仓"能够成功，一则是因为"三秦王"坑苦了秦中父老，被人唾弃失去民心，二则项羽大军被齐地叛乱的田荣牵制。这次魏延奇袭子午谷，一旦曹魏大军主力增援关中，又如何避免被群殴？

诸葛亮采取声东击西战术，扬言从斜谷道（今陕西省眉县西南）取郿县（今陕西省眉县东北），派赵云、邓芝据箕谷（今陕西省太白县）为疑兵，实则亲率大军攻祁山（今甘肃省西和县祁山堡）。天水（今甘肃省甘谷县东南）、南安（今甘肃省陇西县西南）、安定（今甘肃省镇原县西南）三郡叛魏降蜀，关西震动。

魏明帝派顾命大臣、大将军曹真率军固守郿县，派右将军张郃率领五万大军抵御诸葛亮主力部队，魏明帝亲自坐镇长安，可见曹魏君臣对这次诸葛亮北伐的重视。诸葛亮如果真用魏延"子午谷奇谋"，在长安遭遇魏明帝与曹真、张郃，除了逃跑只能是全军覆没。

诸葛亮派丞相参军马谡而不是猛将魏延守街亭，一则考虑到魏延应该作为主攻手在陇西有更多的作为，二则也担心魏延恃勇斗狠，意气用事，敢拿一万步兵出击张郃五万步骑。马谡不是魏延那样的猛将，让他守街亭应该很合适。

马谡竟然舍弃水道放弃城池上山坚守，也就让开了大道。诸葛亮给的任务是守街亭，他把军队带到街亭旁边的山上，这就导致街亭门户大开。街亭因为马谡大军不设防，已经失守。

马谡也是遇到张郃，被包围最终溃败，如果遇上司马懿，司马懿必然趁着马谡让开大道，留下一万人控制街亭隘口，主力直奔陇西诸葛亮大军背后。如此一来，诸葛亮有没有机会返回汉中都是问题。

马谡的副将王平带着千余人鸣鼓自守，张郃怀疑有伏兵没敢进逼，于是王平收集马谡的残兵退回汉中。赵云、邓芝也在箕谷战败，赵云亲自断后，全军没有丢失军械物资，顺利退回。

诸葛亮因为北伐首战兵败，上疏请自贬三等，以右将军行丞相事。王平接替马谡为丞相参军，进位讨寇将军。诸葛亮北伐到祁山时，天水参军姜维投降诸葛亮。诸葛亮认为姜维智勇双全，辟为仓曹掾，加义奉将军，让他参与军事指挥。

诸葛亮第一次北伐以失败告终，所夺取的陇西三郡后来都被曹真收复，唯一的收获是掠夺了人口千余家，并收降了有胆有识的姜维。

这次北伐，也是诸葛亮第一次亲自指挥军队与强大的曹魏集团对抗，其难度超过诸葛亮此前领军面对的任何强敌。但诸葛亮能够在短期内夺取陇右三郡，能够在马谡失街亭后保存主力撤回汉中，也是一等一的军事能人。

诸葛亮当然不会因为一次受挫就放弃北伐，但他该如何继续北伐大业呢？请看下回，"武侯尽瘁"。

第45章

武侯尽瘁

◇ 导读：诸葛亮一生鞠躬尽瘁死而后已，把自己献给了复兴汉室的事业，由此成就了千古英名。千百年来，诸葛亮成了人臣典范，历代帝王也希望自己的托孤之人能够像诸葛亮而不是司马懿。

蜀汉建兴六年（228）八月，魏明帝曹叡派大司马曹休、骠骑将军司马懿、豫州刺史贾逵三路大军南征。但司马懿没有参加抗击诸葛亮的征战，一则魏明帝认为曹真、张郃足以抵御诸葛亮大军，二则司马懿需要坐镇荆州关注孙权的动向。

不久曹休在石亭被陆逊击败，这一仗直接促成孙权第二年有底气正式称帝。曹魏能够同时进行两场战争，这也说明曹操留下的遗产家大业大，三家归一只是时间问题。

十一月，诸葛亮获悉曹休战败，魏军主力东调，关中空虚，再次上书皇帝刘禅第二次北伐。十二月，诸葛亮出兵散关（今陕西省宝鸡市西南），围攻陈仓（今陕西省宝鸡市东），魏将郝昭据城固守。诸葛亮劝降不成率军猛攻，曹真派后将军费曜率军救援。诸葛亮粮草不继，只好退回汉中。

郝昭的副将王双追击诸葛亮，被魏延伏击斩杀。看来诸葛亮与曹操一样也擅长"拖刀计"，追击部队一不小心就被反杀。后来张郃表示不服，也将星陨落。

蜀汉建兴七年（229）春，诸葛亮派部将陈式夺取武都（今甘肃省成县周边）、阴平（今甘肃省文县周边）两郡。曹魏雍州刺史郭淮引兵救援，诸葛亮亲自率军来到建威（今甘肃省西和县西）拦截，郭淮只好退回。

因为诸葛亮夺取两郡之功，皇帝刘禅下诏恢复诸葛亮丞相职务。诸葛亮这次北伐的功绩，足以弥补当初街亭之战失利"自贬三等"之过。

蜀汉建兴八年（230）秋，曹魏派出大司马曹真、大将军司马懿，分别从子午谷和汉水出兵征讨蜀汉。郭淮、费曜等部，从斜谷等地出兵，遇上连日暴雨，只好作罢。

此时诸葛亮派出魏延与吴懿率军西入羌中，攻击曹魏凉州地区。蜀汉大军在阳溪一带（今甘肃省武山县洛门镇南的大南河流域），遭遇曹魏后将军费曜、雍州刺史郭淮的大军。两军会战，吴懿和魏延大破费曜和郭淮。

此战魏延升为前军师、征西大将军、假节、南郑侯，吴懿升为左将军、高阳乡侯。按照爵位，魏延因为军功卓著授予县侯，已经高于诸葛亮的乡侯，吴懿则爵位与诸葛亮平级。

蜀汉建兴九年（231）二月，诸葛亮委任李严（此时改名李平）为中都护负责丞相府事务，自己则率军第四次北伐。诸葛亮包围祁山贾栩、魏平守军，并以木牛流马运输粮草。

此时曹真重病（不久病逝），司马懿接替曹真督关中军务，并命部将费曜、戴陵率四千人守上邽（今甘肃省清水县），自己则亲率主力西救祁山。郭淮、费曜等被诸葛亮击败，诸葛亮还趁机把上邽附近的麦子割走了。

诸葛亮在上邽东边遭遇司马懿大军，司马懿凭险据守不与诸葛亮交战，诸葛亮只好撤退。司马懿看到诸葛亮撤军，就率军尾随，遇到诸葛亮就停下来，继续凭险据守不出战。

司马懿这种"牛皮癣战术"虽然让曹魏大军很郁闷，但也让诸葛亮多次劳而无功。

魏将贾栩、魏平多次请战，还抱怨司马懿畏蜀如虎。司马懿没办法，只好派大将张郃率军追击诸葛亮，结果被魏延、高翔、吴班等人击败。蜀汉缴获了三千甲械，司马懿只好继续坚守不出。

六月，李平因运粮不济，要求诸葛亮撤军。

司马懿派张郃追击撤军的诸葛亮，结果张郃在木门道（今甘肃省天水市秦州区西南）中箭身亡。诸葛亮这一次北伐虽然没有夺取凉州或者大量杀伤魏军，但射杀五子良将之一的张郃，也是不错的战绩。当年汉中之战黄忠斩杀夏侯渊时，刘备就说斩杀张郃胜过夏侯渊，可见对张郃的重视。

蜀汉建兴十二年（234）二月，经过三年劝农讲武的准备，诸葛亮率大军出斜谷道。蜀汉大军据武功五丈原（今陕西省岐山县南），屯田于渭滨。诸葛亮还派使臣到东吴，希望孙权能同时攻曹魏。

四月，诸葛亮大军到达郿县，在渭水南岸的五丈原下扎营寨。司马懿则率领魏军背水筑营，想再次以持久战消耗蜀汉大军粮食，迫使诸葛亮撤军。雍州刺史郭淮认为蜀军必会争夺北原，司马懿便派郭淮前往防备。不久蜀汉军队到来，被郭淮击退。

考虑到前几次北伐都因为运粮不继导致功败垂成，诸葛亮开始在渭水两岸的居民之间屯田生产粮食。蜀汉的后勤问题，一直成为诸葛亮北伐的"跛脚"。

诸葛亮大军与司马懿相持百余日，司马懿坚守不出战。诸葛亮为了激司马懿出战，派人给司马懿送去女人的衣服、头巾，取笑司马懿像女人一样胆怯。诸将都要求出战，司马懿假意上表魏明帝请求出战。司马懿如果想要出战，当然不需要数千里"请战"。魏明帝明白司马懿不想出战的意思，派出卫尉辛毗为军师，到前线禁止司马懿出战。

曹叡、司马懿君臣二人演双簧，既能避免魏军出战被诸葛亮杀败，又能免除司马懿"怯战"的尴尬。需要皇帝命令弹压众将，这也说明此时的司马懿还不具备一言九鼎的权威。

司马懿曾向蜀汉使者询问诸葛亮的睡眠、饮食和工作量，不打听军事情况。使者回答，诸葛亮每天早起晚睡，凡是二十杖以上的责罚都亲自披阅，所吃的饭食不到几升。

司马懿告诉部将，诸葛亮吃得很少而处理的事务繁多，哪能活得久？蜀汉使者无意中暴露了诸葛亮命不久矣的军事机密，司马懿对自己的"牛皮癣战术"更加自信，坐等诸葛亮病逝就是胜利。

八月，诸葛亮病情日益恶化。蜀汉皇帝刘禅派尚书仆射李福前往军前问候。诸葛亮说自己百年之后，蒋琬可以接替自己，蒋琬之后费祎继任。诸葛亮也对各将领交代后事，要杨仪和费祎统领各军撤退，由魏延、姜维负责断后。

不久，诸葛亮在军营中去世。杨仪、姜维按照诸葛亮临终的部署秘不发丧，整顿军马从容撤退。一代贤相诸葛亮终于在渭水前线走到了生命的尽头。"三顾频烦天下计，两朝开济老臣心"，秋风渭水中的诸葛亮，成为中国历史上人臣的丰碑。

司马懿认为诸葛亮已死，就率军追击。姜维推出雕刻成诸葛亮模样的木雕，并率领大军反击。司马懿看到诸葛亮（木雕），认为诸葛亮是装死引诱魏军出击，赶紧飞马撤退奔行数里。

司马懿不敢再追赶，于是蜀汉大军从容退入斜谷后，才讣告发丧。司马懿后来视察蜀汉大军遗留的营寨，感叹说诸葛亮真是天下奇才。司马懿对诸葛亮也是惺惺相惜视为知己，诸葛亮死后，司马懿开始出现"对手匮乏症"的孤独感。

诸葛亮病死在北伐的军中，也是报答刘备的知遇之恩和托孤之重。诸葛亮也清楚天下三分后蜀汉没有能力光复中原，但为了先帝的嘱托，必须努力去争取，所谓"知其不可而为之"。

诸葛亮得到世人的高度评价。

孙权把他比成伊尹与周公，贾诩说他"善治国"，刘晔说他"明于治而为相"。司马炎说如果有诸葛亮的辅佐哪有这么辛劳。东晋政权因其军事才能特追封他为武兴王。唐太宗李世民与李靖在《唐太宗李卫公问对》中多次提到诸葛亮的治军之法与八阵图，给予了极高的评价。唐玄宗则把诸葛亮供奉为"武庙十哲"之一，明朝时诸葛亮又被供奉入文庙，成为历史上既入武庙又入文庙的超级牛人之一。

诸葛亮没有像曹操、司马懿那样奠定一个新的王朝，但却受到历代帝王的推崇。任何一个王朝都希望自己的大臣像诸葛亮一样，才兼文武却又忠心耿耿，都希望自己临终托孤时，有一位诸葛亮那样的忠臣尽职尽责。没有帝王希望自己的大臣像曹操或者司马懿那样，这也就是为何诸葛亮成了人臣的楷模，被历代君臣所敬仰。

诸葛亮病逝，结束了一个需要曹魏集中全副精力应对蜀汉北伐的时代。此时，司马懿正缺乏对手，突然辽东公孙渊冒出来挑衅，于是司马懿也就开始了他的"千里会战"。那么司马懿如何消灭千里之外的公孙家族呢？请看下回，"辽东内迁"。

第46章

辽东内迁

◇ 导读：公孙家族用一郡之地割据辽东三十余年，如同宋建割据河西近三十年，之所以出现割据局面，不是因为实力强大，而是因为路途偏远，中原王朝没空去理会。如果公孙家族、宋建等人及时入朝称臣，哪里会有灭族之祸？而司马懿不是杀戮辽东居民就是将其内迁，这也导致辽东迅速被游牧民族控制，长期危害中原政权。

曹魏景初元年（237），割据辽东的公孙渊自立为燕王，公然对抗朝廷。

公孙渊可能忘了，自称河首平汉王、割据凉州近三十年的宋建，就是被魏明帝的爷爷曹操派兵剿灭的。朝廷对敢于称王的割据势力向来毫不手软。当然，如果公孙渊有刘备那样强大的势力，朝廷也会表示尊重。

出来混，大家都是跟有实力的人讲道理，跟没实力的人才会要流氓。

公孙渊家族割据辽东，要从他的爷爷公孙度说起。

公孙度，字升济，辽东襄平（今辽宁省辽阳市）人。公孙度最初是玄菟郡（中国东北与朝鲜北部）小吏，董卓之乱时突然崛起。如果一直是太平盛世，公孙度也就是兢兢业业服务朝廷的循吏。

初平元年（190），经同乡徐荣推荐，公孙度被董卓任命为辽东太守。公孙度到任后，厉行严刑峻法，诛灭辽东豪族上百家，使令行政通。趁着中原大乱，公孙度羽翼渐丰，有了割据辽东的想法。

公孙度东征高句丽，西征乌桓，威震海外。当时中原大乱，中原人士多避难于辽东，其中亦有管宁、邴原、王烈、太史慈等知名人物。公孙度将辽东郡分为辽西和中辽两郡，分设太守之职，还渡海收取东莱各县，设营州刺史，而后自封为辽东侯、平州牧，追封其父公孙延为建义侯。

公孙度为两位祖先立庙宇，按照古制在襄平城南设坛，在郊外祭祀天地，亲耕籍田，治理军队，出行时坐着皇帝才能坐的銮驾，帽子上悬垂着九条玉串，以头戴庬帽的骑兵为羽林军，完全是帝王的派头。

曹操忙于中原战事无暇北顾，也需要安抚公孙度，就拜公孙度为武威将军，封永宁乡侯。公孙度竟然说，我在辽东称王，要永宁侯干什么？将印绶藏于武器库中。

公孙度只有一郡之地，只是因为远在辽东才避免被消灭。正是公孙家族这种不自量力，最后在公孙渊时造成举家族灭的浩劫。

建安九年（204），公孙度去世，公孙度的儿子公孙康继任辽东太守，把曹操封给公孙度的永宁乡侯印绶给了弟弟公孙恭。当时曹操虽然消灭了袁绍，但还是没有空去理会远在辽东的公孙康。

公孙康久居边鄙之地，根本不清楚中原多的是跨州连郡的强大诸侯，竟然以为自己兵力雄厚，甚至考虑用三万步兵一万骑兵奔袭邺城，真是比夜郎还要自大。乐浪太守凉茂劝阻公孙康，认为进攻邺城就是背叛朝廷，必然导致失败。

建安十年（205），袁谭被曹操击破后，曹操派张辽安抚海滨一带。辽东割据势力在朝廷大军面前实在不堪一击，张辽很快击破了公孙度所置的营州刺史柳毅。公孙康失去了其父经营多年的东莱诸县，只能经营辽东地区。

建安十二年（207），曹操亲征乌桓。八月，于白狼山之战大破乌桓及袁尚军。辽东单于速仆丸（一作苏仆延）与袁尚、袁熙兄弟投奔公孙康，跟随他们的还有数千名骑兵。曹操从柳城撤军，向公孙康表示无意进攻辽东。

公孙康看到曹操撤军，就想趁机吞并袁尚、袁熙兄弟的数千骑兵，于是斩杀袁尚、袁熙，连同速仆丸的人头一起送给曹操。曹操以汉献帝的名义，封公孙康为襄平侯，还把曾授予刘备的左将军职务转手给公孙康。

建安十四年（209），公孙康出军进攻高句丽，攻破其都城，焚烧邑落，报复高句丽从伯固在位时就不断侵扰辽东的行为。伯固子拔奇埋怨国人，说自己为长子却不能继承王位，便与涓奴加各率自己统领的部署三万余人向公孙康投降。

当时韩濊部落强盛，郡县不能约束，百姓大多流入朝鲜半岛。公孙康将屯有县以南的荒地划分为带方郡，派公孙模、张敞等人收集各地流民，起兵讨伐韩濊部落。在当时公孙康基本打遍周边无敌手，成为辽东最强大的军事力量。

公孙康死后，其子公孙晃、公孙渊年纪还小，辽东官员便推立公孙恭任辽东太守。魏文帝曹丕称帝后，派使者授任公孙恭为车骑将军、假节，封爵平郭侯，并追赠公孙康为大司马。

公孙恭因患上疾病成为阉人，身体虚弱不能治理国家。公孙康的长子公孙晃作为人质被送往洛阳，幼子公孙渊留在辽东。

曹魏太和二年（228），长大成人的公孙渊夺取叔叔公孙恭的权位，上书向曹魏朝廷解释此事，并要求担任辽东太守。

刘晔认为公孙氏占领辽东很久，凭借海和山的阻隔，可能会像胡族一样难以制约，甚至发动叛乱。刘晔建议应趁公孙渊初登位，出其不意出兵讨伐，并开设悬赏引诱他的反对者协助，可能无须开战就能解决辽东割据问题。结果魏明帝曹叡忙于应对诸葛亮北伐与南征孙权，没有采纳刘晔的意见，还拜公孙渊为扬烈将军、辽东太守。

曹魏太和七年（233），公孙渊企图向吴称臣，以其为外应牵制曹魏。孙权不顾东吴丞相顾雍、辅吴将军张昭等人劝谏，派遣张弥、许晏等携金玉珍宝，立公孙渊为燕王。

公孙渊突然翻脸，斩杀东吴使臣，将首级送到洛阳。魏明帝拜公孙渊为大司马，封乐浪公，还让他继续持节任辽东太守，统领诸郡。魏明帝此时把主要精力用在应对诸葛亮北伐上，对公孙渊依旧怀柔安抚。

曹魏景初元年（237），魏明帝派幽州刺史毌丘俭等携带书信印章，去征召公孙渊。公孙渊闻讯立刻发兵，在辽隧（今辽宁省海城市西北）阻击毋丘俭。当时连降大雨，毋丘俭见形势对己不利，便退兵。公孙渊把毋丘俭的退兵看成自己的胜利，不自量力自立为燕王，这就彻底激怒了魏明帝。魏明帝一怒之下，启用"战神"司马懿。

曹魏景初二年（238）正月，魏明帝派太尉司马懿率兵四万，数千里奔袭讨伐公孙渊。临行前司马懿与魏明帝约定，去程一百天，进攻一百天，归程一百天，一年左右可以消灭公孙渊。

六月，司马懿的北征大军到了辽东。公孙渊急令大将军卑衍、杨祚等人率步骑数万，依辽水在辽隧围堑二十余里，坚壁高垒，阻击魏军。

公孙渊用司马懿当年对付诸葛亮的持久战术对付司马懿，当"盗版"遇上"正版"，也就很快被打脸。司马懿摆出强攻辽隧的架势，突然转兵"攻其必救"，直奔公孙渊的老巢襄平。

卑衍、杨祚等人立即尾随驰援襄平，半路上被司马懿伏兵击败，司马懿乘胜包围襄平。经历了连续一个月的暴雨后，司马懿下令攻城。襄平粮草不足，公孙渊的部将杨祚出降。

八月，公孙渊只好派相国王建、御史大夫柳甫请求解围。司马懿斩杀王建等人，拒绝和谈，下令继续攻城。公孙渊在突围中被斩杀，司马懿大军随即攻入襄平城。

司马懿下令屠杀十五岁以上男子七千多人，收集尸体筑造京观。司马懿又将公孙渊所任公卿以下官员一律斩首，并杀死将军毕盛等人，收编百姓四万户。司马懿一改此前平定孟达叛乱时的"诛其元凶"，而是大肆杀戮，显示了他狠辣的一面。

这次消灭割据辽东的公孙家族，一方面表明曹魏的军事实力不是任何割据势力可比的，另一方面也吹响了中原王朝统一全国的"大进军"号角。

司马懿将公孙渊治下的四万户老百姓全部内迁，导致辽东汉人定居点迅速荒废，成为游牧民族控制区。辽东地区的游牧民族甚至在西晋晚期建立政权，不断吞噬中原郡县，直到唐高宗时期才收复失地。

司马懿攻灭公孙渊后的屠杀政策与内迁政策，造成了中原王朝长期的东北危机。即使是唐朝以后，辽东地区也相继崛起了辽国、金国、清朝这些少数民族政权，先后导致宋朝、明朝的沦亡。

就在司马懿消灭公孙渊班师回朝之际，魏明帝突发疾病。如何稳定死后的政局，魏明帝多么希望自己身边有"鞠躬尽瘁死而后已"的诸葛亮。那么魏明帝是如何托孤的呢？请看下回，"明帝遗祸"。

第47章

明帝遗祸

◇ 导读：曹操病逝时，曹丕已经是三十多岁的成熟政治家，深得曹操阴险狡诈的真传。曹丕病逝时，曹叡也是二十岁左右的成年人，足以掌控大局。曹叡病逝时，只留下"来历不明"的八岁养子曹芳，没有按照汉朝行之有效的方法"元舅辅政"，这就为后来曹家失去天下埋下了祸根。

魏明帝曹叡，字元仲，沛国谯县人，魏文帝曹丕长子，母为文昭甄皇后。

曹叡从小就很聪明，祖父曹操曾说有了曹叡则曹家基业可以继承三代。没想到曹操这张"乌鸦嘴"真的太准，曹家基业到了曹叡这"第三代"就绝嗣了。

建安二十五年（220），曹丕继位魏王，后曹叡被封为武德侯。十月曹丕称帝，曹魏黄初二年（221），曹叡被封为齐公。不久后，因为母亲被曹丕赐死，曹叡被贬为平原侯。后来曹丕改封曹叡为平原王，还把他送给郭皇后做养子。

曹魏黄初七年（226），曹丕病重，立曹叡为太子，遗诏曹真、司马懿、陈群、曹休共同辅政。曹叡即位后，史称魏明帝。这时孙权趁着曹丕病逝出兵北伐，很快被江夏太守文聘、抚军大将军司马懿、征东大将军曹休等人击退。曹魏的军事实力远在东吴之上，不因曹丕的病逝而有任何损耗。

不久，魏明帝以钟繇为太傅，曹休为大司马，曹真为大将军，华歆为太尉，王朗为司徒，陈群为司空，司马懿为骠骑大将军，组成新的执政团队。

曹魏太和元年（227）正月，西平郡麹英反叛，连杀临羌令、西都长等地方官员。魏明帝派遣将军郝邵、鹿磐率兵平定叛乱，斩杀了麹英。这年底新城太守孟达叛乱，司马懿一边向魏明帝汇报，一边兼程赶往平叛。

曹魏太和二年（228）正月，司马懿擒杀孟达，平定新城叛乱。这年三月，曹真、张郃又挫败诸葛亮北伐。这年底，郝昭还挫败诸葛亮第二次北伐。但这年六月，曹休进攻东吴遇上东吴"战神"陆逊，毫无悬念败北，这也导致第二年孙权有底气称帝。

曹魏太和五年（231），诸葛亮再次北伐，魏明帝派司马懿接替病重的曹真承担起关西防御。结果曹魏五子良将最后的幸存者张郃，在木门道追击诸葛亮时，被诸葛亮伏兵袭杀。

曹魏太和六年（232），殄夷将军田豫率部在成山征讨吴将周贺，击败吴军并将周贺斩首。这说明只要不是水战，只要不是遇上陆逊，曹魏还是可以压制东吴的。

曹魏青龙元年（233），鲜卑贵族步度根与轲比能叛乱。曹叡命秦朗率中军征讨，步度根与轲比能败走漠北，步度根部将泄归泥再度投降归顺。

秦朗是曹操的养子，生父秦宜禄，母亲杜夫人。建安三年（197）曹操与刘备联手攻破徐州吕布时，关羽曾向曹操讨要杜夫人为妻，可惜杜夫人被曹操据为己有，引起关羽对曹操的不满。秦朗随母亲杜夫人跟随曹操，成长为曹魏名将，殊为难得。

曹操也是太小气，如果把杜夫人收为义妹并赐婚给关羽，谁能说关羽不会追随曹操？舍不得杜夫人，结果失去了名将关羽；贪恋邹夫人，结果失去了长子曹昂、猛将典韦。

九月，屯驻安定地区保卫边塞的匈奴首领胡薄居姿职等人又率部反叛。大将军司马懿派部将胡遵率军平叛，很快击溃叛军，并迫使叛军首领投降。

对付北方少数民族，魏蜀吴各国都具有碾压优势。

曹魏青龙二年（234），山阳公刘协病逝。曹叡穿素服致哀，并派特使参加葬礼，追谥其为汉献帝。

这年诸葛亮最后一次北伐，被司马懿采用消耗战拖死在五丈原（今陕西省宝鸡市岐山县）。

这年孙权亲征合肥，魏明帝亲率大军救援，孙权只好撤走。

汉献帝病逝，诸葛亮病逝，孙权败走，一下子让曹叡失去了奋斗目标。如果曹叡利用这千载难逢的机会，展开统一全国的大进军，充分榨取司马懿等人的剩余价值，也许他真如刘晔所言，是秦皇汉武之类的英主。

在曹叡生命的最后四年，本可以于青龙三年（235）派太尉司马懿率军讨灭辽东公孙渊，甚至把一批宗族青年才俊送入司马懿军中"实习锻炼"，而无须拖延到景初二年（238）。夺取辽东后，还可以把关系亲密的燕王曹宇移封到辽东坐镇，第二年就可以派出司马懿指挥大军征讨蜀汉，而不是二十七年后。

此时诸葛亮刚病逝，姜维还没成长起来，司马懿用兵老辣，蜀汉如何能够支撑？夺取蜀汉后，就可以在巴蜀与襄阳大规模扩充水军，准备消灭东吴。

一旦曹叡生前完成了三国统一，司马懿也就失去了通过军功提高地位的机会，所谓"飞鸟尽良弓藏"。问题是曹叡此时竟然认为天下已定，开始了醉生梦死，从当初的励精图治进入骄奢淫逸阶段，妥妥的是后来唐玄宗甚至唐庄宗的前世。

曹魏青龙三年（235）正月，魏明帝诏令大修洛阳宫，新建昭阳殿和太极殿，筑总章观。这样大兴土木，导致许多百姓贻误农时而影响耕种。朝臣杨阜、高堂隆等人上书劝谏，魏明帝不予理会。七月京都洛阳宫中崇华殿发生火灾，九月魏明帝返回洛阳宫，命重新修复崇华殿，并更名为九龙殿。

曹魏景初二年（238）十二月，魏明帝暴病，册立郭氏为皇后，下诏燕王曹宇为大将军随即又罢免，改封曹真的儿子曹爽为大将军。

曹魏景初三年（239）正月，太尉司马懿平灭辽东公孙渊后，紧急赶回洛阳，与曹爽一起接受遗诏辅政。曹叡把年仅八岁的养子曹芳，托付给曹爽与司马懿。

魏明帝曹叡的三个儿子曹冏、曹穆、曹殷都早夭。按照历史上皇帝绝嗣的惯例，曹叡应该把皇位传给唯一的亲弟弟东海王曹霖，或者传给唯一的亲侄子曹启。但曹叡竟然不按惯例出牌，而是传位给"来历不明"的养子曹芳，这就导致曹芳缺乏血缘根基的政治合法性。更严重的是，曹叡没有选曹操的血缘子孙作为辅政大臣，而是让曹操的养孙曹爽作为辅政大臣。

曹爽除了有一位战功赫赫的父亲曹真外，没有任何亮点。与曹爽搭班子的则是才兼将相的三朝元老司马懿，曹爽如何制衡司马懿？真要找曹操的"养子养孙"，杜夫人的儿子秦朗都比曹爽合适，毕竟秦朗是真刀实枪历练过的。

当年魏文帝曹丕临终托孤，用宗族的曹休、养弟曹真，与老朋友陈群、司马懿共同辅政。要知道司马懿是曹丕的四友之一，但与曹叡没有亲密关系，又如何接受曹叡的托孤？那时曹叡已经年过二十，可此时曹芳才八岁，谁能保证亲政前不会出现意外？

小皇帝曹芳来历不明，辅政大臣曹爽只是曹操养孙，另一位辅政大臣司马懿本就是外人。有人说正统的曹魏到曹芳继位后已经灭亡了，不是没有道理。

魏明帝曹叡这次安排，直接为十年后司马懿发动高平陵政变埋下了祸根。若曹操地下有知，抢来了刘协江山，抢来了袁绍儿媳，却导致曹魏"二世而亡"，子孙如同囚徒，甚至被杀戮，不知会不会后悔从"周公"变成"周文王"？

如果曹操满足于丞相，最多是丞相世袭，那么曹家永远都有刘家作为共同威胁，可以整合内部团结。中国有可能走出日本幕府制度那样的二元格局，皇权与相权分工配合。

没有做皇帝之前，曹家整个家族都会紧密团结。一旦曹家做了皇帝，就会刀口向内，家族内部相互猜忌，甚至皇帝把亲属都当成夺权敌人。

后来司马家族也是如此。

从司马懿、司马孚兄弟，到司马师、司马昭兄弟，那是何等的团结友爱。等到司马炎当了皇帝，就开始猜忌弟弟司马攸，司马炎死后甚至出现司马家族自相残杀的"八王之乱"。

如果曹操家族或者司马家族满足于权臣之位而不是帝王虚名，哪里会有"二世而乱"的政治血腥？

诸葛亮死后的蜀汉，又是如何"政局稳定"的呢？请看下回，"后主偏安"。

第48章

后主偏安

◇导读：诸葛亮病逝后，后主刘禅开始"亲政"。蜀汉之所以在诸葛亮病逝后没有崩溃，一则曹叡醉心享受不思进取，二则曹叡病逝后司马懿父子忙着夺权，主要精力"不在萧墙之外"，于是便成就了后主刘禅数十年的太平皇帝。

蜀汉建兴十二年（234）八月，诸葛亮病逝于北伐途中。诸葛亮临终安排长史杨仪、司马费祎率领大军徐徐撤回汉中，并安排征西大将军魏延断后。

此时魏延已经是北伐大军最高指挥者，不愿意听从诸葛亮的遗命，更不愿意听从丞相长史杨仪的指挥，坚持要求继续北伐。

魏延的军事才华当然没办法与司马懿抗衡，坚持北伐只会导致北伐大军崩溃。当魏延与杨仪发生冲突时，蜀汉将士基本都站在杨仪一边，魏延很快就兵败被杀。

蜀汉皇帝刘禅以左将军吴壹为车骑将军，代替魏延假节镇守汉中。任命丞相留府长史蒋琬为尚书令，总理国家政事。刘禅在诸葛亮死后不再设丞相职务，以便加强对军政事务的有效控制。

杨仪自认为带领北伐大军安全回到汉中功勋卓著，诸葛亮竟然没有遗命他担任尚书令，难免口出怨言。

蜀汉建兴十三年（235），杨仪被削夺官职，流放至汉嘉郡（今四川省雅安市一带）。杨仪不知反省，还上书诽谤朝廷，最后被下狱自杀身亡。这也说明诸葛亮擅长用人，杨仪这种心胸狭窄之人岂能托付主政大事？

蒋琬，字公琰，零陵郡湘乡县人，早年跟随刘备入川。

建安二十四年（219），刘备进位汉中王，蒋琬任尚书郎。

蜀汉建兴元年（223），刘禅即位，丞相诸葛亮开府治事，辟蒋琬为东曹掾，后任命其为丞相参军（马谡就曾担任过这个职务）。

蜀汉建兴五年（227），诸葛亮转驻汉中准备北伐曹魏，蒋琬与长史张裔留丞相府统一切事务。

蜀汉建兴八年（230），蒋琬接替张裔担任丞相长史，加抚军将军。诸葛亮每次征伐，蒋琬常筹集粮食，组织运输，补充兵源。

蒋琬不仅是诸葛亮的得力助手，更是蜀汉大军的后勤部长，难怪得到诸葛亮的器重，这也是杨仪不能比的。因此诸葛亮病逝后，遗命蒋琬接替自己。皇帝刘禅也就任命蒋琬为尚书令，不久又加行都护、假节，领益州刺史，再升为大将军、录尚书事，封安阳亭侯。蒋琬很快稳定了蜀汉局势，刘禅继续垂拱而治。

蜀汉延熙元年（238），司马懿远征辽东，刘禅命蒋琬开府治事，加大司马。此后蒋琬驻守汉中六年之久，汉中一直安稳。蒋琬认为诸葛亮多次从秦川出兵，道路艰险，来往不便，不如沿汉水、沔水东下便捷。于是蒋琬在汉中大造舟船，准备袭击魏国的魏兴、上庸二郡。

朝中大臣认为，水路出兵奔袭容易，一旦战败撤退太难。于是刘禅派尚书令费祎、中监军姜维，来汉中劝阻蒋琬。蒋琬此时患了重病，上书给刘禅说，曹魏控制了汉朝十三州中的九州，根深蒂固，想要消灭曹魏并不容易。如果蜀汉与东吴联合，即使不能消灭曹魏，也能逐渐蚕食曹魏的州郡。蒋琬还与费祎商量，认为凉州地势险要，进退能凭借险要。羌胡人心存汉室，当年蜀汉派魏延等人小部队进入凉州就曾击败郭淮。蒋琬建议任姜维为凉州刺史，姜维出军西北，自己率领大军紧随其后。涪县（今四川省绵阳市培城区）水陆通达，万一东北防线的汉中有变故，接应也容易。

蜀汉延熙六年（243），刘禅任命姜维为凉州刺史，蒋琬也从汉中转移到涪县。不久费祎升为大将军，录尚书事，开始为病重的蒋琬分担一些军政事务。

蜀汉延熙七年（244），曹魏大将军曹爽、征西将军夏侯玄等人向汉中进发，蜀汉镇北大将军王平凭险据守兴势（今陕西省洋县北）要地。费祎留镇南大将军马忠守成都，参与尚书台事务，自己亲率大军前往兴势救援王平。

魏军一时难以攻破蜀汉军队的防御，后勤补给又困难，太傅司马懿写信给夏侯玄，指出有全军覆没的危险，曹爽、夏侯玄只好率军撤退。蜀汉大军趁机追杀，费祎率军绕道沿途截击，曹爽损兵折将回到关中。

此战导致曹爽、夏侯玄本就不高的军事威望进一步下滑。蜀汉地势险要，即使是用兵如神的曹操都心有余悸，司马懿也对讨伐蜀汉兴趣不大，何况用兵远不如这两位"大牛"的"军事小白"曹爽呢！

蜀汉延熙九年（246），蒋琬病逝，费祎回到成都，接替蒋琬主政蜀汉。当年诸葛亮临终推荐蒋琬接替自己，还说蒋琬百年后费祎可接替蒋琬。刘禅运用主政官员也都是遵照诸葛亮的遗言，可见诸葛亮识人知人之深，刘禅对诸葛亮信任之重。

蜀汉延熙十一年（248），费祎出屯汉中，刘禅按照当年诸葛亮、蒋琬在外的惯例，国家大事先咨询费祎然后再施行。姜维自认为熟悉羌胡情况，要求向陇右用兵。

但费祎考虑到蜀汉实力不足，应该优先发展经济，每次给姜维兵力不足万人。费祎认为他们能力远不如丞相诸葛亮，丞相都不能光复中原，他们当然更不能完成北伐大业，不如保国治民，等到有才华的人出现去完成北伐伟业。

蜀汉延熙十二年（249），曹魏太傅司马懿发动高平陵政变，曹魏征蜀护军夏侯霸被迫投奔蜀汉，途中迷路。刘禅得知后，立即派人前往接应，解释说夏侯霸的父亲夏侯渊不是刘备所杀，还指着儿子说，这也是夏侯氏的外甥，并拜夏侯霸为车骑将军。

蜀汉卫将军姜维询问夏侯霸，司马懿控制朝政后，会不会有征讨其他国家的企图？夏侯霸说，司马懿忙着巩固内部统治，还不会对外征讨。不过曹魏有一个叫作钟会的年轻人，这个人如果管理朝政，则是蜀国和吴国的大患。

这年钟会不过二十五岁，而十五年后钟会指挥大军灭亡蜀汉，可见夏侯霸的眼光在当时也是超一流。这也说明蜀汉没有被强大的曹魏消灭，不是曹魏没有实力征讨蜀汉，而是曹魏的主政者忙于宫廷夺权与巩固政权，没兴趣西征。

蜀汉延熙十六年（253）正月，蜀汉举行岁首大会，大将军费祎被郭修刺杀身亡。

郭修是凉州名士（魏齐王曹芳称之为中郎将），被姜维俘获后投降，封为左将军，费祎对他极为宠爱。郭修刺杀费祎后，也被当场诛杀。大将军司马师以魏帝曹芳的名义，下诏追封郭修为长乐乡侯，食邑千户。

大将军费祎遇刺身亡，直接导致主张继续北伐的姜维失去文臣制约，开始了冒险的北伐。诸葛亮病逝以来蜀汉近二十年的"保境安民"局面，因为这次刺杀事件终结了。

姜维不顾国力连年北伐，造成蜀汉的贫弱，也最终导致十年后曹魏出兵灭亡蜀汉。如果没有姜维北伐，蜀汉当然也会被司马氏灭亡，但不会在东吴灭亡十七年前就被灭亡。

蜀汉安稳的局面因为费祎的遇刺身亡而被打破。费祎的死亡，一定程度上加速了蜀汉王朝的崩溃。

诸葛亮病逝后，曹魏统一天下的形势已经不可逆转。割据辽东近四十年的公孙度子孙被司马懿轻松消灭，已经开启了曹魏统一天下的新时代。

只是司马炎急着称帝，这才把统一全国的旗帜交给了西晋。

曹操当政时孙权就坐领江东，曹操死了，曹操的儿子曹丕死了，曹丕的儿子曹叡死了，孙权依旧是江东之主。这位"历史活化石"又是怎样的景象呢？请看下回，"江东图治"。

第 49 章

江东图治

◇ 导读：孙权终于"精神"了一把，登基称帝，励精图治建设江东。但孙权并不满足陆上疆土，而是把眼光转向海上疆土，不断东进、南下、北上，把汉朝开创的"海上丝绸之路"推向繁荣。

孙吴黄武八年（229）孙权登基称帝后，江东进入了稳定发展阶段。

一些人总以为孙权只是自保江东，其实江东在孙权的努力下，从孙策遗留的江东六郡发展到扬州、荆州、交州三州之地。早在曹丕称帝时，就授予孙权节督荆、扬、交三州军事的权力，当然这也是承认既成事实。

孙吴黄龙二年（230），孙权遣将军卫温、诸葛直等人率领甲士万人，浮海求夷洲（今中国台湾诸岛）、亶洲（今日本列岛）。不过，孙权派人去夷洲、亶洲，主要任务是内迁人口。此时刚刚经历汉末大乱，人口比土地珍贵。

孙吴黄龙三年（231），孙权派太常潘濬率军五万，平定五溪（今湘西、鄂西南等地区）蛮夷叛乱，稳定荆州局势。孙权之所以北上有些后劲不足，其中一个重要原因就是被山越人、五溪蛮等牵制，难以放开手脚。

孙吴嘉禾元年（232），孙权派遣将军周贺等航海到辽东，密切与割据辽东的公孙渊的联系。周贺的船队沿海北上，开辟了江南到辽东地区的海上航线。这不仅显示了东吴水军力量的强大，而且促进了北方海上的经济贸易交流，说周贺等人是早期的航海家一点也不为过。

这条江南到辽东的海上航线，历经东晋、南朝逐渐繁华起来。东晋及南朝的政权通过这条海上航线，得以越过北方的胡族政权，与东北地区的少数民族政权和朝鲜半岛诸国继续保持交往，保留着"华夏正朔"。

孙吴嘉禾二年（233），公孙渊遣使向孙吴称臣，企图以孙吴为外应以叛魏。孙权也想联合公孙渊共同抗击曹魏，不顾顾雍、张昭等人的反对，派太常张弥、执金吾许晏等人，携金玉珍宝立公孙渊为燕王。

不料公孙渊贪图东吴的珍宝，也不敢就此与曹魏撕破脸，便公然"耍流氓"，把金玉珍宝据为己有，把张弥、许晏等人斩杀，并将首级送给曹魏。魏明帝当然很高兴，封公孙渊为乐浪公。孙权盛怒之下要从海上亲征公孙渊，被陆逊等人劝阻。

孙吴嘉禾三年（234），孙权认为魏军主力在关中，于是亲率十万大军进攻合肥新城，并派大将陆逊、诸葛瑾率领万余人从江夏顺着汉水进攻襄阳，派将军孙韶、张承率军进入淮河进攻广陵、淮阴。

曹魏征东将军满宠建议放弃合肥新城，将吴军引诱到寿春，然后利用吴军后勤补给困难予以反击。魏明帝不同意，认为合肥、襄阳、祁山都是兵家必争之地，如果孙权亲自来进攻合肥新城，则更应该击败他，并表示自己会亲征合肥。

孙权军队围攻新城多日，魏将张颖等拒守力战，吴军难以破城。孙权得知魏明帝曹叡率领的大军距离自己不远了，再加上吴军中士卒多有病患，于是决定撤退，孙韶军亦同时回师。只有陆逊军继续战斗，但不久亦撤退。

孙权忽视了合肥以南都是千里无人区，当年善于用兵的吕蒙就曾反对北上。吕蒙说东吴的军队当然可以趁着徐州等地守备空虚夺取徐州，但徐州地势平坦，有利于骑兵作战而不利于水军作战。东吴夺取徐州不到十日，敌军就会过来争夺。

此时即使要北伐，也应该充分发展水军优势，夺取荆州江夏与襄阳，或者派水军沿海北上袭击青州、徐州等沿海地带。孙权选择曹魏能够发挥骑兵优势的淮南地区，每一次都无功而返也就不奇怪了。

曹魏景初元年（237），公孙渊自称燕王背叛曹魏，再次向孙权称臣，试图得到援助。孙权当然是乐见公孙渊被司马懿消灭，直到公孙渊被斩杀，孙权派出的督军使者羊衜、宣信校尉郑胄、将军孙怡等援军还在路上。

孙吴赤乌二年（239），东吴大军终于赶到辽东，此时司马懿已经"打完收工"返回洛阳。吴军攻打旅顺口的魏军海防城堡牧羊城（今辽宁省大连市旅顺口区铁山镇牧羊村），击败了曹魏守将张持、高虑，然后分兵四处掳掠。东吴大军俘获大批人口，满载百姓和各种战利品，沿着海岸线从容返回江东。

孙吴赤乌三年（241），孙权开始了这一生中最后一次北伐。

孙权派卫将军全琮攻淮南，威北将军诸葛恪攻六安，车骑将军朱然攻樊城。全琮在芍陂（今安徽省寿县南）击败魏将征东将军王凌，后来王凌与扬州刺史孙礼合兵抵挡，反胜了全琮军。但吴军也表现神勇，守住了阵地。朱然、孙伦率五万大军围攻樊城，朱然用朱异之计攻破樊城外围。

这时曹魏派出"战神"太傅司马懿救援樊城，朱然只好率军撤走。东吴"战神"陆逊一直没有与曹魏"战神"司马懿正面交过手，不能不说是一种遗憾。

这次北伐后，孙权基本放弃了大规模出击，仅限于小规模边境战争或者抗击曹魏大军南下。孙权已经丧失了统一天下的信心，也就只能从征讨四方走向坐保江东。

孙吴赤乌五年（242），孙权派遣将军聂友、校尉陆凯率军三万平定儋耳郡叛乱。东吴大军不仅巩固了海南等地的统治，而且开辟了江南到东南亚的海上航线。

孙权在连续对外用兵的同时，大力发展江南经济。

早在曹魏黄初七年（226），孙权就鼓励牛耕。孙权带头从自己拉车的八头牛中腾出四头用于耕田，还要求各州郡鼓励农耕。并接受陆逊等人的建议，广施德政，缓和刑罚，放宽赋税，免征徭役。

既然要发展农业生产，少不了兴修水利。

孙吴黄龙二年（230），孙权下令筑东兴堤，以遏巢湖水。

孙吴赤乌八年（245），孙权派校尉陈勋在句容城中开凿运河，以便建造粮仓。

孙吴赤乌十三年（250），孙权下令修建堂邑涂塘（今江苏省南京市六合区互梁堰）。

除此之外，孙权还开凿了几条运河。这些运河既是内河航道，又有灌溉作用，还可以运输军队与辎重。江南水网有利于农耕，也有利于水上交通沟通各地，孙权功不可没。

在平定儋耳郡叛乱后，孙权派人与东南亚的扶南（今柬埔寨）、林邑（今越南南方）诸国建立友好关系，还派交州刺史出使南洋诸国，与印度建立了外交关系。

孙吴赤乌六年（243），扶南王范旃遣使献乐人及方物给孙权。范旃大将范寻为扶南王时，孙权派宣化从事朱应、中郎康泰出使扶南和南海诸国。

"海上丝绸之路"在东吴时期，通过这条南方海上航线得到快速发展。据《吴时外国传》《扶南异物志》记载，东吴的航船从番禺出发，经马六甲、柬埔寨，已经到达了印度南部，甚至是红海沿岸。

孙权作为"六朝"第一位帝王，文治武功不仅超过了兄长孙策，而且超过了魏文帝曹丕。

至于一些人抱怨孙权没能击败曹魏统一全国，焉不知当时东汉十三州有超过九州之地在曹操祖孙控制下，而孙权只能控制三州之地。朱元璋能够北伐成功，很大程度上是因为当时中国经济重心与人口重心已经南移，江南有足够的人力资源和财富基础来支撑统一战争。

不过，孙权没有出动水军浮海直上掠夺徐州、青州、平州等沿海各州的人口与财富，在军事上属于遗憾，在政治上却是对北方老百姓安居乐业的"恩德"。

"天下英雄谁敌手？曹刘。生子当如孙仲谋。"能够把孙策的基业发扬光大，孙权也是一代人杰。

正在孙权励精图治时，曹魏发生了变化，顾命大臣司马懿竟然杀戮另一位顾命大臣曹爽，司马家族终于窃取了曹魏政权。司马懿究竟是如何把权力据为己有的呢？请看下回，"顾命窃权"。

第50章

顾命窃权

◇导读：司马懿先后在魏文帝曹丕与魏明帝曹叡临终时受命为顾命大臣，却"监守自盗"篡夺大权，这也是司马懿留下千古骂名原因之所在。

曹魏景初三年（239），魏明帝曹叡病故，以武卫将军曹爽为大将军，与太尉司马懿一同作为顾命大臣辅佐年方八岁的小皇帝曹芳。

曹芳继位后，曹爽以小皇帝的名义加自己为侍中，甚至赐予自己特权——剑履上殿，入朝不趋，赞拜不名。

曹魏太和四年（230），曹真挫败诸葛亮北伐后，入朝辅政才有"剑履上殿，入朝不趋"的特权。曹爽没有任何超过父亲的功绩，竟然给予自己超越父亲的特权，其实就是一种欺君窃权行为。

司马懿是曹真的老战友，曹爽辅政之初对司马懿比较尊重，按照子侄的礼节对待司马懿，遇事先与司马懿商量。司马懿当然对曹爽的恭敬投桃报李，也是礼遇曹爽。

如果两人都如此相互尊重共同辅佐幼主曹芳，那也是一段政治佳话，可惜遇上小人挑唆。

魏明帝曹叡曾经对一些结党营私的官宦子弟严厉处罚，史称"浮华案"。曹爽当权后把这些闲人招为心腹，丁谧、何晏、邓飏被封为尚书，李胜为河南尹，毕轨为司隶校尉。这就在曹爽身边形成了一个华而不实的小圈子。

这些人缺乏真才实学，占据着朝廷要职，也就引起许多怀才不遇者的不满。更要命的是曹爽对这些人委以重任，不仅排斥了有能力的人，而且在他们的蛊惑下屡屡犯忌，引起元老重臣的不满。

丁谧挑拨曹爽与司马懿的关系，他建议曹爽明升暗降，把司马懿从三公之一的太尉升为上公之一却没有实权的太傅，削夺原属于太尉"录尚书事"的权力。

从汉光武帝"虽置三公，事归台阁"开始，大臣只有挂上"录尚书事"的头衔才能领导尚书台，从而参与朝政决策。曹爽听从丁谧的建议剥夺了司马懿"录尚书事"的权力，这其实就是剥夺了司马懿的行政权力。

曹爽为了安抚司马懿，以小皇帝的名义赐予司马懿"剑履上殿，入朝不趋，赞拜不名"的特权，还封司马懿的世子司马师为散骑常侍，子弟三人为列侯，四人为骑都尉。

司马懿宦海沉浮三十多年，当然知道曹爽的"小九九"，不仅拒绝了曹爽的盛情，而且不让子弟为官。不过，此时司马懿注重自己顾命大臣的身份，尽量避免与曹爽产生冲突。

曹爽把明升暗降这一套扩大到蒋济等元老重臣身上。他将领军将军蒋济升为三公之一的太尉，从而剥夺蒋济的兵权，让自己的弟弟曹羲掌管禁卫军。曹爽此举看起来自己很爽，却把蒋济等人逼成了司马懿的政治盟友。后来支持司马懿扳倒曹爽，也有蒋济的一份力。

曹魏正始二年（241）四月，吴帝孙权分兵四路攻魏，太傅司马懿奉命领军出征，很快逼迫吴军连夜撤退。司马懿乘胜追击，消灭吴军万余人。司马懿崇高的军事威望，通过这次战争更进一步。

曹魏正始五年（244），曹爽在邓飏和李胜等人的鼓动下，也想积累军功。他们认为蜀汉军事力量脆弱，可以西征获得军事威望。曹爽与征西将军夏侯玄一起，率领大军从骆谷入汉中讨伐蜀汉。

曹爽与夏侯玄都缺乏军事经验。他们不顾司马懿的反对出兵，蜀汉大将军费祎凭险据守，曹爽大军难以前进。随军出征的司马懿次子司马昭对夏侯玄说，敌人凭险据守我们不能前进，应该迅速撤退。参军杨伟和夏侯玄也都劝曹爽撤军，曹爽的心腹邓飏竟然主张继续进军，更是引起众怒。曹爽无奈撤军，却遭到费祎沿途截击。曹爽苦战脱险却损失巨大，史称"关中虚耗"。

这次讨伐蜀汉，不仅没有提高曹爽的军事威信，更让他进一步失去军方的支持。司马昭的表现，明显比曹爽更胜一筹。曹爽用兵都不如司马昭，如何能够与比司马昭老辣得多的司马懿争雄？

曹魏正始六年（245），曹爽废置中垒、中坚营，将两营兵众统交他的弟弟曹羲率领。司马懿援引先帝旧例制止，曹爽根本不听。曹爽在战场上拿不到威望，试图通过强化军事控制来完成，焉不知没有军功的军事首领危急关头必然难以号令三军。

曹魏正始八年（247），曹爽听从何晏等人的馊主意，把郭太后迁到永宁宫。曹爽还不再让司马懿参与政事，于是司马懿称病回避曹爽。曹爽此举不仅得罪了司马懿，而且还把郭太后推到司马懿一边，成了司马懿克制曹爽的超级武器。就像当年孙权说曹操，你有张文远（张辽），我有甘兴霸（甘宁）。这次一旦曹爽"挟天子"以令司马懿，司马懿则可以堂而皇之拿出太后压制曹爽与小皇帝。"以孝治天下"，太后压制天子还是特别好用的。

曹爽对小皇帝曹芳也并不尊重，竟然饮食、车马和衣服都与皇帝的类似，并且收集了大量御用珍贵玩物，甚至私自带走魏明帝七八个才人作为自己的妻妾。曹爽擅自取走皇家御用的太乐乐器，还调武库禁兵，修建华丽的窟室，多次与何晏等人在其中饮酒作乐，极尽奢华。

按照当时的律例，曹爽已经属于罪在灭族的大不敬。司马懿在等待时机，曹爽则一步步把自己变成众矢之的。

曹魏正始十年（249）正月，曹爽兄弟不顾智囊大司农桓范的劝阻，带着皇帝曹芳出城，前往高平陵拜祭魏明帝。曹爽众兄弟都离开了洛阳城，这就拱手把洛阳城交给了长期蛰伏的司马懿。

司马懿抓住这难得的机会，立即向郭太后奏请废除曹爽兄弟的兵权。司马懿命令长子中护军司马师率兵屯司马门，控制京都；以顾命大臣的名义，召司徒高柔假节行大将军事，管领曹爽军营；召太仆王观行中领军事，统摄曹羲军营。

司马懿与太尉蒋济等带兵出迎天子，驻扎在洛水浮桥。司马懿联络众臣联名上奏皇帝，陈述曹爽欺君罔上的罪过，要求解除曹爽兄弟的兵权，让其以侯爵身份回洛阳。

当时曹爽兄弟身边不仅有军队，而且有皇帝，曹爽又是人臣地位最高的大将军。如果曹爽孤注一掷，以皇帝诏命宣布司马懿造反，再以大将军的名义调动各地军队入京平叛，司马懿就危险了。虽然司马懿手上有太后，而且有京师宿卫部队，但洛阳城内的驻军显然不是城外"野战军"的对手，而且曹爽用天子名义很容易分化瓦解司马懿集团。

司马懿当然不愿意与曹爽硬碰硬，而是尽量哄骗曹爽主动交出兵权。司马懿派曹爽的亲信殿中校尉尹大目去告诉曹爽，说朝廷只是免他的官职。司马懿还指着洛水发誓，说不会为难曹爽，甚至让蒋济写信给曹爽，说自己只是想将他们免官，劝告他尽早交出权力，可以保他们爵位富贵。

曹爽等人只要稍微读一点历史书，就知道当年汉和帝对大将军窦宪的做法，也是剥夺兵权让他和兄弟们以侯爷身份回到封地，然后再赐死。汉和帝是窦宪妹妹的养子，尚且如此对待窦宪，更何况与曹爽没有如此密切关系的司马懿？也许是因为曹爽没有经历过宫廷政变的血雨腥风，不懂得覆巢之下无完卵；也许是司马懿太会演戏，让曹爽信以为真，何况还有尹大目、蒋济为司马懿"友情客串出演"，曹爽竟然听信了司马懿的保证，放弃抵抗交出兵权，带着几位亲信回到洛阳。

等到曹爽离开军队与皇帝孤身回到侯府，司马懿很快就翻脸了。司马懿指使大理寺严刑逼供与曹爽兄弟交情甚密的黄门张当，逼他承认与曹爽等人密谋造反，然后以意图造反的名义将曹爽兄弟与其亲信党羽何晏、丁谧、邓飏、毕轨、李胜、桓范等一网打尽，诛灭三族。

不过，司马懿还是注意"诛其元凶"，对曹爽门下有能力的能臣干吏，如鲁芝、辛敞、王沈等人还是宽大处理。蒋济本以为司马懿只是削夺曹爽兵权，没想到司马懿却是族灭曹爽，自己一不小心变成司马懿的"帮凶"，一气之下发病去世。

司马懿从曹爽兄弟手中夺取了朝中大权，并没有还给已经十八岁的皇帝曹芳，而是将权力据为己有。现在司马懿是唯一的顾命大臣，弟弟司马孚加侍中、司空，长子司马师封卫将军，次子司马昭封安西将军、持节，朝廷大权都归了司马懿。司马懿不上朝时，甚至皇帝都到太傅府去征询意见，其权威比起董卓、曹操也不遑多让。

司马懿终于借着诛杀辅政大臣曹爽，掌握了曹魏政权。此时的曹魏政权已经名存实亡，司马懿父子才是实际控制人，如同迁都许都后的东汉王朝。那么此时东吴孙权留下的顾命大臣又如何自相残杀呢？请看下回，"重臣相杀"。

第51章

重臣相杀

◇导读：如果说曹叡英年早逝留下八岁幼主还情有可原，那么孙权有一批成年的儿子，却以小儿子为太子，这不是公然把朝政推入混乱之中吗？孙权留下了一批顾命大臣，他们之间的自相残杀也就比曹叡留下的顾命大臣"内讧"更为激烈。

孙吴赤乌四年（241），太子孙登病逝，孙权陷入了曹操折损长子曹昂的那种伤痛之中，而且诸子争位开始初见端倪。

孙权次子孙虑已于嘉禾元年（232）病逝，三子孙和成了最年长的儿子，也就毫无悬念在赤乌五年（242）被册立为太子。

当时孙权最宠爱的儿子是四子鲁王孙霸，而孙和的母亲王夫人又与孙权的长女全公主关系紧张，这就导致全公主利用孙权对自己的宠爱动辄进谗言。这似乎是汉景帝的太子刘荣被废的再版，当年汉景帝的姐姐长公主刘嫖与刘荣母亲关系紧张，最终刘荣被废太子之位，刘彻被封为太子，也就是后来的汉武帝。

东吴当时形成了"太子党"与"鲁王党"两大政治集团。陆逊、顾谭、吾粲、朱据、诸葛恪等都支持太子,而步骘、吕岱、全琮、吕据、孙弘等都支持鲁王。

出现诸子争位,主要原因在于孙权。

既然孙权以三子孙和为太子,那就需要压制鲁王孙霸的权势,例如要求孙霸向太子孙和行君臣大礼,孙霸的礼仪与饮食需要明显低于太子孙和。孙权疼爱四子孙霸,完全可以给他更大的封地与更多的赏赐,何必让他留在国都,甚至赐予他诸多堪比太子的待遇,这不是刺激他觊觎太子位吗?

孙权对孙霸过于宠爱,导致孙霸认为自己有资格与哥哥孙和争夺储君之位,这就是东吴宫廷之争的根源。当年袁绍、刘表甚至曹操诸子争位的局面,在孙权晚年也继续出现。

孙吴赤乌七年(244),孙权听说太子孙和与鲁王孙霸不和,下令禁止他们与官员来往,要求他们一心向学。孙权的举措看起来是在解决问题,其实是在制造问题。他本该压制孙霸觊觎太子位的野心,却变成不分青红皂白各打五十大板,这其实是变相鼓励鲁王孙霸争夺太子位。

孙权看到太子与鲁王之间的矛盾引起朝臣分裂,甚至陆逊、诸葛恪、步骘、吕岱、全琮这样的元老重臣都卷入其中,感到忧心忡忡。孙权担心日后无论两人谁来继承皇位都会引起政治纷争,也就有选择立其他儿子为储君的想法。

为了避免出现尾大不掉的局面,孙权不惜在赤乌八年(245)逼死"太子党"的主要成员丞相陆逊。"鲁王党"的主要成员步骘、全琮也先后死去,这就为孙权改立太子扫清了障碍。

孙吴赤乌十三年(250),孙权果断采取行动,废黜太子孙和，赐死鲁王孙霸，册立八岁的第七子孙亮为太子。

孙权忽视了此时属于三国乱世，国家需要年长的君主。此举也就为后来东吴政局长期不稳埋下了祸根。孙权第五子孙奋性情粗野不可为储君，但第六子孙休此时已经十五岁，完全可以作为储君，可惜孙权不用。当然，六年后孙休被迎立为皇帝，"合理的必将存在"。

孙吴太元元年（251），孙权在京城南郊祭祀天地后便得了风疾，急召大将军诸葛恪入朝辅政。第二年孙权病逝，临终时把十岁的太子孙亮托付给太子太傅诸葛恪、太子少傅孙弘、荡魏将军吕据、侍中孙峻、太常滕胤。

顾命五大臣中，诸葛恪为首席大臣。诸葛恪属于"太子党"，孙弘属于"鲁王党"，这种搭配一开始就存在不稳定因素。孙弘试图隐瞒孙权病逝的消息，矫诏除掉诸葛恪，结果被辅政大臣孙峻告发。

诸葛恪诛杀孙弘，发布孙权死讯，为之治丧，并拥立孙亮为皇帝。顾命大臣之间第一场血案，在孙亮登基时爆发了。诸葛恪诛杀孙弘，也开了顾命大臣之间相互残杀的恶例。

孙吴建兴元年（252），孙亮继位后，诸葛恪升为上公之一的太傅，掌握着东吴实权。诸葛恪为收取民心，广施德政，取消监视官民情事的制度，罢免情报官员，免掉拖欠的赋税，取消关税。

诸葛恪的善政很快争取到民心，稳定了孙权去世后的东吴政局。如果诸葛恪能像执政初期的诸葛亮那样，与民休息，尽量避免大规模战争，那么东吴也会在诸葛恪的治理下稳定发展。问题是诸葛恪是个"不安分"的人。

诸葛恪在东兴（今安徽省含山县西南）征集人力，重建孙权时代未完成的大堤，左右依山各筑城一座。诸葛恪派留略、全端分守东、西两城，各带兵千人，自己则率兵返回建业。

魏国大将军司马师听说孙权去世，立即出动三路大军南征东吴。东路以安东将军司马昭作为都督，统领征东将军胡遵、镇东将军诸葛诞共计七万人进攻东兴；中路以毌丘俭率军进攻武昌；西路以王昶率军进攻南郡。

诸葛恪立即率领四万援军，以冠军将军丁奉为先锋，日夜兼程救援东兴。丁奉主张在魏军主力占领有利位置之前主动出击，亲率三千人袭击魏军前部营垒，这似乎是张辽合肥之战的再版。

因天降大雪，胡遵等人只顾喝酒而毫无戒备。丁奉率本部人马轻装突袭魏军营垒，吕据等部也相继到达，魏军见状便惊慌而逃，因争渡浮桥超载而崩断，落水及互相践踏的死者皆有万人。魏将韩综、乐安太守桓嘉先后遇袭身亡。

韩综是东吴第一代老将军韩当的儿子，曹魏黄初七年（226）投奔曹魏，被拜为将军，封广阳侯。韩综多次率军进犯东吴，孙权很恼怒却无可奈何。这次诸葛恪在东兴之战中斩杀韩综，将韩综首级送入太庙告慰孙权。

吴主孙亮进封诸葛恪为阳都侯，加封丞相，荆、扬州牧，督中外诸军事，并赐金一百斤、马二百匹、缯布各万匹。进攻南郡的王昶、进攻武昌的毌丘俭在听说进攻东兴的东路魏军失败之后，各自烧毁营地后撤走。这一仗曹魏损失惨重，大量青壮年被杀，司马师不得不下令丧礼从简。

这一仗让诸葛恪的威望达到顶峰，也导致诸葛恪滋生骄纵心理。如果诸葛恪知晓曹魏军事力量比东吴强大，东兴之战后见好就收，他可能会成为另一位诸葛亮。可惜这次东兴之战的胜利激起了诸葛恪不切实际的北伐斗志，最终酿成新城之战的惨败，引起国内政变而被族灭。

孙吴建兴二年（253）春，诸葛恪出动二十万大军进攻合肥新城。如此庞大的北伐大军，已经是东吴出兵的极限。当年孙权北伐也不过十万大军，司马昭灭蜀汉也不到二十万大军。诸葛恪突然从指挥四万大军到指挥二十万大军，焉能不乱？这二十万大军"人吃马嚼"的后勤消耗，都要分摊到东吴老百姓头上。

诸葛恪率军包围合肥新城，魏牙门将张特率三千人据守新城。面对区区三千守军，诸葛恪的二十万大军当然绝大部分无用武之地，只是空耗粮草。诸葛恪完全应该留下万人围攻合肥新城，主力北上进攻合肥旧城，甚至进攻寿春，而不是"小部分人死战，绝大部分人死看"。

张特守军苦战月余，士卒死亡过半。诸葛恪快要破城时，张特向吴军诈降，竟然骗得诸葛恪暂停进攻。张特获得了喘息机会，连夜修补工事继续死守。诸葛恪大军竟然苦苦不能破城，让人想起昆阳之战。

等到诸葛恪大军苦战几个月已经极度疲惫时，魏军突然派太尉司马孚指挥毋丘俭、文钦等二十万大军救援。吴军很快溃败，诸葛恪的威望遭到前所未有的重创。

诸葛恪战败回来后，肆意处罚他人以维护自己的威严，引起普遍反对。孙峻想与诸葛恪争权，就和吴主孙亮定下计策，邀请诸葛恪赴宴，然后在酒席中刺杀了诸葛恪。

诸葛恪此前诛灭了顾命大臣孙弘，这次也被顾命大臣孙峻诛灭。顾命大臣之间再次爆发血案，大权从诸葛恪手中转移到孙峻手中。

诸葛恪死后，孙峻升为丞相大将军，被授予符节，都督中内外军事。孙峻还赐死废太子孙和，东吴进入孙峻秉政时代。

孙吴五凤三年（256），孙峻在北伐曹魏途中亡故，其从弟、年仅二十六岁的偏将军孙綝把持了朝政，这就引起辅政大臣吕据、滕胤的不满。两人起兵进攻孙綝，结果被孙綝击败。孙綝下令诛灭滕胤、吕据的三族，第三次发生顾命大臣被杀事件。

孙权留下的五位顾命大臣，至此全部凋零。一位被顾命大臣诸葛恪诛杀，一位被顾命大臣孙峻诛杀，孙峻自己病死，另外两位顾命大臣被孙峻的从弟孙綝诛杀。顾命大臣之间的相互残杀之惨烈也是史无前例。

此时的司马懿父子又在如何巩固政权呢？请看下回，"父子废篡"。

第52章

父子废篡

◇导读：高平陵政变后，司马懿掌握了曹魏大权，开始剪除敢于反对自己的异己力量。司马师更进一步，找借口废黜魏明帝留下的小皇帝曹芳。这样的事，连曹操都不敢做。

曹魏正始十年（249）正月，司马懿发动高平陵政变后，曹魏大权从大将军曹爽手中转移到太傅司马懿手中。皇帝曹芳依旧是傀儡，如同当年的汉献帝刘协。

司马懿一方面以皇帝的名义封自己为丞相、加九锡之礼，朝会不拜，另一方面又固辞不受。比起当年的曹操，司马懿玩弄权术更加娴熟。

司马懿诛杀曹爽，引起坐镇扬州的司空、车骑将军王凌不满。王凌与外甥兖州刺史令狐愚认为魏帝曹芳昏庸懦弱，受制于强臣，想要立楚王曹彪为帝，奉迎他到许昌建都。王凌与令狐愚的策划，如同董卓挟持汉献帝时袁绍计划放弃汉献帝另立宗室刘虞为新皇帝。问题是袁绍有强大的军事实力背书，但王凌却调动不了一兵一卒。

司马懿最初也不知道王凌的密谋，在高平陵事变后还提升他为太尉。这年十一月令狐愚病故，此时令狐愚的幕僚杨康正在京城汇报工作。他听说令狐愚病逝就很害怕，向司徒高柔举报揭发王凌和令狐愚的谋反计划。

高柔得知后，立刻向太傅司马懿报告。司马懿一面下令严格保密，使得王凌对杨康告密之事毫无所知，一面派亲信黄华出任兖州刺史，控制兖州挟制王凌。

曹魏嘉平二年（250）春，皇帝曹芳命司马懿在洛阳立庙，这已经把司马家族凌驾于曹家之上。如果说司马懿此前还懂一点人臣之礼，这次则霸凌之心路人皆知。

曹魏嘉平三年（251）正月，吴主孙权怕自己死后魏军长驱直入，下令封锁涂水。王凌请朝廷发放统兵的虎符，打算以反击吴国为名，调动扬州大军发动政变。

司马懿早知道王凌试图谋反的心思，当然控制朝廷明确拒绝王凌的请求。王凌无奈，派心腹杨弘说服新任兖州刺史黄华，相约共同举事。王凌哪知道自己的"心腹"杨弘背叛了自己，而新任兖州刺史黄华本就是司马懿的卧底。王凌即将叛变的消息迅速被杨弘和黄华联名上奏给司马懿，而王凌还浑然不知。

四月，司马懿见时机成熟，立即调集数万人马，从水路南下直奔王凌坐镇的寿春。司马懿一面下令赦免王凌之罪，并写信安抚王凌，一面率军突然出现在扬州治所寿春附近。司马懿此举当年曾迷惑了孟达，这次也让王凌毫无招架之力。

王凌只好捆绑自己，向司马懿投降。司马懿派步骑六百人，从陆路送王凌到洛阳。走到项城（今河南省项城市）时，王凌绝望自杀。司马懿进军寿春，牵涉到王凌谋反的一律诛灭三族，还派人挖开王凌、令狐愚的坟墓，剖棺曝尸三天。

司马懿还逼死楚王曹彪，趁机把曹氏王公全部拘捕安置在邺城。比起曹操对东汉刘氏诸侯王，司马懿更加狠辣。从此时起，严格意义上来说曹魏王朝已经灭亡了。

曹魏嘉平三年（251）八月，司马懿在洛阳去世。司马懿的长子司马师为抚军大将军，执掌魏国军政大权。

司马师，字子元，河内温县（今河南省温县）人，司马懿嫡长子，司马昭与司马干嫡兄。司马师早年迎娶夏侯尚之女夏侯徽，生了五个女儿却没有儿子，司马师只好把弟弟司马昭的次子司马攸收为养子。

司马师早年与夏侯玄、何晏交好，后来担任散骑常侍。他在曹爽、司马懿辅政期间担任中护军，选拔了一批有才干的世家子弟，属于官僚集团的"少壮派"代表人物。

曹魏正始八年（247），司马师母亲张春华去世，司马师为其守丧，赢得孝子之名。司马师有能力有名望而且有孝子之名，成为司马懿最得力的助手。司马师还秘密豢养了三千死士，就连司马懿也不清楚。

高平陵政变前夜，司马懿告诉司马师与司马昭要发动政变。司马师安然入睡镇定自如，司马昭则辗转反侧一夜难眠。司马懿对司马师评价很高，把他作为自己事业的继承人。尤其是平定王凌叛乱时，司马师带着养子司马攸随同出征，积累了一定的军事政治经验。

曹魏嘉平四年（252），司马师升为大将军。这年十二月，司马师以弟弟安东将军司马昭为都督，统领征东将军胡遵、镇东将军诸葛诞等二十万大军南征东兴。结果开局不利，被东吴太傅诸葛恪击败，损失惨重。

司马师把战败归咎于自己，只是削夺了司马昭的都督称号，其他武将都没有惩罚。司马师刚刚掌权，威望远不如父亲司马懿，也需要对武将们多一些安抚与笼络。

曹魏嘉平五年（253）五月，东吴太傅诸葛恪派遣二十万大军包围合肥新城。朝臣纷纷议论，担心诸葛恪分兵攻打淮泗，于是计划分兵守住各个水口关隘。

司马师认为诸葛恪没有空余时间攻击青州和徐州，只会进攻合肥新城。诸葛恪果然将二十万大军集中在新城，没承想被新城守军"画地而守之"。

司马师对弟弟司马昭的军事能力似乎有些不放心，改派叔叔司马孚率领二十万大军救援。诸葛恪大军早已极度疲惫，兵败后万余人被斩首。此战迅速扭转了东兴兵败的不利影响，巩固了司马师在魏国的统治。

诸葛恪新城战败，直接导致回国后被孙峻刺杀。如果诸葛恪在东兴之战胜利后见好就收，既能巩固自己在东吴的统治，也能让司马师更迟一些稳定政局，可惜诸葛恪操之过急。

曹魏嘉平六年（254）二月，中书令李丰等人打算借皇帝曹芳御驾亲临、各门有卫兵之机，诛杀司马师，再以夏侯玄代替他，以张缉为骠骑将军。

结果消息泄露，司马师立即将李丰、夏侯玄、张缉诛灭三族，并废掉张缉的女儿张皇后，这完全是汉献帝"衣带诏案"的升级版。李丰也是毫无政治经验，没有内应如何刺杀权臣？

夏侯玄的父亲夏侯尚曾是司马懿的老战友，高平陵政变后司马懿只是免去了夏侯玄征西将军的职务，授予他九卿之一的大鸿胪，甚至太常职务——其实就是养老闲差。

司马懿病逝后，侍中许允对夏侯玄说，没有什么好忧虑的了。夏侯玄却说，司马懿尚能以世代的交情善待我，但司马懿的两个儿子是不会容忍我的。

司马师曾犹豫要不要诛杀夏侯玄，毕竟是少年时代的玩伴。司马昭也向司马师求情，但司马孚认为夏侯玄名气太大，不杀他难以服众，于是司马师杀死了夏侯玄。此时的司马昭还讲究一些情分，司马孚才是杀伐果断的江湖老手。

司马师诛杀李丰等人后，并不满足，认为曹芳此时二十二岁，已经成年需要亲政，不如找个幼年皇帝方便掌控。司马师借助这次机会废黜曹芳，改立曹叡的亲侄子曹髦为皇帝。

"来历不明"的曹芳称帝十五年后，皇位重新回到曹丕嫡亲子孙名下。可惜此时曹髦只是标准的傀儡皇帝，曹爽浪费了曹丕子孙巩固皇权的关键时间。

当年董卓废黜小皇帝刘辩时，卢植曾说有伊尹、霍光的才能才可以改立新君，没有伊尹、霍光的才能就是篡权。即使是曹操都不敢废黜皇帝刘协，司马懿也不敢废黜皇帝曹芳。司马师却废除了皇帝改立新君，其权势已经超过了曹操与司马懿，直逼董卓。

司马师废黜皇帝数年后，东吴也发生了权臣废除皇帝的现象。

曹操与孙权的继承人如此遭人欺凌，只有刘备的继承人牢牢掌握着权力，直到国破出降。看来还是刘备擅长识人，诸葛亮更显得难能可贵。

　　此时的蜀汉进入了姜维时代，这位诸葛亮从曹魏挖墙脚获取的"继承人"如何继承诸葛亮的志向呢？请看下回，"姜维北伐"。

◇导读：费祎遇害后，姜维失去约束开始频繁北伐。这不仅导致蜀汉死伤甚众元气大伤，而且助推曹魏淬炼出一支强大的边防军，还把邓艾一步步推上主帅的位置。

　　蜀汉延熙十六年（253）春，大将军费祎遇刺身亡，结束了诸葛亮病逝以来蜀汉近二十年的保境安民时代，开始了姜维北伐时代。

　　姜维，字伯约，天水郡冀县（今甘肃省甘谷县）人。诸葛亮北伐中原时，姜维在曹魏受到猜忌，不得已投降蜀汉，得到诸葛亮的重用。诸葛亮辟姜维为仓曹掾，加奉义将军，封当阳亭侯，让其统领五六千虎步军。

　　蜀汉建兴十二年（234），诸葛亮病逝于五丈原。魏延不同意大军撤回，更不同意断后，姜维就承担起掩护大军撤退的任务，还击退了试图追击的司马懿大军。回到成都后，姜维被后主刘禅任命为右监军辅汉将军，封平襄侯。

在蜀汉保境安民的近二十年里，姜维组织了多次边境小规模作战，因军功升职为镇西大将军，领凉州刺史。

蜀汉延熙十年（247），姜维迁升为卫将军，与大将军费祎共录尚书事，从而进入蜀汉领导层。姜维是蜀汉的主战派，长期受制于主和派的费祎，这固然让姜维憋屈，却让蜀汉老百姓获得难得的安宁。

蜀汉延熙十七年（254），朝廷加姜维督内外军事。姜维率军出陇西，狄道（今甘肃省临洮县）长李简举城投降。姜维进围襄武（今甘肃省陇西县东南），斩杀魏将徐质，还乘胜攻破河间、河关、临洮等地，将当地老百姓掠回汉中。

此时姜维北伐更多是掠夺人口，而不是夺取郡县。毕竟蜀汉实力远不如曹魏，只能骚扰劫掠。

蜀汉延熙十八年（255），姜维率领车骑将军夏侯霸、征西大将军张翼等诸军出狄道，于洮西大破魏国雍州刺史王经。王经部将死伤数万，退保狄道城。姜维围攻狄道城，魏国派征西将军陈泰前来解围，姜维设伏不成退回钟堤（今甘肃省临洮县南）。姜维这次北伐战功赫赫，但也只能是继续骚扰。

蜀汉延熙十九年（256），姜维迁升为大将军。姜维整顿兵马，与镇西将军胡济两路出兵，约定在上邽会合。但胡济却失约没有到，导致姜维在段谷被魏将邓艾击败。姜维部将死伤甚多，百姓因此埋怨姜维，而陇西也躁动不安。

姜维于是请求自贬为后将军，行大将军事。姜维连续北伐击败了魏国雍州刺史王经，终于引来了名将邓艾。此后邓艾成为姜维后半生挥之不去的克星。

邓艾，字士载，义阳棘阳（今河南省新野县）人。邓艾自幼丧父，但母亲却让他接受了良好的教育，这也是"知识改变命运"的成功范例。

建安十三年（208），曹操攻下荆州后，强行将当地居民北迁。十二岁的邓艾及其母亲、族人便在这时被强迁到汝南（今河南省上蔡县）做屯田民。

邓艾当时还是放牛娃，却很有志气，读到已故太丘长陈寔碑文中的"文为世范，行为士则"，便将自己的名字改为邓范，字士则。只是因为与同宗重名，这才改为邓艾，字士载。

屯田的老百姓中有学问的很少，邓艾也就很快脱颖而出，被举荐为典农都尉学士。但邓艾口吃，典农都尉认为他不适于担任重要职务，便指派他做一名看守稻草的小吏。邓艾就这样任劳任怨做一名屯田小吏，用了近二十年时间才当上了典农功曹。

曹爽、司马懿辅政期间，邓艾去洛阳汇报工作偶遇司马懿，从此改变了邓艾的一生。邓艾提出在淮北、淮南实行大规模的军屯，兴修水利，疏通漕运，被太尉司马懿所赞赏。司马懿不仅采纳了邓艾的建议，还征召他为太尉府掾属，后升任尚书郎。这次洛阳偶遇，邓艾也就成了司马懿的亲信。

曹魏正始四年（243），邓艾在司马懿的推荐下出任参征西军事，转任南安（今甘肃省陇西县东南）太守，积累了大量边境地区军政经验。屯田的邓艾、打铁的石苞、做"公关"的州泰，都被司马懿发掘并选用。司马懿对他们有知遇之恩，这些优秀人才也就成了司马懿父子的核心支持者。

曹魏嘉平元年（249）秋，蜀汉卫将军姜维督军进攻雍州（今陕西关中及甘肃东部），依傍曲山（今甘肃省岷县东百里）筑两城，派牙门将句安、李歆等人驻守，并联合羌胡人进攻附近各郡。

司马昭以安西将军、持节，为各军节度，邓艾也参加了这次战争。征西将军郭淮听取邓艾的建议，用围城打援策略击败了姜维。句安、李歆等人孤立无援，只好献城投降。此战显示了邓艾出色的军事才华。邓艾也因功赐爵关内侯，加讨寇将军，后又迁升城阳太守。

司马师主政期间，邓艾多次建议分割内迁的少数民族，并册封他们的首领让他们为国效命，还提倡垦荒与屯田。升为兖州刺史期间，邓艾参加了平定镇东将军毋丘俭、扬州刺史文钦之战，并抢占乐嘉城（今河南省商水县境）外要地，建造浮桥，为司马师大军占据乐嘉提供了便利。司马师论功行赏，拜邓艾为长水校尉、方城乡侯，代行安西将军。

蜀汉延熙十八年（255），姜维击败曹魏雍州刺史王经。接替司马师主政的大将军司马昭命邓艾出任安西将军，与陈泰并力抗击蜀军，并遣太尉司马孚为后援。这次解围狄道后，邓艾兼任护东羌校尉。

蜀汉延熙十九年（256），姜维再次北伐，终于与邓艾两虎相争。邓艾凭借曹魏强大的国力挫败姜维，姜维"自贬三级"，从大将军降为后将军，行大将军事。

蜀汉延熙二十年（257），曹魏征东大将军诸葛诞在淮南举兵反抗司马氏。姜维趁曹魏关中空虚率兵出秦川，又率领万人出骆谷。曹魏征西将军司马望与邓艾据守长城；姜维驻军于芒水，依山扎营。姜维多次挑战，但司马望与邓艾坚守不出。司马望与邓艾采取当年司马懿对付诸葛亮的坚守不出战略，姜维也无可奈何。

蜀汉景耀元年（258），姜维听闻诸葛诞兵败身死后返回成都，刘禅恢复姜维大将军的职位。姜维经常不在成都辅政，这也为后来宦官黄皓弄权提供了便利。

蜀汉景耀五年（262），姜维率军最后一次北伐，被邓艾击败。姜维退驻沓中（今甘肃省舟曲县）。宦官黄皓弄权，想废掉姜维而培植右将军阎宇。

姜维请求后主刘禅将黄皓斩杀，但刘禅不肯。姜维不敢回成都，也没有坐镇汉中，而是在沓中种麦。姜维连年北伐劳而无功，增加了蜀汉老百姓的经济压力，也就导致蜀汉出现疲态。

姜维远离汉中腹地，导致蜀汉的汉中防线出现漏洞。第二年司马昭派出钟会、邓艾等部讨伐蜀汉时，姜维大军远在西北边鄙地区难以及时回防，钟会兵贵神速，夺取阳平关。

此时的东吴顾命五大臣都亡故了，那么东吴又是如何巩固内部统治，从而出现中兴迹象的呢？请看下回，"孙休拨乱"。

第54章

孙休拨乱

◇导读：辅政大臣孙峻死后，孙綝掌握着东吴大权，孙綝废黜小皇帝孙亮并拥立成年的孙休为皇帝，结果被孙休趁机铲除。孙休亲政十年，东吴得到了巩固发展。

孙吴建兴二年（253）冬，辅政大臣孙峻诛杀辅政大臣诸葛恪后，自立为丞相大将军，被授予符节，都督中内外军事，封富春侯。

当时小皇帝孙亮年仅十一岁，当然听凭孙峻的安排。孙峻不久赐死废太子孙和。孙权以"太子党"的诸葛恪作为领头辅政大臣，试图保住孙和的性命，不料诸葛恪被杀也就轮到废太子被杀。

孙吴五凤元年（254），故太子孙登的次子吴侯孙英密谋诛杀孙峻，因事情败露而自杀。

孙吴五凤二年（255），曹魏爆发第二次"扬州之叛"，魏将毋丘俭、文钦起兵反对司马师专权。孙峻趁机率领骠骑将军吕据、左将军留赞偷袭寿春，正好遇到文钦兵败来投，吴军就此撤回。不久将军孙仪、张怡、林恂等想趁孙峻会见蜀汉使者时密谋诛杀孙峻，因事情败露，孙仪等人自杀，"朱公主"孙鲁育等数十人受牵连被杀。

孙吴太平元年（256），孙峻受文钦怂恿伐魏，和滕胤来到石头城为北伐军队践行时，突发疾病而死。孙峻临终时把兵权交给堂弟偏将军孙綝，朝廷任命孙綝为侍中兼武卫将军，领中外诸军事，受命代理主持朝政。

孙峻的祖父就是孙策死后试图夺权的定武中郎将孙暠。对于这样有前科的亲属，孙权竟然将其作为幼子孙亮的托孤大臣，差点把江山交给了孙峻兄弟，也是让人不解。

孙綝掌权后，很快诛灭了孙权最后的顾命大臣骠骑将军吕据、大司马滕胤，进位为大将军，稳定了江东局势。

孙綝从兄孙虑，在孙峻执政时很受厚待。孙虑在帮助孙綝平定吕据等人反叛后，没有得到孙綝优待，就心怀不满，与将军王惇共谋杀害孙綝。孙綝发觉后杀掉了王惇，逼死孙虑。

孙吴太平二年（257），曹魏征东大将军诸葛诞因反对司马氏专权，在寿春举兵叛变，这就是第三次"扬州叛乱"。诸葛诞派儿子诸葛靓和牙门子弟到东吴请降为人质，要求东吴派援兵相助。

孙綝先派遣文钦、唐咨、全端、全怿等人带领三万人驰援寿春，然后任命朱异为假节大都督，率领三万人屯居安丰（今安徽省寿县西南），最后亲率大军进屯镬里；又派遣朱异率领丁奉、黎斐等人的五万军队攻打曹魏。这一次救援扬州大败而回，孙綝还处死了兵败的大都督朱异，引起朝野一片不满。

孙綝从前线返回建业后，吴帝孙亮已经开始亲政，派人问责孙綝救援不成而诛杀大将之过。孙綝干脆称病不上朝，还派弟弟威远将军孙据负责宿卫宫禁苍龙门，弟弟武卫将军孙恩、偏将军孙干、长水校尉孙闿分别驻守各个营地，想要以此来控制朝政以求自保。

孙吴太平三年（258），孙亮追究其三姐"朱公主"孙鲁育被杀事件的原委，降诏怒责孙綝的亲信虎林督朱熊与外部督朱损，指责他们当年没有匡正孙峻诛杀孙鲁育的错误。孙綝上表求情，但孙亮不予准许，还派遣左将军丁奉诛杀了朱熊与朱损。

孙亮此举有些打草惊蛇，反而逼着孙綝提前动手对付孙亮。

孙亮与其大姐"全公主"孙鲁班、国丈太常全尚、将军刘承等讨论诛杀孙綝事宜，结果被孙亮的岳母泄露给了弟弟孙綝。孙綝立即连夜带兵缉拿了全尚，并派遣孙恩在苍龙门外杀害了刘承，随即举兵包围皇宫宣布废黜孙亮。

这等诛除权臣的大事，孙亮不与丁奉、陆抗这样的名将密谋，而是与姐姐、岳父等人密谋，甚至被岳母泄露给孙綝，可见其政治幼稚。孙权留下的幼主如同曹叡留下的幼主，都被无情废黜。只是曹芳是被外人废黜，孙亮却是被自家亲属废黜。

孙綝改立孙权第六子琅琊王孙休为皇帝，史称吴景帝。孙亮被废黜为会稽王，由将军孙耿押送到会稽（今浙江省绍兴市）居住。孙亮的姐姐"全公主"迁徙至豫章郡，全尚则被流放至零陵郡。

孙綝擅自废立皇帝，东吴满朝文武竟然没有人出来反对。这也跟孙权晚年实行政治高压政策有关，敢于坚持原则的陆逊等人被逼死，也寒了江南世家大族的心。只要能保证自己的荣华富贵，只要皇帝依旧姓孙，外姓大臣何必操心这些。

吴景帝孙休即位后，下诏封孙綝为丞相大将军兼领荆州牧。孙綝之弟孙恩被封为御史大夫、卫将军，孙据为右将军，孙綝的弟弟孙干为、孙闿也封为侯，孙綝一门五侯空前显贵，而且掌管禁军部队，权力远远超过皇帝。

孙权一直猜忌哥哥孙策的子孙，没想到欺压自己儿子的，反而是叔叔孙静的子孙。

孙休对孙綝一直保持警惕，小心防范以免被害，因此孙綝多有不满。孙綝酒后对左将军张布说，当初废黜孙亮时就有人主张他自己称帝。他认为当今皇上孙休贤明才立他为皇帝，结果孙休把他当成普通臣子，看来必须得再次改变计划。

孙綝此语已经暴露了要废黜孙休的野心。张布向孙休密报后，孙休就多次给孙綝加官，并委任孙綝的弟弟孙恩为侍中，以此安抚孙綝。

孙吴永安元年（258）十二月，孙休与张布、丁奉在腊祭时请孙綝赴宴，然后在酒席间擒杀孙綝。看来宴会上杀人，孙峻与孙休都很擅长。请客吃饭摔杯为号，也并非都是小说家戏谑。

孙休宣布只杀孙綝一人，其部署全部赦免。孙綝部众放弃抵挡的请降者竟然多达五千人，这也说明孙綝势力大。这五千人如果不被赦免，难免再来一次李傕、郭汜那样的祸乱。孙休还是比王允棋高一着，这才是帝王之才。

吴景帝孙休亲政后，以左将军张布为中军督，封张布的弟弟张惇为都亭侯，授给亲兵三百，张惇的弟弟张恂被任命为校尉。丁奉也升为大将军，加封左右都护。

孙休开始"拨乱反正"，下诏从宗族中取消了孙峻、孙綝的名字，将他们称作"故峻""故绯"。孙休还为顾命大臣诸葛恪、滕胤与吕据恢复名誉，当初受到牵连的家族成员都被释放回来。

吴景帝重视教育和农桑，设立五经博士，考核录选应选的人才。东吴经历了神凤元年（252）孙权病逝以来近七年的混乱，终于安定下来。

孙吴永安三年（260），废帝孙亮被诬而死，吴景帝终于解决了政治合法性问题。皇家没有亲情，孙休杀死亲弟弟孙亮也是毫不留情。孙权当初担心儿子孙和与孙霸水火不容，以儿子孙亮为继承人，却不料孙和、孙霸、孙亮都死于非命，若孙权地下有知不知做何感想。

孙吴永安六年（263），曹魏大举进攻蜀汉。吴景帝派大将军丁奉督率各军向魏国寿春挺进，命将军丁封、孙异前赴沔中救援蜀汉。结果蜀汉很快灭亡，吴国的援军只好撤回。这一年交趾郡吏吕兴等人谋反，杀太守孙谞，投降曹魏。这样一来吴国就面临着曹魏的三面包围。

孙吴永安七年（264），蜀汉灭亡后，驻守巴东的守将罗宪归顺曹魏。吴景帝立即命令镇军将军陆抗、抚军将军步协、征西将军留平、建平太守盛曼等人，率领军队围攻罗宪。魏国则派将军胡烈率领步骑兵二万侵犯西陵以救罗宪之围，被陆抗等率军退还。

就在吴景帝决心大展宏图时突然身患重病，只好把十岁的太子托孤给丞相濮阳兴。东吴的政局好不容易安定了几年，又要开始动荡了。

此时的曹魏更加不安宁，司马家族面临着前所未有的灾难。那么司马家族如何躲过这场灾难从而顺利巩固权力呢？请看下回，"扬州勤王"。

第55章

扬州勤王

◇导读：司马师废黜父亲接受托孤之责的魏帝曹芳，这不仅是对曹魏的不忠，更是对父亲的不孝。毌丘俭虽然没有接受曹叡托孤，但毕竟是曹叡的心腹，也就起兵勤王。这也是司马氏父子承受的最大压力的一次叛乱，毌丘俭虽败犹荣。

    曹魏嘉平六年（254），大将军司马师废黜已经成年的皇帝曹芳，另寻曹操的子孙为皇帝。司马师最初打算拥立曹叡的庶叔彭城王曹据，因为曹据是郭太后的长辈，乱了伦理，也就被郭太后反对，于是司马师改立曹叡的亲侄子曹髦为皇帝。曹髦是魏文帝曹丕的孙子，比来历不明的曹芳更具有正统地位。司马师废立天子，假黄钺，享有"入朝不趋，奏事不名，剑履上殿"的特权。

    司马师的篡逆行为，引起镇东大将军毌丘俭的不满。

    毌丘俭，字仲恭，河东闻喜（今山西省闻喜县）人。父亲毌丘兴在魏文帝曹丕时期担任武威太守，后来因军功封高阳乡侯，入朝担任九卿之一的将作大匠。

母丘俭属于世家子弟，早年以文笔和德行见著，又因出身清白，被魏文帝选拔为皇子曹叡的文学幕僚，与郑称、卫臻等名师负责曹叡读书养德，因此属于曹叡的"东宫集团"心腹。

曹魏黄初七年（226），魏明帝曹叡即位，母丘俭被提拔为尚书郎及羽林监，接着升为洛阳典农中郎将。母丘俭才学出众，与夏侯玄、嵇康等名士交好，同属洛阳文化圈的名流。

魏明帝后期大兴土木建造宫殿，母丘俭直言进谏而被贬。魏明帝将其外放为荆州刺史镇守襄阳，配合西线防备蜀汉大军。坐镇襄阳期间，母丘俭积累了一定的军事经验。

曹魏太和年间，魏明帝整治"浮华案"，罢黜、逮捕了诸葛诞、何晏、邓飏、丁谧等大批华而不实的年轻官员。母丘俭也表示朝廷不能用庸才，向朝廷推荐了有才学的地理学家裴秀。裴秀后来与王沈、贾充等人一起成为西晋开国元勋，史称"裴王贾，济天下"。

曹魏青龙三年（235），母丘俭上书魏明帝，请求趁着诸葛亮病逝，出兵讨灭割据辽东的公孙渊。魏明帝于是任命母丘俭为幽州刺史，加度辽将军、使持节、护乌桓校尉，指挥幽州大军讨伐辽东。

曹魏青龙四年（236），母丘俭重视"统一战线"工作。先招降了右北平乌桓单于寇娄敦、辽西乌桓都督王护留，接着又招降了当年追随袁尚流亡辽东的人，组建了五千多人的"仆从军"，这就剪除了公孙渊的羽翼。

母丘俭准备妥当，率领幽州地方部队与鲜卑、乌桓、袁尚旧部等联军，秘密抵达公孙渊老巢襄平（今辽宁省辽阳市）附近的辽隧，以皇帝的名义征召公孙渊进京。毋丘俭的战术其实是司马懿当年擒获孟达的翻版，问题是毋丘俭用兵不如司马懿老辣，幽州地方部队也不如司马懿当年指挥的野战军精锐，而且"仆从军"战斗力毕竟有限，这就导致毋丘俭遭遇公孙渊据险顽抗而陷入僵局。

毋丘俭大军在与公孙渊僵持时，突然遭遇十多日的暴雨。魏明帝不是增派援兵支持毋丘俭一鼓作气消灭公孙渊，而是命令毋丘俭撤军，这不仅错失消灭公孙渊的机会，还让公孙渊把毋丘俭的这次撤军视为自己的胜利。

公孙渊得意忘形，竟然自称燕王，还通报吴帝孙权。魏明帝当然不能容忍公孙渊的"恃远不服"，何况诸葛亮病逝后曹魏腾出了强大的野战军，于是派出"战神"司马懿远征辽东。

曹魏景初元年（237），魏明帝以太尉司马懿为主帅，以幽州刺史毋丘俭为监军，二次征讨辽东。毋丘俭的幽州地方部队协助司马懿的野战军征讨辽东，顺利消灭了公孙渊。司马懿带着野战军返回洛阳，毋丘俭则带着地方部队留守幽州。

曹魏正始五年（244），高句丽趁辽东空虚，寇犯边陲。公孙渊曾"吊打"高句丽等游牧部落，而毋丘俭上次与公孙渊打成平手，这也说明毋丘俭同样可以"吊打"辽东的各游牧部落。毋丘俭率领一万步骑兵，出玄菟郡讨伐高句丽，先后在沸流水、梁口两度大败高句丽东川王位宫，歼灭其主力。毋丘俭阵斩高句丽军一万八千余人，位宫携妻子及千余骑逃到沃沮避难。

毋丘俭还采取正面佯攻侧翼偷袭的计策，攻破高句丽国都丸都山城。毋丘俭焚毁宫殿，处死大批官吏，摧毁其统治中心。平叛之后，毋丘俭在当地穿山凿渠，援助居民农业灌溉及交通建设，恩威并济，加强魏国控制力、影响力。

曹魏正始六年（245），流亡归国的高句丽东川王意图复辟。毋丘俭率军再征高句丽，很快攻灭高句丽。毋丘俭等东征将士于玄菟郡新地（本为高句丽领土）国内城（其陪都不耐城）废墟立下石碑，记录功勋。将士们论功受赏，封侯的人达到百人以上。

曹魏正始十年（249），司马懿发动高平陵政变，诛杀曹爽独揽大权。毋丘俭与曹爽没有交情，二次征讨辽东时与司马懿私交不错，也就保持沉默。即使是司马懿诛杀太尉王凌，毋丘俭也没有表示反对——王凌试图改立新君，这也是对魏明帝曹叡临终遗嘱的背叛。

曹魏嘉平四年（252），因魏军东兴大败，毋丘俭临危奉诏，接替诸葛诞转为镇东将军，后加镇东大将军，仪同三司，都督扬州诸军事。毋丘俭大胆起用校尉张特为合肥新城守将，牵制诸葛恪北伐大军，最终与扬州刺史文钦、太傅司马孚共同击败诸葛恪，获得崇高军事威望。

毋丘俭与司马懿私交甚好，司马师也对毋丘俭大加拉拢，因此在司马师主政初期，毋丘俭对司马师较为友好。但司马师废黜魏明帝指定的继承人曹芳，这就引起毋丘俭的强烈不满。

曹魏正元二年（255），毋丘俭拉拢诸葛诞、邓艾共同反对司马师废黜魏明帝指定的继承人曹芳，诸葛诞、邓艾不仅没有接受拉拢，反而立即向司马师告密。毋丘俭忽视了诸葛诞是司马懿的儿女亲家，邓艾是司马懿一手提拔的心腹，他们当然会支持司马师。

毋丘俭与扬州刺史文钦在扬州治所寿春共同起兵，讨伐擅自废立新君的司马师。毋丘俭留下老弱残兵驻守寿春，亲率六万精锐渡过淮河直奔洛阳。毋丘俭计划在司马师没有完成军事动员之前攻入洛阳，这才有恢复曹芳皇位的机会，并迫使那些观望的"地方实力派"转而跟随毋丘俭勤王。

毋丘俭进军洛阳途中，在乐嘉城遭遇邓艾的拦截。邓艾用兵也是沉稳，毋丘俭强攻不得，加之士卒连日奔袭战斗疲乏，于是进驻项城整顿兵马。

毋丘俭本该留下一支人马牵制邓艾，主力马不停蹄继续奔袭洛阳，却因为这次延误葬送了"先手优势"。司马师终于从最初的惊慌中镇定下来，从容调集部队"围殴"毋丘俭。由于邓艾的出现，毋丘俭勤王也就从"奔袭战"变成了"遭遇战"，乃至"防御战"。

东吴权臣孙峻虽然派兵北上，却因为毋丘俭不愿意向东吴称臣而作壁上观。孙峻的这种政治短视也加速了毋丘俭的灭亡。孙峻忽视了敌人的敌人就是朋友，支持毋丘俭削弱司马师岂不也是壮大自己？

这次扬州叛乱是司马师、司马昭最危险的时刻，部将大都建议司马师的叔父司马孚代替司马师领兵，只有河南尹王肃、尚书傅嘏、中书侍郎钟会劝司马师亲政。王肃等人担心江淮兵力强劲，毋丘俭一鼓作气西征直奔洛阳，如果其他将领打了败仗就会泄气而大局败坏。司马师考虑到叔父司马孚善于用兵但威望不足，弟弟司马昭不擅长用兵，担心他们不是毋丘俭的对手，也就不顾新割了眼睛上的瘤子需要卧床休息，而执意率军亲征。

当年陈豨、英布叛乱，两人都认为只要刘邦不亲自过来，诸将都不是自己的对手。此前孟达叛乱时，也认为司马懿不会亲自来，而其他人都不是自己的对手。结果怕什么来什么，他们最忌惮的刘邦、司马懿等人亲自上阵，这些叛乱也就最终瓦解。这次毋丘俭、文钦勤王行动也如此，如果司马师没有带兵亲征，其他人带兵很难让将士拼命，司马家族就有翻车的危险。司马家族的天下不是曹操那样打下来的，而是篡夺的，司马氏没有称帝，则诸将与司马家族更多是一种同盟关系，而不是臣属关系。

司马师命令兖州刺史邓艾死守乐嘉，等到自己率领的主力大军赶到后一起围攻毋丘俭主力；命令镇南将军诸葛诞率军从安丰郡（今安徽省寿县以西）向东进攻，破坏毋丘俭大军粮道，同时威胁寿春；命令征东将军胡遵率军南下，征南大将军王昶率军北上，包抄毋丘俭大军的归路；命令荆州刺史王基率军北上，与自己统帅主力会合前往乐嘉。

毋丘俭此时才发现积有巨额存粮的南顿要塞的重要性，命令文钦夺取粮辎以为己用。毋丘俭终于发现无法攻破邓艾的防御阵地，这才试图绕过邓艾驻守的乐嘉，直取许昌、洛阳。

王基在行军途中发现南顿的重要性，拒绝了司马师要求他北上乐嘉与自己会合的命令，改变行军路线直奔南顿。文钦本可以在司马师忽视南顿囤粮基地防守时奔袭夺取南顿，却因为王基大军突然赶到而丧失进攻的突然性，"奇袭战"打成了"攻坚战"。

文钦如果趁着王基大军只是先头部队赶到南顿而主力部队还在路上，不顾一切攻入南顿然后修城固守，这次勤王行动还有胜利的希望。问题是文钦听说司马师大军逼近项城威胁毋丘俭，也就从南顿匆匆撤军赶往项城与毋丘俭会合。文钦此举导致毋丘俭从攻势转入守势，也就只能坐等司马师大军逐渐收缩包围圈，最终勤王行动失败。

文钦与儿子文鸯在乐嘉遭遇司马师大军，文鸯当即夜袭司马师大营。司马师当时卧床休息，受惊吓以致带伤的眼珠从肉瘤疮口内迸出。司马师也是狠人，强忍着疼痛指挥大军平定了毋丘俭叛乱。毋丘俭身死，文钦父子逃亡东吴。

如果诸葛诞等人能够在毋丘俭勤王反对司马师废黜曹芳时一起西征，如果孙峻在毋丘俭起兵时大举北伐牵制王基等人的军队，就能有颠覆司马家族的希望。

可惜毋丘俭的一腔热血被诸葛诞、邓艾甚至孙峻辜负了。从此司马氏完全控制朝政，再也没有谁有能力抗衡。诸葛诞后来的举兵反叛，其危险性比起这次毋丘俭扬州勤王要小得多，司马昭都面临着众将不服不得不杀人立威的境地，司马家族的威望此时还不足以统摄全局。

司马懿把朝中大权据为己有，甚至把皇帝宗族软禁起来，司马师废黜皇帝另立新君，但他们毕竟没有向皇帝动刀子。司马昭就敢于成为向皇帝"动刀子"第一个"吃螃蟹"的人。那么司马昭究竟如何"吃螃蟹"呢？请看下回，"阙门血染"。

第56章

阙门血染

◇导读：司马昭与魏帝曹髦似乎一直关系不睦，一开始曹髦就想剥夺司马昭兵权，后来又带着宫廷杂役与僮仆进攻司马昭，这也迫使司马昭不得不解除曹髦的威胁。司马昭无心杀曹髦，却不得不帮心腹贾充扛起弑君的责任，这也是权臣的无奈。

曹魏正元二年（255），毋丘俭、文钦等发起勤王运动反对司马师废黜皇帝曹芳。司马师亲率大军平定叛乱，毋丘俭被杀，文钦父子逃往东吴。司马师受了惊吓后，留下亲信贾充率领大军，自己在赶回洛阳途中病危，只好停留在许昌。司马昭从洛阳赶到许昌探望司马师。司马师临终前把兵符交给司马昭，嘱咐他兵权不可付诸他人，否则司马家族就有族灭之祸。

魏帝曹髦命令司马昭留守许昌，让尚书傅嘏将大军带回洛阳。曹髦毕竟是当朝天子，司马昭虽然有司马师临终交给的兵符，但毕竟没有天子诏命具有合法性。这是曹髦最后一次试图夺权，司马昭有没有能力掌握兵权就成为关键。

如果这一次司马昭"软了"或者傅嘏"硬了"，曹髦都有可能控制兵权，真正当家作主。傅嘏毕竟是司马师的亲信，早就把自己看成司马家族的人，必然站在司马家族的立场上考虑问题。他建议司马昭不奉召，直接率军返回洛阳。

司马昭听从傅嘏的建议，公然抗旨不遵，率领大军向洛阳武装进军。曹髦身边没有一兵一卒，面对司马昭武装叛乱毫无办法，只好在"兵变"的威胁下拜司马昭为大将军，加侍中，都督中外诸军事，录尚书事，朝廷大权从司马师手里转移到司马昭手里。

司马师的养子司马攸此时只有八岁，面对如此复杂的政治斗争环境当然无法胜任"司马家主"的身份，更难以让贾充、傅嘏这些能臣服从。司马孚虽然是司马师的叔叔，但叔叔没有弟弟亲密，而且司马孚的威望也有些不足，只能选择司马昭作为效忠对象。

即使司马师临终来不及交付兵符给司马昭，司马昭也会在贾充、傅嘏等人支持下拿到兵符指挥大军。曹髦面对武装威胁，照样只能顺水推舟，让司马昭接替司马师担任大将军。

这年姜维北伐击败雍州刺史王经。若是以往，司马师会派出司马昭指挥大军西征，这时司马昭则派出司马孚坐镇关中指挥大军西征。司马孚也是能力仅次于司马师、司马昭的能人，能够被司马师、司马昭尊重，不仅仅是因为他的辈分，更是因为他的卓越战功。司马孚似乎一直都是司马家族的"超级替补"，司马懿、司马师、司马昭主政时莫不如此。

曹魏甘露元年（256），司马昭加大都督职衔，被允许"奏事不名"。不久又被加赐黄钺，增加封邑三县。诸葛诞因为与兖州刺史文钦不和，所以在毌丘俭、文钦勤王时，不仅没有出兵响应，反而向司马师举报。后来诸葛诞又参与进攻毌丘俭、文钦的勤王大军，被司马师从镇南将军升为征东大将军。不过，诸葛诞看到坐镇扬州的太尉王凌、镇东大将军毌丘俭都被诛灭，未免有兔死狐悲之感，于是在扬州收买人心，蓄养死士。

当时司马昭刚掌权，长史贾充建议派遣部下去慰劳坐镇一方的"四征将军"，考察他们对司马昭的态度。贾充到淮南慰劳诸葛诞，提到洛阳文武群臣都希望皇帝把皇位禅让给司马昭，诸葛诞公开表示不满，扬言自己愿意为国家而死。

诸葛诞也是不明事理。如果要维护曹魏皇帝权威，就应该参加毌丘俭勤王讨伐司马师的战斗；如果要反对司马昭称帝，就应该立即诛杀撺掇司马昭称帝的贾充。岂能公开自己反对司马昭称帝的态度，却让贾充安全回到洛阳？贾充回到洛阳后，向司马昭汇报了诸葛诞的事，建议征召诸葛诞入朝，逼反诸葛诞后举兵镇压。

曹魏甘露二年（257），司马昭以皇帝的名义下诏升诸葛诞为司空，并入朝任职。挟天子对势力强大的权臣而言特别好用。董卓可以借此解除名将皇甫嵩的兵权，李傕可以借此解除名将朱儁的兵权，曹操可以借此调动马腾、马超等人进攻袁绍的外甥高干，司马懿可以借此召回兵权在握的夏侯玄。司马昭当然可以逼反诸葛诞，然后名正言顺出兵镇压。

诸葛诞接到诏命后十分害怕。他当然知道当着司马昭的亲信贾充的面责骂司马昭的下场，他虽然是司马懿的亲家，但权力面前父子都能反目，何况是隔代的亲家。诸葛诞不想被召入洛阳后任人宰割，也就在扬州举兵叛乱。如果说毋丘俭反抗司马师擅自废立皇帝属于名正言顺的勤王之举，那么诸葛诞反抗司马昭以天子名义征召自己入朝就属于典型的叛乱。

诸葛诞征集淮南将士和一年的粮食据守寿春，又杀死扬州刺史乐綝，派心腹吴纲领儿子诸葛靓和牙门子弟到东吴请求援兵。乐綝是五子良将之一乐进的儿子，也是五子良将后人中唯一有作为的少将军，人称"果毅有父风"。乐綝在扬州被害，比起许褚的儿子许仪征讨蜀汉途中被杀，更让人遗憾。

司马昭担心自己东征期间，皇帝曹髦与郭太后会玩小动作，就带着曹髦与郭太后一起东征诸葛诞，并派王基与安东将军陈骞领兵围困寿春。这时东吴派文钦、全怿、全端、唐咨和王祚等人领兵救援，趁王基包围圈未完成而领兵进入寿春城。将军李广临敌畏缩不前，泰山太守常时声称有疾不出兵，都被司马昭斩首示众。司马昭威望不如父兄，只能通过大肆杀戮震慑那些公然"不跟着走"的人。

司马昭大军完成对寿春的包围后，接受钟会等人的建议，不断采取攻心战术引诱诸葛诞的部下出降，还离间诸葛诞叛军与吴国援军的关系。最终诸葛诞杀死文钦，逼反文钦的儿子文鸯。

曹魏甘露三年（258）二月，司马昭攻破寿春，诛灭诸葛诞三族，诸葛诞麾下数百名不愿投降的士兵也被斩杀。吴将唐咨、孙曼、孙弥、徐韶等都率部下投降，司马昭上表给他们加封爵位。士卒饥饿有病的，司马昭下令供给粮食医药。

这次平定扬州叛乱，充分显示了司马昭的狠辣与宽容相结合的帝王气概。敢于反对司马昭的人被无情杀戮，积极支持司马昭的人加官晋爵，主动投降司马昭的人既往不咎，甚至赐予官爵予以安抚。

曹髦被迫下诏封司马昭为晋公，加九锡，设置晋国，司马昭坚决推辞没有接受。司马昭还上奏录用名臣元勋的子孙，把名臣子弟都笼络为司马家族的支持者。世家大族利益均沾，这也是釜底抽薪瓦解曹家的支持力量。

曹魏甘露五年（260）四月，曹髦被迫再度下诏加封司马昭为晋公，加九锡，司马昭再次推辞，没有接受。曹髦不甘沦为傀儡皇帝，这年五月告诉侍中王沈、散骑常侍王业、尚书王经，说自己要讨伐司马昭。结果王沈、王业急速将此事告知司马昭，司马昭召护军贾充等人戒备。曹髦不仅憋屈而且太可怜，找的三名心腹竟然两人是司马昭的内应，此时去进攻司马昭岂不是自寻死路？

曹髦率领宫廷杂役与僮仆数百人进攻大将军府，很快被司马昭的"死忠"贾充领兵拦截。将士们看到皇帝亲自出兵，都吓得不敢动，谁都知道伤害了皇帝从法理上说属于灭族的重罪。贾充鼓动太子舍人成济刺杀曹髦，司马昭等到曹髦身亡才出来啼哭，还召集文武百官商议事变的原委。

仆射陈泰是陈群的儿子，与司马昭从小就是好朋友。他说应该腰斩贾充才能谢罪，并说没有退一步的办法。司马昭当然舍不得杀自己的忠仆贾充，就把弑君的责任推给动手杀害曹髦的成济，将成济和其兄成倅诛灭三族。

司马昭还杀害了没有向自己告密的王经，直到司马昭的儿子司马炎称帝后王经才恢复名誉。司马昭此举也是信号，"谁不跟着我走，就让他跟着曹髦走"，保持中立都是死罪。

司马昭弑君后，以太后的名义褫夺皇帝封号，恢复其高贵乡公爵位，并以王爷的礼仪下葬。司马昭与公卿们商议，立燕王曹宇之子常道乡公曹璜（甘露五年，皇太后郭氏下诏让曹璜改名为曹奂）为天子，改元景元。

曹髦这次刺杀司马昭，其实没有任何胜算。一则有王沈、王业等人向司马昭告密，以致司马昭早有准备，让心腹贾充率军严阵以待；二则曹髦手上没有任何军队，也没有忠于自己的将领。曹髦反抗司马昭，即使没有被杀，也会被司马昭擒获，然后以刺杀太后的名义将其废黜。司马昭已经完全控制了朝政，杀不杀曹髦都不影响自己朝廷实际控制人的地位。

司马懿欺君，高平陵政变后把曹爽侵夺的权力据为己有，而不是还给皇帝。司马师废君，废黜父亲受遗诏辅佐的皇帝曹芳，改立曹髦为皇帝。司马昭更进一步，干脆弑君。

弑杀皇帝，这是董卓都不敢做的事，司马昭的狠毒超过此前任何权臣。人算不如天算，司马昭没有想到的是，由他开创的弑君恶例，后来被卖草鞋出身的刘裕发扬光大。

刘裕篡位时，不仅弑杀了司马昭的子孙晋安帝司马德宗与禅让的晋恭帝司马德文，还把司马家族屠灭殆尽。当然，刘裕杀戮前朝子孙，也导致后人有样学样，把他的子孙屠灭殆尽。

稳定了内部局势，司马昭就把目光转向蜀汉，要建立起超越曹操、司马懿的功业。那么司马昭究竟如何攻灭蜀汉，让刘备的子孙"搬家"去洛阳跟自己做邻居呢？请看下回，"刘禅离蜀"。

第57章

刘禅离蜀

◇导读：自古割据蜀地的政权都被消灭了，但征讨蜀汉却是曹操、司马懿都没能完成的大业。"学院派"钟会建议伐蜀，"实操派"邓艾表示反对，进军中途却是"学院派"主张撤军，"实操派"主张偷袭成都，看来"学院派"遇到突发事件还是不如"实操派"。

姜维连年北伐引起司马昭的厌烦，骑兵路遗就自告奋勇去蜀汉刺杀姜维。刺杀是曹魏惯用手法，鲜卑首领轲比能、蜀汉大将军费祎，都是被曹魏刺客杀害的。

从事中郎荀勖认为，应该举正义之师来讨伐叛贼，用行刺的办法除贼，这不是以德服人的道理。司马昭本来只想除掉姜维，结果在荀勖的劝说下变成出兵讨灭蜀汉，逼着后主刘禅"搬家"到洛阳跟自己做邻居。

曹魏朝臣都认为蜀汉难以讨伐，当年用兵如神的曹操都望而却步，一代"战神"司马懿也不敢提西征。只有司隶校尉钟会认为蜀汉可以讨伐，还为此做了"图上推演"。司马昭想建立起超越曹操、司马懿的西征功业，当然对钟会的建议欣然接受。

司马昭对朝臣说，平定扬州诸葛诞叛乱以来，军队休整了六年。进攻吴国要准备船只，而且容易生疫病，应该先攻蜀汉。蜀汉九万兵马，驻守成都等地至少四万，机动兵力不过五万。先派兵把姜维牵制在沓中，然后大军直奔汉中。如果蜀汉军队凭险据守，则首尾不能相顾，魏军顺利攻破阳平关与剑门关，蜀汉就必然灭亡。

征西将军邓艾认为蜀汉没有祸乱，不可以趁机进攻，屡次提出不同意见。司马昭就派主簿师纂到邓艾军中任司马，说服邓艾奉命出征。后来恰恰是反对伐蜀的邓艾攻入成都，认为蜀汉可以讨伐的钟会主张退兵。

曹魏景元四年（263）八月，司马昭调集十八万大军，命邓艾率三万多人在甘松、沓中等地牵制姜维，诸葛绪率三万多人在武街、桥头等地截断姜维的退路，钟会统兵十二万，分别从斜谷、骆谷进攻汉中。司马昭派出几路大军分进合击，每一路至少三万人，这既能保证短期内不会被姜维等人集中优势兵力消灭，也能保证只要一路突破则全局突破。

蜀汉大将军姜维听说钟会进军关中，上表刘禅建议派遣张翼、廖化分别驻守阳平关、阴平桥防患于未然。宦官黄皓听信鬼神，却告诉刘禅敌军不会到来，而蜀汉群臣也不知道此事。直到钟会大军入骆谷，邓艾大军入沓中时，刘禅才派廖化支援沓中，派张翼与董厥支援阳平关。

蜀汉诸将按照姜维的战略，放弃汉中外围据点，收缩兵力退保汉城（今陕西省勉县东）、乐城（今陕西省城固县东）。如果钟会像当年曹爽一样见到蜀汉坚城都去攻打，那么就会陷入旷日持久的消耗战中——两座坚城的粮秣可以供应蜀汉大军一年以上，任何攻坚战都是必败之路。

许褚的儿子牙门将军许仪在前方"逢山开路遇水搭桥"，结果钟会的战马过桥时陷入坑中，钟会立即斩杀许仪立威。钟会也是深谙用兵之道，懂得"地有所不攻"。他充分吸取曹爽失败的教训，派出两万大军分别包围汉城与乐城，主力直奔阳平关。在张翼、董厥援军赶到之前，钟会斩杀蜀将傅佥，收降蒋舒，攻克阳平关后直奔西川。"学院派"还是有过人之处，他可以站在"历史巨人"的肩膀上，虽然应对突发事件有些力不从心，但对于曾经出现过的"经典案例"还是可以想办法破解。

这时邓艾与诸葛绪牵制姜维出了差错，姜维虚晃一枪骗过诸葛绪撤到阴平。听说阳平关失守，姜维和廖化就与张翼、董厥等会合后一起退保剑阁，迎战钟会的主力大军。

剑阁素有"一夫当关，万夫莫开"之称，姜维凭险据守，钟会大军屡攻不克。钟会终于发现行军作战不是自己做幕僚时想象的那样简单，遇上不按常理出牌的强劲对手，很容易陷入僵局。钟会十几万大军每天人吃马嚼耗费巨大，需要将粮草千里迢迢从关中运过来，后勤保障日益困难。钟会异想天开写信给姜维劝降，毫无悬念地被姜维拒绝，这反而暴露出钟会无力攻破剑阁防线。钟会遇上始料未及的困难，就与诸将商量撤军，毕竟夺取了汉中功劳也不小。

如果此时撤军，姜维大军必然衔尾追击，钟会的损失比当年曹爽还要严重。邓艾不愿意就此放弃，写信给司马昭，要求偷渡阴平奇袭成都。邓艾与诸葛绪到了阴平，要求两军一起西进。诸葛绪以没有接到西进命令为由，去剑阁向钟会靠拢。钟会趁机诬告诸葛绪畏敌不前，将其押回洛阳治罪，兼并了诸葛绪大军。

十月，因各路军频繁报捷，魏元帝曹奂以十郡方圆七百里，封司马昭为晋公，晋位为相国，加九锡。蜀汉向吴国告急求援，吴景帝孙休派大将军丁奉率领大军进攻寿春，派将军丁封、孙异到沔中救援蜀汉。吴景帝也是缺乏诚意，此时应该派丁奉率领吴军主力进攻襄阳驰援汉中才是，这种小规模救援岂能有效果？

邓艾趁姜维被钟会牵制在剑阁，率军丢掉重装备，自阴平沿景谷道东向南转进，南出剑阁两百多里。钟会也派部将田章等跟进，邓艾奇袭成都一旦成功，钟会也有理由分一些功劳。

从阴平到江油，高山险阻人迹罕至。邓艾身先士卒，攀木缘崖，凿山开路，越过七百余里无人烟的险域，终于到达江油。江油一面大江三面悬崖，是和剑阁齐名的天险。如果守军坚守不出，失去重装备的邓艾大军前有坚城后无援军，只能饿死或者溃败。邓艾都没有把握能不能攻下江油，结果奇迹出现了，江油守将马邈见魏军从天而降，竟然畏战而降。

江油失守后，刘禅得到急报，立即派诸葛亮的儿子诸葛瞻率军抗击邓艾。邓艾偷袭成都的计划到此已近破产。只要诸葛瞻利用邓艾失去重装备且缺乏粮草，凭险据守，邓艾必败。江油不是后勤保障基地，并不能支持邓艾长期作战，更不能支持邓艾攻坚战。

姜维考虑到自己抵抗着三四倍于己的钟会大军，而诸葛瞻拥有两倍于邓艾的军队，只要防守就行。姜维高估了诸葛瞻的军事指挥能力，他忽视了诸葛瞻是赵括、曹爽、马谡那样毫无军事经验的"小白鼠"，最终导致诸葛瞻兵败而蜀汉灭亡。此时蜀汉名将云集剑阁，姜维自己坐镇即可，何必把张翼、董厥这些名将都留在剑阁？只要张翼、董厥甚至廖化回援替代诸葛瞻指挥大军截击邓艾，都可以致邓艾于死地。

尚书郎黄崇劝告诸葛瞻迅速占据险要，阻止敌军进入平地，诸葛瞻却犹豫不决。邓艾抓住机会越过峡谷抵达涪城。诸葛瞻督军到涪城抗击邓艾，竟然不懂得坚守城池，而是出关迎战。此举正中邓艾下怀，诸葛瞻大军迅速被邓艾百战之师击溃。

诸葛瞻放弃涪城退守绵竹，竟然放弃城池，出城与邓艾的追兵城外阵战。邓艾派儿子邓忠与军司马师纂率军两翼夹击。初战不利，邓艾大怒，扬言要斩杀二人，也就激起邓忠与师纂的斗志，最终反败为胜大破蜀军。邓艾阵斩驸马都尉诸葛瞻及尚书张遵、尚书郎黄崇等人，攻占绵竹兵临成都。

当时成都粮草还可以坚持一年以上，如果刘禅死守成都，邓艾大军失去后勤补给迟早也要崩溃。这时刘禅接受了谯周的建议，开城投降邓艾。

十一月，魏军占领成都，刘禅下令蜀汉军队停止抵抗，向魏军投降。此时钟会大军主力还被阻挡在剑阁，汉中的汉城、乐城还在蜀汉军队手中。

如果没有诸葛瞻误国，蜀汉还能坚持多久尚未可知。高平陵政变时桓范痛骂曹爽父亲曹真英雄了得，儿子却猪狗不如。不知诸葛亮地下有知，会如何反思自己的儿子。

邓艾迫使刘禅投降，因功封为三公之首的太尉。钟会夺取汉中，因功封为三公之一的司徒。

邓艾攻入成都后，未曾经过司马昭同意，便擅自以天子的名义任命大批官员，还派人在绵竹把作战中死亡的战士跟蜀兵死者一起埋葬，修筑高台作为京观，用以宣扬自己的武功。邓艾还向司马昭上书，提出灭亡吴国的计划。

邓艾不经司马昭同意的种种擅权行为，引起司马昭不满。司马昭让监军卫瓘告诫邓艾，应该先汇报再施行。邓艾也是被胜利冲昏了头脑，竟然不听司马昭的告诫，这就造成两人之间的误会。

钟会乘机陷害邓艾，一方面派人拦截邓艾的信使，在不改变邓艾书信基本内容的情况下，改成态度傲慢以激怒司马昭；另一方面则密报司马昭，说邓艾试图谋反。卫瓘、胡烈和师纂等人也上书，说邓艾有悖逆之举。于是司马昭以皇帝名义下诏，派监军卫瓘逮捕邓艾父子，将其押回洛阳，并命令钟会进驻成都。

司马昭对钟会也不放心，派中护军贾充率一万步骑进入汉中，自己挟持皇帝曹奂率领主力十万大军进驻长安。

曹魏景元五年（264）正月，钟会抵达成都，随即在姜维的鼓动下密谋造反。钟会忽视了自己领军之日尚浅，将士们听从自己是源自司马昭的命令，而不是自己的威望。这些军队都是司马昭的军队，焉能跟着钟会谋反？钟会麾下的部将都不是钟会提拔的，因此他们与钟会之间没有任何超越制度之外的约束关系。

当初司马昭把主力部队交给钟会，攻灭蜀汉的首功却是只有四分之一兵力的邓艾创造的。如果司马昭让邓艾与钟会易地而处，甚至指挥同样的兵力，钟会这样的"学院派"只能打酱油。司马昭命令邓艾出兵只需要一纸文书，命令钟会出兵却带着文武百官送到城外帮他站台，这也说明钟会的威望远不如邓艾。钟会竟然异想天开谋反，自然是自取灭亡，还殃及姜维等蜀汉降将也被乱兵杀害。

钟会对自己评价太高，真以为自己"算无遗策"，殊不知自己是在司马师、司马昭的幕府才能成就伟业。钟会亲自领兵，按部就班可以占领汉中，但姜维大军撤守剑阁，钟会就一筹莫展，甚至萌生退意。看来钟会这样的"学院派"遇到突发性事件就束手无策，还是邓艾这样的"老江湖"冒险偷袭成都才侥幸成功。

稳定西川局势后，卫瓘撺掇曾在江油之战中违抗邓艾命令差点被杀的田续追杀邓艾父子。这次征讨蜀汉虽然取得胜利，但魏军两位主将遇害，曹魏也失去了立即东征的"领军者"。

蜀汉灭亡后，刘禅移居魏国都城洛阳，被封为安乐公，食邑万户，赐绢万匹，奴婢百人。刘禅本就胸无大志，司马昭父子也需要通过优待刘禅吸引东吴孙皓归降。刘禅也就在洛阳一直安逸生活到西晋泰始七年（271），享年六十四岁。

蜀汉灭亡，三足鼎立的均势被打破，那么江东将如何自保呢？请看下回，"孙皓力战"。

第 58 章

孙皓力战

◇导读：蜀汉灭亡后，吴帝孙休不久也病逝，临终前竟然把江山托付给年仅十岁的太子，殊不知乱世需要"国有长君"。孙皓在群臣拥立下继位称帝，开展了东吴最后的对外进攻。司马昭病逝后，司马炎忙着改朝换代与稳定内部局势，这才有了东吴延续十几年的国运。

孙吴永安七年（264）七月，吴景帝孙休病逝，临终前把十岁的太子托付给丞相濮阳兴。

三国时代似乎是一个频繁托孤的时代。建安五年（200）吴侯孙策把弟弟托孤给长史张昭，到蜀汉章武三年（223）刘备把太子托孤给丞相诸葛亮等人，再到曹魏黄初七年（226）曹丕把太子托孤给中军大将军曹真等人，又到曹魏景初三年（239）曹叡把太子托孤给大将军曹爽等人，然后是孙吴神凤元年（252）孙权把太子托孤给太傅诸葛恪等人，加上这次孙休托孤，六十四年间竟然发生了六次托孤。其中权力平稳过渡的，只有孙策托孤、刘备托孤与曹丕托孤。这也说明知人善任，还是孙策、刘备与曹丕难得。

吴景帝孙休病逝后，濮阳兴并没有按照遗嘱拥立太子继位，而是在左典军万彧的劝说下，与左将军张布一起迎立废太子孙和的庶长子乌程侯孙皓为皇帝。

当时宣太子孙登的儿子不是早夭就是被孙峻杀害，要在孙权的孙子辈里选择一个成年的做皇帝也只有孙皓最合适。万彧建议拥立孙皓固然是出于私心——他与孙皓关系密切，但濮阳兴、张布接受该建议，则是出于公心。此时蜀汉刚刚灭亡，曹魏随时会南下进攻东吴，"国有长君"也是增强吴国的自保能力。

八月，孙皓被拥立为帝，时年二十三岁。孙皓任命上大将军施绩、大将军丁奉为左右大司马，张布为骠骑将军，加侍中，丞相濮阳兴为侍郎，兼任青州牧，这也就稳定了东吴局势。

不久孙皓贬朱太后为景皇后，尊其母何姬为太后，这就有些过河拆桥。要知道没有吴景帝皇后朱皇后的支持，孙皓也难以顺利登位。孙皓此举暴露了他刻薄寡恩的秉性，并且随着皇位的巩固而变本加厉。

据《江表传》记载，孙皓初立时，下令抚恤人民，又开仓振贫、减省宫女和放生宫内多余的珍禽异兽，一时被誉为明主。但一段时间后，治国有成、志得意满的孙皓便开始粗暴骄盈、暴虐治国，加之又好酒色，人民对此感到失望。

这年十一月，孙皓收捕了拥立自己的濮阳兴与张布，把他们流放广州。流放途中，孙皓派使者追杀两人，并将他们诛灭三族。

这时司马昭派原来吴国寿春城的降将徐绍、孙彧，领着使命带着书信，陈述国事形势的利害，前来吴国向孙皓劝降。司马昭本打算劝降不成后举兵讨伐，没承想在第二年突然病逝。司马昭的儿子司马炎忙着巩固统治没空南征，孙皓也就避免了迅速败亡。

孙吴甘露元年（265），孙皓逼杀朱太后，随后又把孙休的四个儿子遣送到一个偏远的小城。到达后不久，孙皓又追杀了孙休较年长的两个儿子。

看来刻薄寡恩是孙权家族的共性。比起孙峻杀死废太子孙和、孙休杀死废帝孙亮、孙皓杀死朱太后与孙休的儿子，孙权对孙策的儿子还算善待。孙策的儿子只是被孙权封侯而非封王，也就无意中躲过了孙权死后的江东血雨腥风。

孙吴宝鼎元年（266）正月，孙皓派遣大鸿胪张俨、五官中郎将丁忠吊祭司马昭。孙皓在司马昭病逝后派人吊唁，而不是像孙权在曹丕死后那样派兵偷袭，一则曹魏的实力远在东吴之上，孙皓也是欺软怕硬的主；二则说明江东经过近半个世纪的发展，逐渐熟悉了外交礼仪。

这年八月，力荐孙皓为皇帝的万彧终于成了右丞相，与左丞相陆凯共同处理国政。陆凯是东吴"战神"陆逊的侄子，陆家本就是东吴四大家族"陆顾朱张"之一。

有望气的人说荆州有王气，对建安宫不利。于是孙皓就迁都武昌，留御史大夫丁固与诸葛诞的小儿子右将军诸葛靓镇守建业。当年诸葛诞派儿子到东吴做人质，寻求东吴出兵反抗司马昭，无意中为自己留下血脉。

诸葛靓是司马炎幼年玩伴，东吴灭亡后虽然终生不愿意出仕，但诸葛靓的儿子诸葛恢却官至尚书令。琅琊诸葛氏成为世家大族，其实是因为诸葛诞的儿子诸葛靓。

这年十月，永安山贼施但等人聚众数千人叛乱，劫持了孙皓庶弟永安侯孙谦。山贼还纠集万余人进攻建业，被丁固、诸葛靓率军击败。年底孙皓迁都回建业，卫将军滕牧留镇武昌。

孙吴宝鼎三年（268），孙皓开始向西晋发起攻击。这年，他亲率大军屯驻东兴，令左大司马施绩攻江夏（今湖北省云梦县南），右丞相万彧攻襄阳，右大司马丁奉、右将军诸葛靓攻合肥。交州刺史刘俊、前部督脩则、将军顾容等，则奉命率军攻击投降晋国的交趾叛军。

北伐大军被司马炎的叔叔司马望大军所拒，两路主力施绩、丁奉分别被晋将胡烈、司马骏所败，南征交趾军队也被晋将杨稷大败。刘俊、脩则战死，顾容率残军退守合浦（今广西壮族自治区合浦县）。

孙吴建衡元年（269），孙皓派监军虞氾、威南将军薛珝、苍梧太守陶璜从荆州出发，监军李勖、督军徐存从建安海路出发，令两军在合浦会合，共同剿灭交趾叛军。此外，还派遣右大司马丁奉再次北征，攻打谷阳（今安徽省灵璧县）。第二年丁奉部在涡口（今安徽省怀远县）一带被晋将牵弘击退。

孙吴建衡三年（271），孙皓亲率大军从牛渚（今安徽省当涂县）西进伐晋，孙皓母亲及妃妾都跟随。这年，虞氾、陶璜击破交趾，擒杀西晋设置的守将，九真郡、日南郡都回归吴国的统治下。孙皓又派兵平定了扶严夷，设置武平郡，任命武昌督范慎为太尉，陶璜为交州刺史。

持续多年的征讨，交趾之乱暂告停歇。东吴的军事力量也真不能小瞧，对交趾等地一直具有碾压优势。孙皓也不甘做亡国之君，即位后频繁对外用兵。

孙吴凤凰元年（272），孙皓征召西陵督步阐回京述职。步阐担心被孙皓加害，不回应诏书，占据城池投降西晋。孙皓派遣乐乡都督陆抗讨伐步阐，成功收复了战略要地西陵（今湖北省宜昌市），将步阐与同谋夷三族。

陆抗还击退了西晋名将羊祜率领的五万大军，围歼杨肇的三万援军。陆抗卓越的军事才华使得司马炎认为讨伐东吴只能等到陆抗死后。第二年陆抗升为大司马，成长为父亲陆逊那样的东吴"战神"。

孙吴天纪元年（277），夏口督孙慎征讨江夏、汝南。东吴对西晋不断进攻，这也迫使司马炎必须考虑消灭东吴。

孙吴天纪三年（279），合浦太守脩允部曲督郭马发动叛乱，煽动士兵攻杀广州督虞授。郭马自称安南将军，都督交、广二州军事，杀南海太守刘略，放逐广州刺史徐旗。

孙皓派遣徐陵督陶浚带领七千人从西道走，命令交州牧陶璜带领合浦、郁林诸郡军队，与东西军一起讨伐郭马。

郭马虽然最后被镇压下去，但牵制了吴国军事力量。此时西晋已经发动了讨灭东吴的"渡江作战"，长江防线能够挡住西晋大军才是关键。

此时北方的局势又进入何种情况呢？请看下回，"西晋开国"。

第59章

西晋开国

> ◇导读：经过司马懿父子三人近二十年的努力，司马家族开创帝业的时机终于成熟了。从赤壁之战形成三足鼎立局面以来，中国出现了三家归一的新局面，三国乱世的终结者司马炎建立起西晋王朝。

曹魏景元五年（264）三月，魏元帝曹奂再次下诏拜司马昭为相国，封为晋王，加九锡。司马昭已经达到了建安二十一年（216）曹操被封为魏王的高度。

司马昭能够夺取曹操望而却步的西川，甚至对钟会虽然猜忌却敢于大胆运用，也说明司马昭用人远在曹操之上。曹操祖孙三代都不能解决的巴蜀问题，终于在司马昭时期顺利解决，三国时代即将宣告结束。

五月，司马昭以魏元帝的名义追封司马懿为晋宣王，追封司马师为晋景王。这比起孙权称帝后不愿意追尊孙策为帝，甚至不愿意尊父亲孙坚为太祖，形成鲜明对照。司马昭对反对他的人动辄灭族残酷无情，对自家人还是很厚道的。

八月，司马昭以魏元帝的名义，任命中抚军司马炎为副相国，如同当年曹操以汉献帝的名义任命五官中郎将曹丕为副丞相。这也就意味着司马昭一旦病逝，司马炎不仅可以继承晋王爵位，而且可以继承相国职位。不久，司马炎从中抚军升为抚军大将军，这是司马懿病逝后司马师主政过的职务。司马昭虽然还没有正式确定长子司马炎作为世子，但这些职务已经显示司马炎的地位优于司马攸。

曹魏咸熙二年（265）五月，司马昭以长子司马炎为世子，魏元帝则超规格任命司马炎为晋王太子。魏元帝知道反抗没有用，还不如对司马昭父子恭顺一点。这也换来司马昭父子善待魏主曹奂，而不是对魏主曹髦那样不惜血溅皇袍。

曹丕在曹操的基础上毫无实际进展，曹叡在曹丕的基础上完成了消灭辽东割据势力，司马懿、司马师只是忙着稳定秩序平定叛乱，司马昭则在曹叡的基础上消灭了蜀汉割据势力，即将完成全国统一。

历史没有多给司马昭几年时间，完成统一的任务只能交给儿子司马炎。当然，司马炎最终统一全国用的文臣武将，基本都是司马昭遗留下来的人才。

八月，司马昭病逝，晋王太子司马炎继任晋王，并担任相国。司马炎继位高度顺利，这也说明司马昭对权力控制严格，避免了曹操晚年的诸子争位与孙权晚年的两宫之争。此时司马炎已经三十岁，也无须安排托孤大臣。

辅佐过司马师、司马昭的忠仆贾充，也被司马昭推荐给司马炎作为首席亲信。从曹魏嘉平元年（249）司马懿发动高平陵政变算起，司马懿祖孙三代用了近二十年的时间完成了篡位建国的过程。从托孤大臣到篡臣的本就不多，司马懿手段又极其残忍，也就使得司马懿一直被后世王朝所鄙视。谁能容忍自己的大臣中出现司马懿？

十二月，魏元帝曹奂禅位给晋王司马炎，没有四十五年前汉献帝刘协禅位给魏王曹丕那么多的繁文缛节。司马炎就是晋武帝，他把魏主曹奂废黜后，改封为陈留王，送往邺城居住。曹魏的诸侯王都贬为侯爵。晋武帝还追尊司马懿、司马师、司马昭为宣皇帝、景皇帝、文皇帝。

司马昭的叔叔司马孚牵着魏元帝的手说，我终生都是大魏朝的忠臣啊。司马孚早年是曹操幕僚，一生现场目击了两次"禅让"。高平陵政变时，司马孚与侄子司马师一起屯兵司马门。新城之战击败东吴太傅诸葛恪时，魏军总指挥就是司马孚。蜀汉卫将军姜维击败雍州刺史王经时，也是司马孚去"救火"。诸葛诞叛乱时，众臣就认为应该派司马孚去统兵镇压。

司马孚参加了巩固司马家族权力的各种重大事务，但对司马昭弑杀魏主曹髦与司马炎废黜魏主曹奂采取反对立场。这也为那个时代的血腥杀戮添加了一丝温存。

晋武帝司马炎认为，司马家族轻易夺取曹魏权力，在于曹魏宗族势力太小，甚至曹丕、曹叡父子把曹家宗族视为囚徒。因此晋武帝也就大批分封宗族为诸侯王，诸侯王可以选择诸侯王国的官员，还拥有王国军队。

司马炎的做法并没有什么大错，只是他忽视了诸侯王拥有兵权，只能分封在边境地区，而不能留在内地。如果司马炎把诸侯王分封到边境线上一字排开，则既能避免他们干涉朝廷政治，又能作为朝廷抵御少数民族的藩篱，这才是分封诸侯王的正确方式。

晋武帝得天下过于顺利，没有经过血腥杀戮，这也使得晋武帝在西晋开国后，无论是对功臣还是对前朝帝王，都很宽容。晋武帝善待开国功臣，贾充、裴秀、石苞、王浑等功臣都封为公爵。晋武帝不仅善待陈留王与安乐公，还解除了东汉宗室与曹魏宗室的禁锢，这些宗室成员不再如同囚徒。这不仅因为晋武帝秉性和善，而且因为西晋开国没有曹魏开国那样的内忧外患。

西晋建立初期，晋武帝充分利用司马懿父子遗留给自己的优质人才宝库，奠定了西晋最初几十年的繁华稳定。"无所不知"的博物学家张华、既入文庙又入武庙的杜预、"当代颜回"羊祜，都在晋武帝时期大放异彩。

泰始三年（267），晋武帝立次子司马衷为皇太子。晋武帝的长子司马轨两岁早夭，司马衷也就成了最年长的嫡子。司马炎与刘备有些相似，很早就立太子，而不是像曹操、曹丕、曹叡或司马昭那样迟迟不确定继承人，这也是大国气概。

这一年，晋武帝颁布了贾充、羊祜、杜预等人参考《汉律》《魏律》编纂的《晋律》。因为《晋律》颁布在泰始年间，也被称为"泰始律"。张斐、杜预为《晋律》做注解，经晋武帝批准，该注解与律文具有同等法律效力，如同后世的"法律解释"。

泰始六年（270），鲜卑族首领秃发树机能起兵反晋，并于六月在万斛堆的战争中杀秦州刺史胡烈，又在金山击败凉州刺史苏愉。

泰始七年（271），秃发树机能联合其他胡人在青山围困凉州刺史牵弘，牵弘军败而死。

咸宁四年（278），秃发树机能命部将若罗拔能，在武威大破晋军，斩杀凉州刺史杨欣。

咸宁五年（279）正月，秃发树机能攻陷凉州。

西北少数民族制造的"秦凉之变"，在秦州、凉州一路斩杀当地官员，已经成为西晋王朝的严重威胁。当年东汉就是被西北羌乱逼上崩溃之路，西晋当然不能容忍内部再次出现内乱。

从咸宁元年（275）到咸宁五年（279），晋武帝先后派汝阴王司马骏、平西将军文鸯、宣威将军马隆讨伐鲜卑，历时五年才斩杀秃发树机能，平定"秦凉之变"。

晋武帝迟迟不能下定决心南征东吴，也跟西北鲜卑叛乱有关。直到"秦凉之变"结束，西晋才能腾出手来对付孙皓。那么晋武帝究竟是如何完成全国统一，恢复国家秩序的呢？请看下回，"石头降幡"。

第60章

石头降幡

◇导读：司马昭灭亡蜀汉后，本可以一鼓作气吞并东吴，可惜制订灭蜀吞吴方略的钟会谋反而死，接着司马昭也病逝，这就导致灭亡东吴统一天下的任务只能交给司马昭的儿子司马炎。"一片降幡出石头"，西晋水军从蜀地顺江而下攻入石头城，"六朝第一朝"东吴终于谢幕。

建安十三年（208），赤壁之战曹操败回北方后，孙权就在江东稳定了局势。孙权称帝前已经从孙策遗留的江东六郡扩展到荆州与交州。东吴大将周瑜从曹操手中夺取南郡，吕蒙从曹操手中夺取皖城，展示了江东强大的战斗力。

从孙权到孙皓，东吴从未停止过北伐，这也说明孙氏家族从未满足于偏安东南地区，而是把统一全国当成自己的目标。此后定都江南的政权无论是东晋、南朝还是南唐、南宋都没有放弃北伐大业，都不愿意偏安东南一隅。

司马昭原定在灭亡蜀汉后三年左右攻灭东吴，只可惜他在蜀汉灭亡第三年就病逝了，统一全国的旗帜也就落到了司马炎手上。当初制订"灭蜀吞吴计划"的"规划大师"钟会，也因为谋反而被杀。

泰始五年（269），晋武帝派征东大将军卫瓘坐镇青州，派镇东大将军司马伷坐镇徐州，派卫将军羊祜都督荆州诸军事坐镇荆州，开始为征讨东吴做准备。

羊祜多次建议进军东吴，但西晋大军多次被陆逊的儿子镇军大将军陆抗击败，甚至泰始八年（272）羊祜八万大军还被陆抗三万吴军重创，几乎被陆抗打出了"恐陆症"，也就不敢在陆抗在世时对东吴有想法。

泰始十年（274），吴国大司马陆抗病逝，这也就为西晋灭吴消除了障碍。两年后羊祜被拜为征南大将军，他在加紧准备灭吴的后勤辎重的同时，还建议留任益州刺史王濬，完善进攻东吴的人事安排。

羊祜上书晋武帝建议伐吴。在《请伐吴疏》中，他全面分析了伐吴的必要性与可能性，晋武帝大为赞赏。满朝文武百官，竟然只有度支尚书杜预、中书令张华等少数人赞同。这时爆发"秦凉之变"，晋军连战皆败，晋武帝不得不派兵到西北平定鲜卑叛乱，讨伐吴国的军事计划只好搁浅。

咸宁四年（278），羊祜染病请求入朝，参加姐姐羊徽瑜（晋景帝司马师皇后）丧礼。事后，羊祜抱病觐见晋武帝，再一次向司马炎陈述了伐吴的主张。

晋武帝专门派中书令张华向羊祜咨询方略，羊祜提出要趁着吴主孙皓残暴不仁立即出兵讨伐。如果等到东吴换一个英明强干的皇帝，即使有百万大军也无法越过长江。

司马炎认识到讨伐吴国的紧迫性，想让羊祜卧病统领征吴诸将。羊祜婉言拒绝，最后推荐了杜预代替自己。羊祜不久病逝，晋武帝追赠为侍中、太傅，持节如故，可惜羊祜没有亲眼看到西晋统一全国。

晋武帝根据羊祜的意见，任命杜预为镇南大将军。杜预用反间计，诱使吴主孙皓调走驻守荆州的东吴名将张政，并在咸宁五年（279）八月上书晋武帝，汇报说已经做好了进攻东吴的准备，请求对东吴开战。一个月过去了，杜预还没有得到晋武帝的答复，杜预于是又上表请战。这时晋武帝正在与中书令张华、侍中王济下围棋，张华立即推开棋盘急谏出兵讨伐东吴。晋武帝当场拍板，下定决心出兵东吴。

十一月，晋武帝派遣镇东大将军、琅邪王司马伷从涂中出兵，安东将军王浑从扬州出兵，龙骧将军王濬和广武将军唐彬从巴、蜀进军，参战部队合计二十余万人。晋武帝还以太尉贾充为大都督，冠军将军杨济为副，率中军驻襄阳，节度诸军。中书令张华为度支尚书，总筹粮运。

西晋总的作战意图是，以司马伷、王浑两军直逼建业，牵制吴军主力，使其不能增援上游；以王戎、胡奋、杜预三军夺取夏口以西各战略要点，以策应王濬所率的七万水陆大军顺江而下；然后由王濬、司马伷、王浑率军南下东进，夺取建业。

在这二十万大军中，担任主攻的是王濬顺长江东下的水陆大军。上次面对蜀汉九万大军，司马昭出动近二十万大军。这次面对东吴近二十万大军，司马炎也是出动二十万大军。晋朝君臣看到南征大军士气旺盛，而且东吴大军相当一部分兵力被郭马叛乱牵制在岭南。这次出兵顺长江作战，也便于补给。

太康元年（280）正月，安东将军王浑所统率的大军向横江（今安徽省和县东南）方向进军，王濬率水陆大军自成都沿江而下，攻破丹阳进入西陵峡。

二月，吴主孙皓得知王浑率大军南下，即命丞相张悌统率丹阳太守沈莹、护军孙震、副军师诸葛靓，率兵三万渡江迎战，以阻止晋军渡江。这时王濬连续攻克西陵、荆门、夷道与乐乡，俘获东吴水军督陆景，东吴平西将军施洪等投降。

晋武帝下诏拜王濬为平东将军，假节，都督益、梁诸军事。王濬从蜀出兵，兵不血刃，无坚不摧，夏口、武昌的吴军基本望风而逃。王濬于是挥师顺流而下，直抵吴都附近的三山。孙皓派遣游击将军张象率水军万人抵御王濬，张象望见晋军旗帜而投降。

三月，王濬进入石头城。孙皓率领着太子孙瑾、鲁王孙虔等二十一人到达军营门前投降。王濬将孙皓送往洛阳。

王濬查收了东吴的图书簿籍，封了府库，军中无所私获。晋武帝派遣使者慰劳王濬军。

按照晋武帝的诏令，王濬进入荆州受杜预调度，进入扬州受王浑调度。杜预放手让王濬顺江东下直奔建业，王浑则下令王濬暂停进军建业，到自己军中商量事情。

当时王浑早就打败孙皓中军、杀了张悌等，但按兵不敢前进。王濬也是猛人，担心王浑阻挠自己进军失去战机，竟然以风大船不能停为由，拒绝王浑的将令，乘胜进攻建业。从"王濬楼船下益州"，到"一片降幡出石头"，孙皓向王濬投降，结束了黄巾起义以来近一个世纪的分裂割据局面。

王浑恼羞成怒地向晋武帝上表说，王濬违背诏命不受自己调度，这几乎是当年钟会诬陷邓艾的翻版。晋武帝当然没有当年司马昭那么敏感多疑，只是下诏给王濬，指责他恃功肆意而行。

晋武帝灭亡了东吴，封吴主孙皓为归命侯以示优待。

西晋结束了东汉末年以来近百年的分裂割据局面，中国重新恢复了统一。满朝文武向晋武帝祝贺平吴之功，晋武帝手举酒杯流着眼泪说，这是太傅羊祜的功劳啊。

泰始六年（270），孙权的侄孙孙秀担心被孙皓杀害而投奔西晋，被封为骠骑将军。这次晋武帝灭亡东吴统一全国，众臣都入宫祝贺，唯独孙秀称病不去。他对着南方流泪说，当年讨逆将军孙策刚满二十岁，以校尉的身份创下了江东基业，如今后人把整个江南之地都抛弃了，宗庙陵墓从此将成为废墟。悠悠青天啊，这究竟是谁造成的啊。

从黄巾起义到赤壁之战，从曹丕称帝到孙权登基，从司马昭灭蜀到司马炎平吴，中国历史完成了从大乱到大治的兴衰更替，从桓灵之乱进入到太康之治。此时的西晋帝国，与罗马帝国并列为世界大国，甚至出现天下无穷人之说。

按照《通典·食货七》的记载，"天下通计户百四十七万三千四百三十三，口七百六十七万二千八百八十一"，即三国人口只有七百六十七万余人。但问题是《晋书·志第四》记载，太康元年（280）三家归晋时"户二百四十五万九千八百四十，口一千六百一十六万三千八百六十三"，即一千六百一十六万余人，两者相差八百四十九万余人。此外，太康三年（282）则有人口二千四百七十七万，与太康元年统计数据两年间相差八百六十一万。

历史地理学家葛剑雄教授认为，永康元年（300）实际人口达三千五百万人，从太康元年（280）到永康元年（300）二十年间人口增长一千八百八十四万，显然不可能是人口大爆炸，而是此前隐匿人口太多。所谓三国人口不足八百万的说法，明显忽视了黑户是编户的 N 倍。因此，三国时期总人口不低于三千万才是正常的，后面二十年增长五百万都有些夸大。

西晋结束了东汉末年以来近百年的分裂局面，三国时代正式结束，中国历史翻开了全新的一页。从张氏三兄弟搅乱东汉局势，到袁氏两兄弟制造天下大乱，经曹氏祖孙恢复北方秩序，最终司马氏祖孙完成了再统一。前人种树后人乘凉，辛辛苦苦的张氏兄弟、袁氏兄弟、曹氏祖孙都是"施肥浇水"的，司马氏祖孙才是"摘桃子"的。

千古兴亡多少事，悠悠。不尽长江滚滚流。